探偵《たんてい》チームKZ《カッズ》事件《じけん》ノート

消《き》えた黒猫《くろねこ》は知《し》っている

藤本《ふじもと》ひとみ／原作
住滝《すみたき》 良《りょう》／文　駒形《こまがた》／絵

講談社 青い鳥文庫

もくじ

おもな登場人物《とうじょうじんぶつ》

立花《たちばな》 彩《あや》

この物語《ものがたり》の主人公《しゅじんこう》。中学《ちゅうがく》1年生《ねんせい》。高校《こうこう》3年生《ねんせい》の兄《あに》と小学《しょうがく》2年生《ねんせい》の妹《いもうと》がいる。「国語《こくご》のエキスパート」。

小塚《こづか》 和彦《かずひこ》

おっとりした感《かん》じで優《やさ》しい。社会《しゃかい》と理科《りか》が得意《とくい》で「シャリ(社理《しゃり》)の小塚《こづか》」とよばれている。

上杉《うえすぎ》 和典《かずのり》

知的《ちてき》でクール、ときには厳《きび》しい理論派《りろんは》。数学《すうがく》が得意《とくい》で「数《かず》の上杉《うえすぎ》」とよばれている。

若武《わかたけ》 和臣《かずおみ》
サッカーチームKZ《カッズ》のエースストライカーであり、探偵《たんてい》チームKZ《カッズ》のリーダー。目立《めだ》つのが大好《だいす》き。

黒木《くろき》 貴和《たかかず》
背《せ》が高《たか》くて、大人《おとな》っぽい。女《おんな》の子《こ》に優《やさ》しい王子様《おうじさま》だが、ミステリアスな一面《いちめん》も。「対人関係《たいじんかんけい》のエキスパート」。

七鬼《ななき》 忍《しのぶ》
彩《あや》の中学《ちゅうがく》の同級生《どうきゅうせい》。妖怪《ようかい》の血《ち》をひく一族《いちぞく》の末裔《まつえい》。IT《アイティー》の天才《てんさい》で、人工知能《じんこうちのう》の開発《かいはつ》を手《て》がける。

美門《みかど》 翼《たすく》
彩《あや》のクラスにやってきた美貌《びぼう》の転校生《てんこうせい》。鋭《するど》い嗅覚《きゅうかく》の持《も》ち主《ぬし》で、KZ《カッズ》のメンバーに加《くわ》わった。

1　KZ《カッズ》消滅《しょうめつ》の日《ひ》

「あっ！」

私《わたし》がそう言《い》うのと、落《お》ちた小瓶《こびん》がガチャンと音《おと》を立《た》てて割《わ》れるのが同時《どうじ》だった。

あたりにパッと青《あお》い粉《こな》が飛《と》び散《ち》る。

まるで秘境《ひきょう》の湖《みずうみ》みたいに澄《す》んでいて、深《ふか》い青《あお》い色《いろ》をした粉《こな》だった。

思《おも》わず見惚《みと》れながら、私《わたし》は、その落《お》とし主《ぬし》に目《め》を移《うつ》した。

それは背《せ》が高《たか》くて、和風《わふう》の顔立《かおだ》ちをした品《ひん》のいい男《おとこ》の子《こ》だった。

開生中学《かいせいちゅうがく》の制服《せいふく》を着《き》ている。

手《て》にスクールバッグを持《も》っていて、瓶《びん》はそこから落《お》ちたのだった。

通《とお》りかかる通勤《つうきん》、通学客《つうがくきゃく》たちは、飛《と》び散《ち》った粉《こな》を避《さ》けていく。

その子《こ》は、とても困《こま》ったように眉根《まゆね》を寄《よ》せ、唇《くちびる》を噛《か》んで見《み》つめていた。

どうしていいのかわからないといった様子《ようす》だったので、私《わたし》は無視《むし》して通《とお》り過《す》ぎることができなかったんだ。

声《こえ》をかけて、何《なに》か手伝《てつだ》えるかどうか聞《き》こうとしていると、構内《こうない》アナウンスが流《なが》れ、次《つぎ》の電車《でんしゃ》が到着《とうちゃく》することを知《し》らせた。

すると、その子《こ》は、あわてて階段《かいだん》の方《ほう》に足《あし》を向《む》け、ホームへと降《お》りていったんだ。

後《あと》には、割《わ》れた小瓶《こびん》と、飛《と》び散《ち》った青《あお》い粉《こな》が残《のこ》るだけ。

あまりにもきれいなので、私《わたし》はしゃがみこみ、顔《かお》を近《ちか》づけてみた。

するとそれは粉《こな》ではなく、サラサラした小《ちい》さな粒《つぶ》だったんだ。

砂時計《すなどけい》に入《はい》っている粒《つぶ》よりも、ずっと小《ちい》さい。

これって何《なん》だろう。

よくよく見《み》ても、考《かんが》えてもわからなかったので、私《わたし》はカバンからティッシュを出《だ》し、その一部《いちぶ》を掬《すく》い取《と》った。

小塚君《こづかくん》に見《み》せれば、きっと正体《しょうたい》がわかるし、もし見《み》た目《め》でわからなかったら、分析《ぶんせき》して答《こた》えを出《だ》してくれるに違《ちが》いない。

小塚君《こづかくん》は、進学塾秀明《しんがくじゅくしゅうめい》で「シャリの小塚《こづか》」と呼《よ》ばれる天才《てんさい》。

社会《しゃかい》と理科《りか》では、いつも成績《せいせき》トップなんだ。

ペーパーテストに強《つよ》いだけじゃなくて、自分《じぶん》でも実験《じっけん》したり、観察《かんさつ》したり、動植物《どうしょくぶつ》を育《そだ》てたりしている行動派《こうどうは》だよ。

その小塚君《こづかくん》と、私《わたし》はチームメイト。

KZ《カッズ》っていう探偵《たんてい》チームを作《つく》って、一緒《いっしょ》に活動《かつどう》している。

他《ほか》には上杉君《うえすぎくん》、黒木君《くろきくん》、翼《たすく》、忍《しのぶ》がいて、リーダー若武《わかたけ》も含《ふく》めて全部《ぜんぶ》で7人《にん》。

皆《みんな》、成績優秀《せいせきゆうしゅう》で、スポーツも楽器《がっき》もできるエリート男子《だんし》だよ。

そして各々《おのおの》、得意分野《とくいぶんや》を持《も》っている。

KZ《カッズ》は、そういうメンバーの能力《のうりょく》を結集《けっしゅう》して事件《じけん》を解決《かいけつ》するチームなんだ。

私《わたし》は記録係《きろくがかり》で、得意分野《とくいぶんや》は国語《こくご》や漢字《かんじ》、その他《ほか》、文字《もじ》に関《かん》することすべて。

時《とき》には、わからないことも出《で》てくるけれど、調《しら》べたりして、会議《かいぎ》で報告《ほうこく》できるように頑張《がんば》っている。

「これ、君《きみ》が落《お》としたの？」

やってきた駅員《えきいん》さんに聞《き》かれて、私《わたし》は首《くび》を横《よこ》に振《ふ》った。

「落《お》とした人《ひと》は、もう電車《でんしゃ》に乗《の》ったみたいです。」

駅員《えきいん》さんは、しかたなさそうに青《あお》い粒《つぶ》を片付《かたづ》け始《はじ》める。

通勤《つうきん》、通学客《つうがくきゃく》の姿《すがた》は増《ふ》えていき、構内《こうない》アナウンスが流《なが》れて、私《わたし》の乗《の》る電車《でんしゃ》が間《ま》もなく到着《とうちゃく》すると告《つ》げた。

私《わたし》は急《いそ》いで手《て》に持《も》っていたティッシュをティッシュ袋《ぶくろ》の中《なか》に押《お》しこみ、素早《すばや》く手《て》を洗《あら》ってホームに走《はし》り降《お》りる。

ちょうど電車《でんしゃ》が入《はい》ってくるところだった、ほっ。

そのまま学校《がっこう》のある駅《えき》まで行《い》き、降《お》りてから、ペンケースに入《い》れてあったセロハンテープを出《だ》してティッシュ袋《ぶくろ》の取《と》り出《だ》し口《ぐち》を密封《みっぷう》する。

その後《あと》、またも手《て》を洗《あら》った。

すごくきれいだけど正体不明《しょうたいふめい》の粒《つぶ》だから、用心《ようじん》しないと危《あぶ》ないと思《おも》ったんだ。

ティッシュの繊維《せんい》の間《あいだ》や、袋《ふくろ》の取《と》り出《だ》し口《ぐち》から、微細《びさい》な何《なに》かが外《そと》に漏《も》れてくるかもしれないから。

始終《しじゅう》、いろんなものを採集《さいしゅう》している小塚君《こづかくん》は、安全《あんぜん》のために、ラテックスの手袋《てぶくろ》とビニール袋《ぶくろ》をいつも携帯《けいたい》している。

私《わたし》も、そうしようかな。

そんなことを考《かんが》えながら学校《がっこう》に向《む》かった。

あの男《おとこ》の子《こ》のすごく困《こま》ったような顔《かお》が、何度《なんど》も頭《あたま》に浮《う》かぶ。

あわててホームに降《お》りていったけれど、あの瓶《びん》は割《わ》れてしまっているし、その後《あと》、大丈夫《だいじょうぶ》だったんだろうか。

もし今《いま》からでも私《わたし》が力《ちから》になれるんだったら、なりたいけど・・・逆《ぎゃく》に迷惑《めいわく》かなぁ。

着《き》ていたのは、開生中学《かいせいちゅうがく》の制服《せいふく》だった。

小塚君《こづかくん》や上杉君《うえすぎくん》、黒木君《くろきくん》と一緒《いっしょ》だから、知《し》ってる子《こ》かもしれない。

今度《こんど》、皆《みんな》に会《あ》ったら、聞《き》いてみよう。

そう考《かんが》えながら私《わたし》は、ここしばらくKZ《カッズ》会議《かいぎ》が招集《しょうしゅう》されていないことを思《おも》い出《だ》し、ちょっと溜《た》め息《いき》をついた。

今後《こんご》の予定《よてい》もないし・・・。

私《わたし》・・・いつ皆《みんな》に会《あ》えるんだろう。

会議《かいぎ》は定期的《ていきてき》に開《ひら》かれるわけではなく、事件《じけん》があった時《とき》とか、リーダー若武《わかたけ》の気分《きぶん》が乗《の》った時《とき》なんかに招集《しょうしゅう》の知《し》らせが来《く》ることになっていた。

つまり事件《じけん》がなかったり、若武《わかたけ》がその気《き》にならなかったりすれば、ずうっと開《ひら》かれない可能性《かのうせい》があるんだ。

そのことについて考《かんが》えると、私《わたし》はいつも不安《ふあん》になる。

この世《よ》では、どんなことにも始《はじ》まりと終《お》わりがあるんだから、KZ《カッズ》活動《かつどう》もいつか終《お》わってしまうだろう、KZ《カッズ》というチームはいつかなくなってしまうのに違《ちが》いないって、そう思《おも》えるんだ。

KZ《カッズ》の最期《さいご》、それについて考《かんが》えるのは、すごく恐《おそ》ろしいことだった。

昔《むかし》は、メンバーが喧嘩《けんか》したり、若武《わかたけ》がヤケを起《お》こして「じゃKZ《カッズ》は解散《かいさん》だっ！」って言《い》うたびに、震《ふる》え上《あ》がっていた。

でも今《いま》は、解散《かいさん》とか分裂《ぶんれつ》とかいう派手《はで》な最期《さいご》だったら、まだましだって思《おも》っている。

一番《いちばん》つらいのは、若武《わかたけ》や皆《みんな》の熱《ねつ》が静《しず》かに冷《さ》めていき、いつの間《ま》にか1人《ひとり》抜《ぬ》け、2人《ふたり》抜《ぬ》けしていって、やがて自然消滅《しぜんしょうめつ》という形《かたち》を取《と》ること。

それだけは、嫌《いや》だ！

皆《みんな》がKZ《カッズ》を忘《わす》れていくところ、KZ《カッズ》をどうでもいいもののように心《こころ》から抜《ぬ》いて、捨《す》ててしまうところなんて、絶対見《ぜったいみ》たくない!!

「おい！」

声《こえ》をかけられて振《ふ》り向《む》けば、校門《こうもん》のそばにマリンが立《た》っていた。

「ちょっと、来《こ》いよ。」

校門《こうもん》の脇《わき》にある植《う》え込《こ》みの方《ほう》を指差《ゆびさ》し、先《さき》に歩《ある》き始《はじ》める。

何《なん》だろ。
そう思《おも》いながら、後《あと》に続《つづ》いた。

2　恋《こい》のキューピッド

マリンとは最近《さいきん》、ちょっとギクシャクしている。

そもそもの原因《げんいん》は、「恋《こい》する図書館《としょかん》は知《し》っている」で起《お》こった誤解《ごかい》。

完全《かんぜん》に決裂《けつれつ》したかに思《おも》えた私《わたし》たちだったけれど、ひょんなことから復活《ふっかつ》し、その後《あと》は付《つ》かず離《はな》れずの状態《じょうたい》になっていた。

私《わたし》は、積極的《せっきょくてき》に歩《あゆ》み寄《よ》ろうとしたんだけど、マリンが受《う》け入《い》れ態勢《たいせい》にならなかったんだ。で、私《わたし》は、自然《しぜん》の成《な》り行《ゆ》きに任《まか》せることにした。

友《とも》だちに戻《もど》れればそれでもいいし、戻《もど》れなければ1人《ひとり》でいるから、それでも構《かま》わない。

元々《もともと》、私《わたし》は1人《ひとり》でも平気《へいき》なタイプなんだ。

っていうか、1人《ひとり》の方《ほう》が、気《き》が楽《らく》。

でもクラスでは、私《わたし》たち2人《ふたり》がどうなっているのか盛《さか》んに噂《うわさ》されていて、ちょっとでも話《はなし》をしたりすると、皆《みんな》がざわめいて、ヒソヒソひそひそ、噂《うわさ》が拡散《かくさん》していく。

それがとても煩《わずら》わしかったので、私《わたし》は教室《きょうしつ》では、なるべくマリンと接触《せっしょく》しないようにしていた。

マリンも同《おな》じ気持《きも》ちだったらしくて、教室内《きょうしつない》で私《わたし》たちは、住《す》み分《わ》けをしている魚《さかな》みたいに静《しず》かに生息《せいそく》していたんだ。

「あのさぁ、」

人《ひと》の気配《けはい》のない所《ところ》まで行《い》って、マリンは足《あし》を止《と》め、こちらを振《ふ》り返《かえ》る。

「おまえ、翼《ツバサ》と親《した》しいんだろ？」

まぁね、友《とも》だちだよ、KZ《カッズ》のメンバー同士《どうし》でもあるし。

「で、頼《たの》みがあるんだけどさ。」

私《わたし》は基本的《きほんてき》に、人《ひと》から何《なに》かを頼《たの》まれた時《とき》には、できる限《かぎ》りきくことにしている。

誰《だれ》かに頼《たよ》られたら助《たす》けてやらなくちゃいけない、って思《おも》ってるから。

「翼《ツバサ》、もうすぐ転校《てんこう》するんだろ。」

えっと、それはまだ決《き》まってないよ。

「編入試験《へんにゅうしけん》、これからだからね。その成績次第《せいせきしだい》だと思《おも》うけど。」

翼《たすく》は、中学受験《ちゅうがくじゅけん》で筑駒《つくこま》を受《う》けて、落《お》ちて私《わたし》たちの学校《がっこう》に来《き》た。

レベルが高《たか》いし、意識《いしき》も高《たか》いから常《つね》に上《うえ》を目指《めざ》している。

上杉君《うえすぎくん》たちから開生中学《かいせいちゅうがく》の話《はなし》を聞《き》いて、自分《じぶん》もそういう学校《がっこう》で学《まな》びたいと考《かんが》えて、転校《てんこう》する気《き》になったんだ。

「何言《なにい》ってんだよ。」

マリンは、とんでもないといったような表情《ひょうじょう》になった。

「翼《ツバサ》の実力《じつりょく》だったら、試験《しけん》なんか軽《かる》く突破《とっぱ》するに決《き》まってるだろ。」

ん、そうかもしれない。

マリンに頷《うなず》きながら私《わたし》が考《かんが》えていたのは、若武《わかたけ》のことだった。

翼《たすく》が開生中学《かいせいちゅうがく》に受《う》かったら、若武《わかたけ》はものすごくオチコむに違《ちが》いないって思《おも》ったんだ。

だって若武《わかたけ》は昔《むかし》、開生《かいせい》を受《う》けて落《お》ちてるんだもの。

若武《わかたけ》と翼《たすく》は似《に》たところがあって、どちらもリーダー気質《きしつ》。

自分《じぶん》と似《に》てる人間《にんげん》に、自分《じぶん》ができなかったことをされたら、傷《きず》つくに決《き》まっている。

ああ翼《たすく》を応援《おうえん》したいのはもちろんだけど、若武《わかたけ》の気持《きも》ちを考《かんが》えると、微妙《びみょう》だぁ・・・。

「で、きっと転校《てんこう》してっちまう。だから、その前《まえ》に告白《こくはく》したいんだ、好《す》きだって。」

私《わたし》は、目《め》が真《ま》ん丸《まる》っ！

今《いま》さら、それ、やるのっ!?

だって「お姫《ひめ》さまドレスは知《し》っている」の中《なか》で、あんなにすごいケンカしたあげくに、「コンビニ仮面《かめん》は知《し》っている」の中《なか》では、もう絶望的《ぜつぼうてき》なことになったじゃない？

それなのに告白《こくはく》って・・・翼《たすく》、戸惑《とまど》うと思《おも》うよ。

いや、それ以前《いぜん》に、信《しん》じないんじゃないかな。

「今《いま》までの経過《けいか》を考《かんが》えると、私《わたし》が告白《こくはく》しても、絶対《ぜったい》、何《なに》かの罠《わな》だと思《おも》われるだろ。告白《こくはく》を受《う》けている翼《ツバサ》の画像《がぞう》を撮《と》って、SNS《エスエヌエス》にアップして晒《さら》すつもりだとかさ。」

たぶん誰《だれ》でも、そう思《おも》うに違《ちが》いない、うん。

「だから、きちんと想《おも》いを受《う》け止《と》めてもらえるいい方法《ほうほう》を考《かんが》えたんだ。それは、翼《ツバサ》と親《した》しいおまえの口《くち》から伝《つた》えてもらうこと、だ。」

げっ！

「おまえから聞《き》けば、翼《ツバサ》だって信用《しんよう》するだろ？」

確《たし》かに、言《い》っていることに論理的《ろんりてき》な無理《むり》はない。

でも、それを私《わたし》にやらせようとするところに、思《おも》いっきり無理《むり》があるっ！

私《わたし》は、アタフタしながら答《こた》えた。

「そういうことは、自分《じぶん》の口《くち》から言《い》った方《ほう》がいいと思《おも》う。私《わたし》は本人《ほんにん》じゃないから、正確《せいかく》に気持《きも》ちを伝《つた》えられるかどうか自信《じしん》がない。」

マリンは、不満《ふまん》げに口《くち》を尖《とが》らせた。

「おまえ、やりたくないのか。翼《ツバサ》が私《わたし》の告白《こくはく》に応《こた》えて、実《じつ》は俺《おれ》も同《おな》じ気持《きも》ちだったんだと告白《こくはく》し、私《わたし》たちが付《つ》き合《あ》い出《だ》すのが嫌《いや》なんだな。」

私《わたし》は、ちょっと冷《ひ》や汗《あせ》。

それって・・・すごい夢《ゆめ》だね。

そこまで大《おお》きくなると、妄想《もうそう》っていう方《ほう》が近《ちか》いかも。

「伝《つた》えてくれるだけでいいんだよ。もし翼《ツバサ》が、事情《じじょう》を詳《くわ》しく聞《き》きたかったら、直接《ちょくせつ》、私《わたし》に聞《き》くように言《い》ってくれればいいんだからさ。簡単《かんたん》なことじゃん。」

うぅ・・・気《き》が進《すす》まない。

そういうプライベートなことって、他人《たにん》が入《はい》ると、絶対《ぜったい》コジれてうまくいかなくなる予感《よかん》がするんだ。

「立花《たちばな》、おまえ以外《いがい》に頼《たの》める奴《やつ》がいないんだ。」

そう言《い》ってマリンは、両手《りょうて》を合《あ》わせた。

「頼《たの》むっ！　一生《いっしょう》のお願《ねが》いだ。翼《ツバサ》に私《わたし》の気持《きも》ちを伝《つた》えてくれ。」

その必死《ひっし》の形相《ぎょうそう》を見《み》て、私《わたし》は、かわいそうになってしまった。

こういうことには関《かか》わらない方《ほう》がいい、断《ことわ》るべきだ。

そう思《おも》いながら、断《ことわ》り切《き》れなかったんだ。

「わかったよ。」

私《わたし》の言葉《ことば》に、マリンはパッと顔《かお》を輝《かがや》かせた。

「おお、やった！」

まるで、翼《たすく》と付《つ》き合《あ》える保証《ほしょう》を手《て》に入《い》れたかのような笑顔《えがお》。

1人《ひとり》で盛《も》り上《あ》がっているので、私《わたし》は警告《けいこく》しておかねばと思《おも》い、口《くち》を開《ひら》いた。

「あの・・・伝《つた》えるだけだからね。その後《あと》のことは、翼《たすく》の気持《きも》ち次第《しだい》だから。」

そう言《い》うと、マリンはわかっているといったように頷《うなず》いた。

「もちろんだ。きっと翼《ツバサ》は、喜《よろこ》んで私《わたし》の所《ところ》に飛《と》んできて、付《つ》き合《あ》ってくれと言《い》うに違《ちが》いない。」

ああ、てんでわかってない・・・。

3　迫力《はくりょく》のフルメンバー

気《き》が重《おも》いなぁ。

そうは思《おも》ったんだけれど、とにかく引《ひ》き受《う》けた以上《いじょう》はやらねばならない。

学校《がっこう》で実行《じっこう》するのは大胆《だいたん》すぎるから、別《べつ》のトコでやろう。

私《わたし》は覚悟《かくご》を固《かた》め、いったん家《いえ》に帰《かえ》った。

で、すぐ秀明《しゅうめい》に行《い》く準備《じゅんび》をしたんだ。

あの粒《つぶ》を入《い》れたティッシュは、ジッパーの付《つ》いたビニール袋《ぶくろ》に移《うつ》し、秀明《しゅうめい》バッグにしまって、またも手《て》を洗《あら》った。

「秀明《しゅうめい》、行《い》ってきます！」

そう言《い》い残《のこ》して、再《ふたた》び家《いえ》を出《で》る。

学校《がっこう》に行《い》き、帰《かえ》ってきて、今度《こんど》は秀明《しゅうめい》に行《い》く、これが毎日《まいにち》、ウィークデイの私《わたし》の日課《にっか》。

あんまりにも同《おな》じことの繰《く》り返《かえ》しだから、時々《ときどき》ウンザリしてしまう。

そんな私《わたし》にとってＫＺ《カッズ》の活動《かつどう》は、とっても刺激的《しげきてき》。

スリルやサスペンスを感《かん》じられるし、私以外《わたしいがい》は全員男子《ぜんいんだんし》だから、男《おとこ》の子《こ》の考《かんが》え方《かた》や生態《せいたい》がよくわかって、おもしろいんだ。

何《なに》しろ彼《かれ》らときたら、私《わたし》には想像《そうぞう》できないようなことを平気《へいき》でやったり、考《かんが》えたりするんだもの。

へぇ、男子《だんし》ってこうなんだ！ ってよく思《おも》う。

将来《しょうらい》、結婚《けっこん》したら、この知識《ちしき》を生《い》かして理解《りかい》ある妻《つま》になり、素敵《すてき》な家庭《かてい》を作《つく》りたいな。

でも私《わたし》・・・結婚《けっこん》なんてできるんだろうか。

えっと、それ以前《いぜん》の問題《もんだい》として、いったい結婚《けっこん》しようって気《き》になれるのだろうか。

結婚《けっこん》にあこがれを持《も》ってないし、自分《じぶん》が社会《しゃかい》に出《で》て、どんな活躍《かつやく》をするのかってことの方《ほう》に興《きょう》味《み》があるし・・・無理《むり》かもなぁ。

そんなことを考《かんが》えながら、秀明《しゅうめい》の玄関《げんかん》にたどり着《つ》いた。

当面《とうめん》、KZ《カッズ》会議《かいぎ》が招集《しょうしゅう》される予定《よてい》はなかったから、翼《たすく》に会《あ》うにはハイスペックに行《い》くか、電話《でんわ》をするか、どちらか。

でも私《わたし》は、翼《たすく》の今日《きょう》の時間割《じかんわ》りも、それがどの教室《きょうしつ》で行《おこな》われるのかも知《し》らなかった。

よし、電話《でんわ》をかけよう。

ついでに小塚君《こづかくん》にも連絡《れんらく》を取《と》って、あの青《あお》い粒《つぶ》について聞《き》いてみよっと。

とりあえず自分《じぶん》の教室《きょうしつ》まで行《い》き、席《せき》を取《と》ってテキストの入《はい》ったバッグを置《お》いてから、授業開始《じゅぎょうかいし》までの時間《じかん》を把握《はあく》し、公衆電話《こうしゅうでんわ》のある1階《かい》ホールに向《む》かった。

階段《かいだん》を降《お》りていくと、下《した》から塾生《じゅくせい》たちが集団《しゅうだん》で上《のぼ》ってくる。

見慣《みな》れない顔《かお》ばかりだったから不思議《ふしぎ》に思《おも》っていて、やがて思《おも》い出《だ》した、今月《こんげつ》が塾生交流会《じゅくせいこうりゅうかい》の月《つき》だったってこと。

進学塾秀明《しんがくじゅくしゅうめい》は、この県《けん》を中心《ちゅうしん》に展開《てんかい》していて、都内《とない》にもいくつか支部《しぶ》がある。

その塾生《じゅくせい》たちが1か月間《げつかん》、違《ちが》う支部《しぶ》の授業《じゅぎょう》に参加《さんか》していろんな刺激《しげき》を受《う》けたり、経験《けいけん》を積《つ》んだりするのが交流会《こうりゅうかい》なんだ。

今《いま》まで私《わたし》は参加《さんか》したことがないけれど、今度《こんど》どっかに行《い》ってみようかなぁ。

そう思《おも》いながら、その集団《しゅうだん》とすれ違《ちが》った。

その時《とき》、集団《しゅうだん》の中《なか》に、小瓶《こびん》を落《お》とした男《おとこ》の子《こ》を見《み》つけたんだ。

「あ！」

思《おも》わず足《あし》を止《と》めると、その子《こ》もこちらに目《め》を向《む》ける。

こんな所《ところ》で会《あ》うなんて思《おも》ってみなかったから、私《わたし》は、ちょっと戸惑《とまど》ってしまった。

でも、その後《ご》どうなったのかが気《き》になって、もしできることがあったら手伝《てつだ》いたいと思《おも》って聞《き》いてみたんだ。

「あのう、今朝《けさ》、駅《えき》で瓶《びん》を落《お》としましたよね。大丈夫《だいじょうぶ》でしたか？」

その子《こ》は、驚《おどろ》いた様子《ようす》だった。

私《わたし》を見《み》つめて、しばらく黙《だま》っていたけれど、やがて言《い》った。

「何《なん》のこと？」

へっ!?

「俺《おれ》、何《なに》も落《お》としてないけど。」

そう言《い》いながらクスッと笑《わら》う。

「人違《ひとちが》いだろ!?」

その気品《きひん》ある微笑《びしょう》に、私《わたし》が見惚《みと》れている間《あいだ》に、その子《こ》は素早《すばや》く階段《かいだん》を駆《か》け上《あ》がっていった。

取《と》り残《のこ》されて、私《わたし》は、啞然《あぜん》。

人違《ひとちが》いって・・・ありえないよ、確《たし》かにあの顔《かお》だったもの。

それに私《わたし》、採取《さいしゅ》したんだよ、すごくきれいな青《あお》い粒《つぶ》。

あれは、夢《ゆめ》!?

「おい、KZ《カッズ》だっ！」

叫《さけ》び声《ごえ》がして、階段《かいだん》を上《のぼ》ってきていた塾生《じゅくせい》たちが動《うご》きを止《と》め、いっせいに下《した》の方《ほう》を見《み》た。

「ユニフォームのまんまだぜ。」

「試合《しあい》か練習《れんしゅう》終《お》わって、そのまま駆《か》けつけてきたんだろ。」

「フルメンバーじゃん！」

「ちょっと場所《ばしょ》、空《あ》けなよ。KZ《カッズ》メンバーなら、どうせ最上階《さいじょうかい》までいくんだから。」

秀明《しゅうめい》の教室《きょうしつ》は成績順《せいせきじゅん》になっていて、成績《せいせき》のいい生徒《せいと》ほど、上《うえ》の階《かい》にいる。

サッカーKZ《カッズ》に入《はい》るには、偏差値《へんさち》が70以上《いじょう》でないとダメだから、ほとんどのKZ《カッズ》メンバーは最《さい》上階《じょうかい》の住人《じゅうにん》なんだ。

「ユニフォーム、新《あたら》しいね。」

「近《ちか》くで見《み》ると、すごい迫力《はくりょく》！」

「超《ちょう》カッコいいって。」

塾生《じゅくせい》たちのささやきの中《なか》を通《とお》って、KZ《カッズ》メンバーが階段《かいだん》を上《あ》がってくる。

新《あたら》しいユニフォームの肩《かた》から、緋色《ひいろ》のスタジャンを羽織《はお》っていた。

胸元《むなもと》にはKZ《カッズ》という文字《もじ》が、金色《きんいろ》の糸《いと》で斜《なな》めに刺繍《ししゅう》されている。

「こんなに近《ちか》くで見《み》られることって、めったにないよね。」

「しかもメンバー全員《ぜんいん》そろってるなんて、超《ちょう》ラッキー!」

ヒソヒソ声《ごえ》だったけれど、何《なに》しろ距離《きょり》が近《ちか》いから、きっとKZ《カッズ》メンバーの耳《みみ》にも入《はい》っているはず。

それでもメンバーは、何《なに》も聞《き》こえてないかのような無表情《むひょうじょう》だった。

2列《れつ》の縦隊《じゅうたい》を崩《くず》さず、規則正《きそくただ》しい足取《あしど》りで階段《かいだん》を上《のぼ》っていく。

注目《ちゅうもく》されることに慣《な》れてるんだろうけれど、すごいなぁ、あの冷静《れいせい》さ。

私《わたし》だったらきっと意識《いしき》して、足《あし》がもつれてしまう。

「お、アーヤ!」

突然《とつぜん》、名前《なまえ》を呼《よ》ばれ、驚《おどろ》きながら顔《かお》を向《む》けると、KZ《カッズ》の列《れつ》の奥《おく》の方《ほう》からメンバーをかき分《わ》けて、若武《わかたけ》が出《で》てくるところだった。

「今日《きょう》さ、」

目《め》の前《まえ》に立《た》った若武《わかたけ》を見《み》て、私《わたし》はびっくり!

だって片方《かたほう》の頰《ほお》が赤黒《あかぐろ》くなっていたんだもの。

擦《こす》れたような傷《きず》もあり、血《ち》が滲《にじ》んでいる。

「休《やす》み時間《じかん》に、カフェテリアで会議《かいぎ》な。」

そう言《い》うなり若武《わかたけ》は、また列《れつ》に戻《もど》っていこうとした。

私《わたし》は、あわててその腕《うで》を摑《つか》む。

「頰《ほお》、どうしたの!?」

若武《わかたけ》は、体《からだ》をよじってこちらを向《む》いた。

長《なが》い前髪《まえがみ》が顔《かお》に振《ふ》りかかり、きれいなその目《め》に影《かげ》を落《お》とす。

「ボール、顔《かお》で受《う》けた。」

周《まわ》りにいた塾生《じゅくせい》たちが、いっせいに笑《わら》い声《ごえ》を上《あ》げた。

「超《ちょう》ドジだ。」

「しょーがねーよ、若武《わかたけ》だもん。」

若武《わかたけ》は、ムッとしたように彼《かれ》らを見回《みまわ》す。

「おまえら、うるせ。」

それで笑《わら》い声《ごえ》はますます大《おお》きくなり、下《した》の玄関《げんかん》ホールから、声《こえ》が飛《と》んできた。

「そこ、騒《さわ》いでるんじゃない。若武《わかたけ》、さっさと行《い》け。」

手《て》すり越《ご》しに見下《みお》ろすと、KZ《カッズ》のスタジャンを着《き》た男《おとこ》の人《ひと》がこちらを見上《みあ》げていた。

「授業《じゅぎょう》に遅《おく》れたら、グラウンド10周《しゅう》だぞ。」

若武《わかたけ》は顔《かお》をしかめながらも、大《おお》きな声《こえ》で返事《へんじ》をした。

「YES《イエス》、コーチっ！」

それで列《れつ》に戻《もど》っていったんだ。

KZ《カッズ》全員《ぜんいん》が通《とお》り過《す》ぎてしまうと、塾生《じゅくせい》たちも急《いそ》いで自分《じぶん》の教室《きょうしつ》に向《む》かう。

冷《つめ》たい視線《しせん》がいくつか、私《わたし》の方《ほう》に飛《と》んできた。

「あの子《こ》、誰《だれ》？」

「かなり親《した》しげだったよね。」

「でも若武《わかたけ》って、2人目《ふたりめ》の彼女《かのじょ》と別《わか》れたんじゃなかった？」

「じゃ次《つぎ》が、あれなんじゃないの。」

「えーっ、超《ちょう》くやしいっ！」

サッカーKZ《カッズ》のメンバーと話《はな》していると、いつもこうなんだ。

前《まえ》はすごく嫌《いや》だったけれど、今《いま》は少《すこ》し慣《な》れた。

だって探偵《たんてい》チームKZ《カッズ》には、サッカーKZ《カッズ》のメンバーが3人《にん》も入《はい》っているんだもの。

若武《わかたけ》と上杉君《うえすぎくん》と黒木君《くろきくん》。

時《とき》には、皆《みんな》の前《まえ》で接触《せっしょく》しなければならないような緊急事態《きんきゅうじたい》も生《しょう》じる。グズグズしていたら事件《じけん》の解決《かいけつ》に支障《ししょう》が出《で》ると思《おも》って、耐《た》えて頑張《がんば》っているうちに段々《だんだん》と平気《へいき》になってきた感《かん》じ。

いい気分《きぶん》ではないけどね。

ちょっと溜《た》め息《いき》をついたその時《とき》、予鈴《よれい》が鳴《な》り始《はじ》めた。

私《わたし》は教室《きょうしつ》に足《あし》を向《む》けながら、KZ《カッズ》会議《かいぎ》を開《ひら》くと言《い》った若武《わかたけ》の言葉《ことば》を胸《むね》に抱《だ》きしめる。

やっと皆《みんな》に会《あ》える、やった！

会議《かいぎ》が開《ひら》かれれば、そこで翼《たすく》や小塚君《こづかくん》とも顔《かお》を合《あ》わせるから、今《いま》、連絡《れんらく》を取《と》らなくてもその時《とき》に話《はな》せばいいよね。

そう思《おも》いながら教室《きょうしつ》に向《む》かい、ウキウキしつつ授業《じゅぎょう》を受《う》け、休《やす》み時間《じかん》が来《く》ると、カフェテリアに飛《と》んでいった。

カフェテリアのドアは、すごく重《おも》い。

全身《ぜんしん》の力《ちから》でそれを押《お》し開《あ》けながら見《み》ると、いつものように隅《すみ》の方《ほう》の席《せき》に全員《ぜんいん》が集《あつ》まっていた。

私《わたし》は急《いそ》いで走《はし》り寄《よ》る。

空《あ》いていた椅子《いす》に座《すわ》って、皆《みんな》を見回《みまわ》した。

力《ちから》の入《はい》っている様子《ようす》の若武《わかたけ》、涼《すず》しげな風情《ふぜい》の上杉君《うえすぎくん》、あでやかな雰囲気《ふんいき》の黒木君《くろきくん》、真剣《しんけん》な表情《ひょうじょう》の小塚君《こづかくん》、長《なが》い睫《まつげ》をパチパチさせている翼《たすく》、悪戯《いたずら》っぽい笑《え》みを浮《う》かべる忍《しのぶ》、誰《だれ》もがいつもとちっとも変《か》わっていなかった。

それが、すごくうれしかったんだ。

私《わたし》はニッコリしながらテーブルの上《うえ》に事件《じけん》ノートを置《お》いた。

よし、やるぞ！

「開会《かいかい》する。」

若武《わかたけ》が意気《いき》ごんだ口調《くちょう》で言《い》い、両手《りょうて》を拳《こぶし》にしてテーブルに押《お》し付《つ》けた。

「本日《ほんじつ》の会議《かいぎ》は、KZ《カッズ》最大《さいだい》の課題《かだい》の1つ、KZ大憲章《カッズだいけんしょう》、通称《つうしょう》KZ《カッズ》マグナカルタについてだ。」

上杉君《うえすぎくん》が手《て》を伸《の》ばし、若武《わかたけ》の頭《あたま》を小突《こづ》く。

「言葉《ことば》、飾《かざ》んな！　うぜぇ。」

若武《わかたけ》のサラサラの髪《かみ》が、パッと空中《くうちゅう》に散《ち》り、ゆっくりと元《もと》の形《かたち》に戻《もど》った。

まるでスローモーションの動画《どうが》みたいで、とてもきれいだった。

翼《たすく》の髪《かみ》もサラサラだけど、ちょっと茶《ちゃ》っぽいから、真《ま》っ黒《くろ》な若武《わかたけ》の髪《かみ》は、すごく印象的《いんしょうてき》なんだ。

「立花《たちばな》！」

急《きゅう》に上杉君《うえすぎくん》に名前《なまえ》を呼《よ》ばれて、私《わたし》はびっくり！

「今《いま》、若武《わかたけ》が言《い》ってた『通称《つうしょう》』って、どういう意味《いみ》だ。言《い》って。」

すべての言葉《ことば》は、私《わたし》の専門《せんもん》。

上杉君《うえすぎくん》が数学《すうがく》と病理《びょうり》、小塚君《こづかくん》が社会理科《しゃかいりか》、黒木君《くろきくん》が情報《じょうほう》、翼《たすく》が歴史《れきし》と匂《にお》い、忍《しのぶ》がIT《アイティー》と霊界《れいかい》、そして私《わたし》は国語《こくご》を担当《たんとう》している。

どんな言葉《ことば》でも、いつでも即座《そくざ》に説明《せつめい》するのが私《わたし》の価値《かち》なんだ。

えっとレゾンデートル、存在価値《そんざいかち》だよ。

逆《ぎゃく》に言《い》えば、それができなかったら私《わたし》はKZ《カッズ》にいる資格《しかく》がないってこと。

「通称《つうしょう》というのは、一般《いっぱん》の人々《ひとびと》が知《し》っていて使《つか》っている呼《よ》び名《な》のこと。俗称《ぞくしょう》とか、通《とお》り名《な》とも言《い》います。」

上杉君《うえすぎくん》は頷《うなず》き、若武《わかたけ》に目《め》を向《む》けた。

「わかったか。KZ《カッズ》マグナカルタなんて誰《だれ》も呼《よ》んでねーし。話《はなし》を大《おお》きくすんじゃねーよ。」

ところが若武《わかたけ》は、まるで平気《へいき》な顔《かお》だった。

「俺《おれ》が今《いま》、呼《よ》んでるじゃん。それでいいんだ。」

ああ俺様《おれさま》、発言《はつげん》。

「おまえこそ、リーダーである俺《おれ》の話《はなし》にチャチャを入《い》れるんじゃない。いいか、元《もと》に戻《もど》すぞ。KZ大憲章《カッズだいけんしょう》の制定《せいてい》は、長《なが》らく我《われ》らの悲願《ひがん》だった。」

言葉《ことば》は、ますますオーバーになっていく。

上杉君《うえすぎくん》は、手《て》が付《つ》けられないといったように横《よこ》を向《む》いた。

「だが今日《こんにち》まで我《われ》らは多忙《たぼう》を極《きわ》めており、KZ大憲章《カッズだいけんしょう》に関《かん》しては、わずかに2条《じょう》を作《つく》っただけに留《とど》まっていた。」

えっと言葉遣《ことばづか》いはともかく、まだ2条《じょう》しかできてないのは事実《じじつ》。

なぜってKZ会議《カッズかいぎ》が開《ひら》かれるのは、たいてい事件《じけん》のある時《とき》だから、KZ大憲章《カッズだいけんしょう》のことを協議《きょうぎ》している時間《じかん》がないんだ。

「このままでは、我《われ》らの行動《こうどう》を規定《きてい》するものがない。リーダーとして俺《おれ》は、この事態《じたい》をずっとウレえていた。」

小塚君《こづかくん》が私《わたし》にささやく。

「ウレえているって、何《なに》？」

私《わたし》は小声《こごえ》で答《こた》えた。

「心配《しんぱい》するとか、気《き》にするとかいう意味《いみ》もあるけれど、この場合《ばあい》は、悲《かな》しむ、あるいは嘆《なげ》くの方《ほう》が近《ちか》いかな。心配《しんぱい》するって意味《いみ》の場合《ばあい》、使《つか》う漢字《かんじ》は優《やさ》しいっていう字《じ》のイ《にんべん》を取《と》ったのだけど、悲《かな》しむって意味《いみ》の場合《ばあい》は、秋《あき》の下《した》に心《こころ》を付《つ》けるんだ。」

小塚君《こづかくん》は、よくわかったみたいでニッコリした。

「どっちにしても、いつも強気《つよき》の若武《わかたけ》のイメージじゃないね。」

確《たし》かに。

たぶん今《いま》の気分《きぶん》で使《つか》ってみただけだよ、ちょっと深《ふか》みを感《かん》じさせる言葉《ことば》だし。

「そこ、私語《しご》はやめろ。えっとリーダーの俺《おれ》としては、早急《さっきゅう》にKZ《カッズ》大憲章《だいけんしょう》を制定《せいてい》する必要《ひつよう》があると感《かん》じてきた。今日《きょう》は、そのための招集《しょうしゅう》だ。」

私《わたし》は急《いそ》いで、事件《じけん》ノートにKZ《カッズ》会議《かいぎ》と書《か》き、その後《あと》に通《とお》しナンバーを付《つ》けて、大憲章制定《だいけんしょうせいてい》のための会議《かいぎ》というタイトルをつけた。

「あのさぁ、」

上杉君《うえすぎくん》が両腕《りょううで》を上《あ》げ、後頭部《こうとうぶ》で組《く》みながら椅子《いす》の背《せ》に寄《よ》りかかる。

「それ、秀明《しゅうめい》の休《やす》み時間内《じかんない》じゃ無理《むり》じゃね？」

黒木君《くろきくん》が頷《うなず》いた。

「今日《きょう》はその1回目《かいめ》ってことにして、それぞれに仕事《しごと》を分担《ぶんたん》するんだな。で、その成果《せいか》を次《つぎ》の時《とき》に持《も》ち寄《よ》って、検討《けんとう》し、絞《しぼ》っていく。」

忍《しのぶ》が目《め》を丸《まる》くする。

「その間《あいだ》に事件《じけん》が起《お》こったら、どうすんだ。それどころじゃなくなるだろ。事件優先《じけんゆうせん》だからさ。」

翼《たすく》が、しかたなさそうな息《いき》をついた。

「そしたら、また順延《じゅんえん》でしょ。で、事件《じけん》が起《お》こるたびに延《の》びていく。結局《けっきょく》、何《なに》も決《き》まらない。」

ん、それがこれまでのパターンだったんだよね。

「諸君《しょくん》、落《お》ち着《つ》くんだ。」

若武《わかたけ》が声《こえ》を張《は》り上《あ》げる。

その様子《ようす》は、どこか得意《とくい》げだった。

「神《かみ》は、我《われ》らKZ《カッズ》に、大憲章《だいけんしょう》を定《さだ》めるための時間《じかん》をお与《あた》えくださっている。」

そう言《い》いながら親指《おやゆび》で、壁《かべ》に貼《は》られているポスターを指《さ》した。

それは、来週《らいしゅう》から始《はじ》まる長期休暇《ちょうききゅうか》を利用《りよう》してのサッカーKZ合宿《カッズがっしゅく》のお知《し》らせだった。

期間《きかん》は、1週間《しゅうかん》。

レギュラーメンバーや補欠《ほけつ》メンバーはもちろん、サッカーKZ《カッズ》に入《はい》りたい塾生《じゅくせい》なら誰《だれ》でも参加《さんか》できると書《か》かれている。

「全員《ぜんいん》、これに参加《さんか》する。」

へっ!?

「僕《ぼく》やアーヤも?」

小塚君《こづかくん》が、とても無理《むり》だといったように首《くび》を横《よこ》に振《ふ》る。

「僕《ぼく》・・・ついていける気《き》が全然《ぜんぜん》しない。」

Ｍｅ《ミー》 Ｔｏｏ《トゥー》、ハッシュタグなし。

「それにアーヤは女子《じょし》だし、美門《みかど》はHS《ハッズ》だしさ、七鬼《ななき》はサッカーやってないよ。」

小塚君《こづかくん》の言葉《ことば》に、忍《しのぶ》が長《なが》い髪《かみ》を揺《ゆ》すって身《み》を乗《の》り出《だ》す。

「あ、俺《おれ》、これからやってもいいよ。おもしろそうだし。」

上杉君《うえすぎくん》が、チラッと忍《しのぶ》に視線《しせん》を流《なが》した。

「サッカーKZ《カッズ》に入《はい》ったら、その髪《かみ》、切《き》れって言《い》われるぜ。」

忍《しのぶ》は、ゾクッとしたらしく身《み》を震《ふる》わせる。

「ダメっ！　これは俺《おれ》の霊感《れいかん》アンテナ、体《からだ》の一部《いちぶ》。動物《どうぶつ》でいうと尻尾《しっぽ》みたいなものなんだ。」

へえ！

「霊感《れいかん》を強《つよ》めたいって思《おも》ってる人間《にんげん》や修験者《しゅげんじゃ》なんかは、昔《むかし》から皆《みんな》、髪《かみ》を伸《の》ばしてるぜ。絶対《ぜったい》切《き》れない。」

翼《たすく》が、その目《め》に興味深《きょうみぶか》そうな光《ひかり》を瞬《また》かせる。

「切《き》ったら、どうなるんでしょ。」

忍《しのぶ》は、ちょっと首《くび》を傾《かし》げた。

「霊感《れいかん》、なくなるかも。」

瞬間《しゅんかん》、翼《たすく》が小塚君《こづかくん》のナップザックを引《ひ》き寄《よ》せ、そこから鋏《はさみ》を取《と》り出《だ》す。

「やってみよう！」

そう言《い》うなり、むんずと忍《しのぶ》の長《なが》い髪《かみ》を摑《つか》み寄《よ》せた。

「わっ、マジやめろ！」

2人《ふたり》は一気《いっき》に、戦闘開始《せんとうかいし》。

黒木君《くろきくん》が肩《かた》を竦《すく》めた。

「あいつらは、放《ほう》っておこう。」

そだね。

「もう一度《いちど》聞《き》くけどさ、」

小塚君《こづかくん》が念《ねん》を押《お》すように若武《わかたけ》を見《み》る。

「本気《ほんき》で、僕《ぼく》やアーヤにサッカーKZ《カッズ》の合宿《がっしゅく》に参加《さんか》しろって言《い》ってるの？」

若武《わかたけ》は、んなはずねーだろ、と言《い》いたげに眉《まゆ》を上《あ》げた。

「俺《おれ》たちの合宿《がっしゅく》は、地獄《じごく》の特訓《とっくん》で有名《ゆうめい》なんだ。おまえらには、まるっきし無理《むり》。そのポスター、よく見《み》てみ。」

そう言《い》いながら、改《あらた》めてポスターを指差《ゆびさ》す。

私《わたし》は、じいっとそれを見《み》つめた。

そして下《した》の方《ほう》にある小《ちい》さな囲《かこ》み部分《ぶぶん》に気《き》が付《つ》いたんだ。

それは、長期休暇中《ちょうききゅうかちゅう》に企画《きかく》されている秀明《しゅうめい》の泊《と》まりこみ特別講座《とくべつこうざ》のお知《し》らせだった。

期間《きかん》は、サッカーKZ《カッズ》の合宿《がっしゅく》と同《おな》じ1週間《しゅうかん》。

これなら私《わたし》も知《し》っていた。

以前《いぜん》に案内《あんない》のリーフレットが配《くば》られたし、それを書《か》いたポスターも貼《は》ってあったから。

でも、どうしようかなって思《おも》っているうちに、締《し》め切《き》りが過《す》ぎてしまったんだ。

「あ、参加《さんか》しろって、こっちの特別講座《とくべつこうざ》のこと？」

小塚君《こづかくん》の質問《しつもん》に、若武《わかたけ》が大《おお》きく頷《うなず》く。

小塚君《こづかくん》は、胸《むね》を撫《な》で下《お》ろした。

「びっくりしたよ。その講座《こうざ》なら、僕《ぼく》もう申《もう》しこんである。」

えっ、そうなの。

「おお偉《えら》いぞ、小塚《こづか》！」

突然《とつぜん》ほめられて、小塚君《こづかくん》はきまり悪《わる》そうに肩《かた》をすぼめた。

「ただ自分《じぶん》で行《い》きたかっただけなんだけど・・・若武《わかたけ》、なんで参加《さんか》させようって思《おも》ってるの？」

若武《わかたけ》は、その目《め》に強《つよ》い光《ひかり》をきらめかせた。

「サッカーKZ《カッズ》の合宿《がっしゅく》は、千葉《ちば》の房総半島《ぼうそうはんとう》にあるKZ《カッズ》の合宿所《がっしゅくじょ》で行《おこな》われる。同《おな》じ敷地内《しきちない》に秀明《しゅうめい》の保養施設《ほようしせつ》があって、特別講座《とくべつこうざ》はそこで開《ひら》かれるんだ。」

よく見《み》れば、ポスターには地図《ちず》も載《の》っていて、場所《ばしょ》は成田空港《なりたくうこう》の近《ちか》くの佐倉市《さくらし》だった。

「佐倉市《さくらし》は、都心《としん》から離《はな》れた旧城下町《きゅうじょうかまち》だ。翼《たすく》、歴史《れきし》は？」

突然《とつぜん》、話《はなし》をフられた翼《たすく》は、忍《しのぶ》と摑《つか》み合《あ》ったまま、こちらを向《む》いた。

「あそこは確《たし》か、市内《しない》から3万《まん》5000年《ねん》くらい前《まえ》の石器《せっき》や炉跡《ろあと》が見《み》つかってるんだ。つまり、その時期《じき》から人間《にんげん》が住《す》んでたってこと。」

すごい、古《ふる》っ！

「前方後円墳《ぜんぽうこうえんふん》もあるし、8世紀《せいき》から9世紀《せいき》にかけての掘立柱建物《ほったてばしらたてもの》や仏面墨書土器《ぶつめんぼくしょどき》っていう珍《めずら》しい土器《どき》も発見《はっけん》されてる。その後《ご》、この辺《あた》り一帯《いったい》は、豪族《ごうぞく》の千葉氏《ちばし》が支配《しはい》したんだ。」

もしかしてそれで、千葉県《ちばけん》っていう地名《ちめい》ができたの？

「千葉氏《ちばし》は、源頼朝《みなもとのよりとも》と組《く》んで勢力《せいりょく》を広《ひろ》げ、岩手県《いわてけん》や宮城県《みやぎけん》、岐阜県《ぎふけん》、九州《きゅうしゅう》の佐賀県《さがけん》にも領地《りょうち》を持《も》っていた。ところが戦国時代《せんごくじだい》の末期《まっき》に没落《ぼつらく》。江戸時代《えどじだい》になると家康《いえやす》がこの地方《ちほう》を東《ひがし》の守《まも》りとして重要視《じゅうようし》し、自分《じぶん》の子供《こども》を相次《あいつ》いで城主《じょうしゅ》にしたんだ。その後《ご》も幕府《ばくふ》の重臣《じゅうしん》が城主《じょうしゅ》になったため、老中《ろうじゅう》の城《しろ》と言《い》われている。明治《めいじ》には、城跡《しろあと》に陸軍《りくぐん》の兵営《へいえい》が置《お》かれた。」

わぁ、詳《くわ》しいなぁ。

感心《かんしん》する私《わたし》の前《まえ》で、翼《たすく》は再《ふたた》び忍《しのぶ》との戦《たたか》いに戻《もど》っていき、若武《わかたけ》は、今度《こんど》は小塚君《こづかくん》に目《め》を向《む》ける。

「地理的《ちりてき》、地学的《ちがくてき》、生物学的《せいぶつがくてき》には、どうなんだ？」

小塚君《こづかくん》は両腕《りょううで》をテーブルに置《お》き、ゆっくりと口《くち》を開《ひら》いた。

「佐倉市《さくらし》は、太平洋《たいへいよう》に面《めん》した九十九里浜《くじゅうくりはま》から直線距離《ちょくせんきょり》で30キロほど内陸《ないりく》に入《はい》った所《ところ》に位置《いち》している。北部《ほくぶ》には印旛沼《いんばぬま》があって、佐倉市《さくらし》との間《あいだ》には泥炭地《でいたんち》って呼《よ》ばれる湿地《しっち》が広《ひろ》がっているんだ。散策《さんさく》や野鳥観測《やちょうかんそく》ができるように道路《どうろ》が整備《せいび》されてる所《ところ》もあるし、湿地独特《しっちどくとく》の植物《しょくぶつ》や鳥《とり》、昆虫《こんちゅう》が生息《せいそく》してておもしろいよ。」

それで行《い》きたかったのかぁ。

「群馬県《ぐんまけん》の尾瀬《おぜ》なんかと似《に》てて、すごくきれいなんだ。でも危険生物《きけんせいぶつ》もいる。」

危険生物《きけんせいぶつ》？

「印旛沼《いんばぬま》やそこから流《なが》れ出《で》る川《かわ》には今《いま》、特定外来生物《とくていがいらいせいぶつ》のカミツキガメが繁殖《はんしょく》してるんだ。合計《ごうけい》1万《まん》6000匹近《びきちか》くいるみたい。」

おお大量《たいりょう》っ！

「カミツキガメは、甲羅《こうら》のサイズが30センチを超《こ》えるほど大《おお》きくなるし、凶暴《きょうぼう》で、繁殖力《はんしょくりょく》が強《つよ》く、雌《めす》は一度《いちど》に100個以上《こいじょう》の卵《たまご》を産《う》む。県《けん》が捕獲《ほかく》に乗《の》り出《だ》してるけど、まだまだ追《お》いつかないみたい。散策《さんさく》する時《とき》には注意《ちゅうい》が必要《ひつよう》だと思《おも》うよ。それからキョンもいる。」

キョン？

「鹿《しか》の一種《いっしゅ》だよ。体長《たいちょう》1メートル以上《いじょう》になるシカ科《か》ホエジカ属《ぞく》で、大《おお》きな声《こえ》で鳴《な》くんだ。千葉県《ちばけん》内《ない》には、これが5万頭《まんとう》もいる。」

わっ！

「一年中《いちねんじゅう》が繁殖期《はんしょくき》で、爆発的《ばくはつてき》に増《ふ》えるんだ。カミツキガメと同《おな》じ特定外来生物《とくていがいらいせいぶつ》だから、県《けん》が駆除《くじょ》しようと躍起《やっき》になってるところ、以上《いじょう》。話《はなし》を返《かえ》すよ、若武《わかたけ》どうぞ。」

小塚君《こづかくん》の礼儀正《れいぎただ》しい態度《たいど》に、若武《わかたけ》は満足《まんぞく》したように大《おお》きく頷《うなず》いた。

「長閑《のどか》な田舎町《いなかまち》だから、まず事件《じけん》なんか起《お》こらんし、1週間《しゅうかん》ずっと一緒《いっしょ》にいれば、早朝《そうちょう》や3食食《しょくた》べた後《あと》、休《やす》み時間《じかん》、寝《ね》る前《まえ》のフリータイムまで、あらゆる時間《じかん》が会議《かいぎ》に使《つか》える。1週間《しゅうかん》もありゃ、KZ大憲章《カッズだいけんしょう》は完成《かんせい》だ。」

私《わたし》は思《おも》わず、両手《りょうて》を握《にぎ》りしめた。

1週間《しゅうかん》も泊《と》まりこみでKZ活動《カッズかつどう》ができるなんて・・・感激《かんげき》！

私《わたし》も行《い》く、特別講座《とくべつこうざ》、申《もう》し込《こ》むっ!!

と言《い》いたいけれど、申《もう》し込《こ》み期間《きかん》って、もう終《お》わってるんだった。

申《もう》しこめない、シクシクシク・・・。

「昨日《きのう》聞《き》いた情報《じょうほう》では、」

黒木君《くろきくん》が、ちょっと笑《わら》った。

「特別講座《とくべつこうざ》は、まだ定員《ていいん》に満《み》たなくて、締《し》め切《き》り過《す》ぎてるけど受《う》け付《つ》けをしてるって話《はなし》だったよ。」

わぁ、ラッキー！

若武《わかたけ》が皆《みんな》を見回《みまわ》す。

「よし、まだ申《もう》し込《こ》みをしてない奴《やつ》は、至急《しきゅう》、書類《しょるい》を提出《ていしゅつ》しろ。探偵《たんてい》チームKZ《カッズ》は、佐倉市《さくらし》に集結《しゅうけつ》するんだ！」

おお、今度《こんど》こそKZ大憲章《カッズだいけんしょう》を制定《せいてい》しようっ！

「あ、俺《おれ》、ダメかもしんない。」

4 華麗《かれい》なる姫君展《ひめぎみてん》

そう言《い》ったのは、翼《たすく》と攻防戦《こうぼうせん》を繰《く》り広《ひろ》げていた忍《しのぶ》だった。

皆《みんな》が驚《おどろ》いて、忍《しのぶ》の方《ほう》に目《め》を向《む》ける。

「なんでだよ。」

若武《わかたけ》に聞《き》かれ、忍《しのぶ》は翼《たすく》と摑《つか》み合《あ》っていた手《て》を離《はな》し、テーブルに戻《もど》ってきた。

「その佐倉市《さくらし》の隣《となり》に、印旛郡《いんばぐん》坂井町《さかいまち》って所《ところ》がある。人口《じんこう》が少《すく》なくて市《し》になれず、いまだに町《まち》のままなんだけどね。」

上杉君《うえすぎくん》が解説《かいせつ》した。

「市《し》として認《みと》められるためには、原則《げんそく》、人口《じんこう》が5万人《まんにん》以上《いじょう》、必要《ひつよう》なんだ。」

へぇ、そうなの。

「で、その坂井町《さかいまち》に、千葉美術館《ちばびじゅつかん》っていう美術館《びじゅつかん》があるんだ。」

小塚君《こづかくん》がスマートフォンを出《だ》し、地図《ちず》を検索《けんさく》してテーブルに置《お》いた。

「坂井町《さかいまち》の千葉美術館《ちばびじゅつかん》って、ここだよ。」

それは、佐倉市《さくらし》との境界線《きょうかいせん》のすぐそばだった。

「昔《むかし》はこの辺《あた》り一帯《いったい》が、千葉氏《ちばし》の城《しろ》だったんだ。今《いま》では佐倉市《さくらし》と坂井町《さかいまち》に分《わ》かれてるけど。この地図《ちず》によると美術館《びじゅつかん》は、その坂井町側《さかいまちがわ》の城部分《しろぶぶん》に建《た》ってるみたいだね。」

千葉氏《ちばし》の城跡《しろあと》に建《た》ってるから、千葉美術館《ちばびじゅつかん》なんだ、きっと。

「その千葉美術館《ちばびじゅつかん》には、」

忍《しのぶ》が話《はなし》を取《と》り戻《もど》し、先《さき》を続《つづ》けた。

「たくさんの絵《え》が収蔵《しゅうぞう》されてて、中《なか》でも有名《ゆうめい》なのは、『黒猫姫《くろねこひめ》』だ。戦国時代末期《せんごくじだいまっき》の絵《え》らしい。」

すかさず翼《たすく》が声《こえ》を上《あ》げた。

「ああ知《し》ってる。それ、すごく有名《ゆうめい》な絵《え》だよ。」

私《わたし》は全然知《ぜんぜんし》らなかったので、恥《は》ずかしく思《おも》いながら、そっと皆《みんな》の様子《ようす》をうかがった。

すると若武《わかたけ》はポカン、小塚君《こづかくん》はボンヤリ、上杉君《うえすぎくん》は黒木君《くろきくん》と顔《かお》を見合《みあ》わせ、知《し》らねぇといったように肩《かた》を竦《すく》めている。

皆《みんな》の反応《はんのう》を見《み》ながら、忍自身《しのぶじしん》も小刻《こきざ》みに頷《うなず》いていた。

翼《たすく》を除《のぞ》けば誰《だれ》も知《し》らないみたいで、私《わたし》は胸《むね》を撫《な》で下《お》ろす。

「なんだ、黒猫姫《くろねこひめ》って。姫《ひめ》が黒猫《くろねこ》なのか。」

上杉君《うえすぎくん》が言《い》い、若武《わかたけ》が声《こえ》を上《あ》げた。

「違《ちげ》えーよ。黒猫《くろねこ》の姫《ひめ》なんだろ。」

上杉君《うえすぎくん》は、若武《わかたけ》をにらむ。

「なんだ、それ。猫《ねこ》の世界《せかい》に身分《みぶん》があるのか。姫《ひめ》とか殿《との》とか。」

若武《わかたけ》は、上杉君《うえすぎくん》をにらみ返《かえ》した。

「おまえこそ、どうやって姫《ひめ》が黒猫《くろねこ》になるんだ。」

すると脇《わき》から、忍《しのぶ》が参戦《さんせん》。

「黒猫《くろねこ》が化《ば》けた姫《ひめ》の伝説《でんせつ》って、日本《にっぽん》にいくつか残《のこ》ってるよ。」

三《み》つ巴《どもえ》のその混戦状態《こんせんじょうたい》に、翼《たすく》が、てんで違《ちが》うといったように首《くび》を振《ふ》り、割《わ》って入《はい》ろうとする。

黒木君《くろきくん》が片手《かたて》を上《あ》げて遮《さえぎ》った。

「キリがないから後《あと》にしろよ。七鬼《ななき》、話《はなし》続《つづ》けて。」

ん、先《さき》、行《い》こ行《い》こ。

「この美術館《びじゅつかん》では、来月《らいげつ》から『黒猫姫《くろねこひめ》』を中心《ちゅうしん》にして『華麗《かれい》なる姫君展《ひめぎみてん》—戦国《せんごく》の炎《ほのお》』っていう展《てん》示会《じかい》を開《ひら》くんだ。日本国内《にっぽんこくない》のいろんな美術館《びじゅつかん》や個人《こじん》が所有《しょゆう》している絵画《かいが》の中《なか》から、戦国時代《せんごくじだい》の姫《ひめ》を描《えが》いた絵《え》ばかりを集《あつ》めて展示《てんじ》するんだって。」

へえ、華《はな》やかそう。

「それで俺《おれ》の実家《じっか》にも連絡《れんらく》が来《き》てさ、七鬼家《なきけ》の持《も》っている『真珠姫《しんじゅひめ》』を貸《か》してくれって言《い》われたらしい。」

ああ名家《めいか》だから、古《ふる》い絵《え》とかあるんだよね。

「それで貸《か》し出《だ》す話《はなし》がまとまって、その後《ご》、父《ちち》が電話《でんわ》してきたんだ。『真珠姫《しんじゅひめ》』は、確《たし》かに七鬼家《なきけ》の財産目録《ざいさんもくろく》に載《の》っている。だが本家《ほんけ》の蔵《くら》をいくら捜《さが》してもない。そっちの蔵《くら》にあるに違《ちが》いないから早急《さっきゅう》に捜《さが》しとけって。で、3か月前《げつまえ》から捜《さが》してるんだけど、いまだに見《み》つからないんだ。見《み》つかるまで、俺《おれ》、家《いえ》から離《はな》れられない。」

上杉君《うえすぎくん》が、目《め》を丸《まる》くする。

「3か月《げつ》もかかって見《み》つからないって、おまえんちの蔵《くら》、どんだけ広《ひろ》いんだ。普通《ふつう》なら絵《え》の1枚《まい》や2枚《まい》、すぐ出《で》てくっだろーが。」

忍《しのぶ》は、キッパリと首《くび》を横《よこ》に振《ふ》った。

「日本《にっぽん》の絵《え》って、西洋《せいよう》の絵《え》みたいに額縁《がくぶち》に入《はい》ってすぐ見《み》えるような形《かたち》になってるわけじゃないんだ。巻《ま》いて箱《はこ》に収《おさ》められている。其々《それぞれ》の箱《はこ》の表《おもて》には、箱書《はこが》きっていって、中《なか》に入《はい》ってる物《もの》や制作者名《せいさくしゃめい》が書《か》いてあるんだけど、字《じ》が古《ふる》くなって薄《うす》れてたり、たまに書《か》いてなかったり、美術館《びじゅつかん》とか博物館《はくぶつかん》によく貸《か》し出《だ》してるから、箱《はこ》が入《い》れ違《ちが》って戻《もど》ってくることもあって、イチイチ開《あ》けて中《なか》を確《たし》かめなきゃならないんだ。おまけにうちの蔵《くら》には、その手《て》の箱《はこ》が700箱《ぱこ》以上《いじょう》もある。」

うわっ！

「やってもやっても、終《お》わんなくってさ。」

そりゃ時間《じかん》かかるよね、納得《なっとく》。

「でも展示会《てんじかい》の開催《かいさい》までには何《なん》とか見《み》つけなくちゃならない。で、必死《ひっし》なんだ。今週中《こんしゅうちゅう》には終《お》わりそうもないから、来週《らいしゅう》からの休暇《きゅうか》が始《はじ》まっても出《で》かけられないと思《おも》う。」

なんか、かわいそ。

「見通《みとお》しは？」

黒木君《くろきくん》に聞《き》かれて、忍《しのぶ》は放《ほう》り投《な》げるように答《こた》える。

「まるっきし、ない。」

若武《わかたけ》が、パチンと指《ゆび》を鳴《な》らした。

「よし、ここは友情《ゆうじょう》の出番《でばん》だ。」

は？

「今週《こんしゅう》の土曜《どよう》、KZ《カッズ》全員《ぜんいん》で七鬼《なき》の家《いえ》に行《い》き、蔵《くら》に入《はい》って、そいつを捜《さが》すんだ。必《かなら》ず見《み》つけ出《だ》して、七鬼《ななき》を来週《らいしゅう》からの特別講座《とくべつこうざ》に参加《さんか》させる。」

賛成《さんせい》っ！

私《わたし》が勢《いきお》いよく手《て》を上《あ》げると、皆《みんな》が、次々《つぎつぎ》と挙手《きょしゅ》をして、最後《さいご》に忍《しのぶ》がニッコリした。

「助《たす》かるよ。見《み》つからなかったらどうしようって思《おも》って、マジ憂鬱《ゆううつ》だったんだ。おかげでゲーム時間《じかん》が延《の》びちゃってさ、依存症《いそんしょう》スレスレ。」

上杉君《うえすぎくん》が溜《た》め息《いき》をつく。

「それ、逃避行動《とうひこうどう》だろ。」

そんなことしてないで、その時間《じかん》に捜《さが》せばいいのに。

「まぁ、気持《きも》ちはわからんでもないけど。」

え？

「ゲームの世界《せかい》なら簡単《かんたん》に成功《せいこう》が手《て》に入《はい》る。現実世界《げんじつせかい》と違《ちが》って、達成感《たっせいかん》が得《え》られるからな。」

そうなのかぁ。

「厚生労働省《こうせいろうどうしょう》の一番新《いちばんあたら》しい統計《とうけい》によれば、ネット依存症《いそんしょう》の疑《うたが》いのある中高生《ちゅうこうせい》は、日本中《にっぽんじゅう》で52万人《まんにん》だ。」

多《おお》いっ！

「日本《にっぽん》で初《はじ》めてネット依存症《いそんしょう》の外来《がいらい》を開《ひら》いた病院《びょういん》には、年間《ねんかん》1800人《にん》が殺到《さっとう》してるらしい。」

驚《おどろ》いている私《わたし》の前《まえ》で、忍《しのぶ》がほっとしたような息《いき》をついた。

「じゃ俺《おれ》、それほど特殊《とくしゅ》じゃないじゃん。よかった。」

その反応《はんのう》、違《ちが》うっ！

「それでは諸君《しょくん》、」

若武《わかたけ》が立《た》ち上《あ》がって話《はなし》をまとめる。

「それぞれ、合宿《がっしゅく》か特別講座《とくべつこうざ》どっちかに申《もう》しこんどけ。」

そう言《い》いながら翼《たすく》に目《め》を留《と》めた。

「あ、おまえ、どうすんの？」

そういえば翼《たすく》は、サッカーKZ《カッズ》でも秀明《しゅうめい》でもないんだっけ。

「合宿所《がっしゅくじょ》のゲストルーム手配《てはい》してやろうか？」

翼《たすく》は、軽《かる》く首《くび》を横《よこ》に振《ふ》った。

「九十九里浜《くじゅうくりはま》なら、うちの別荘《べっそう》があるからそこに泊《と》まる。」

別荘《べっそう》あるんだ、すごいな。

「アーヤ、なんて顔《かお》してるんだ。」

若武《わかたけ》が咎《とが》めるように言《い》った。

「すごいとでも思《おも》ってるのか。」

当《あ》たり。

「別荘《べっそう》なんか、別《べつ》にすごくない。ただ1軒《けん》、田舎《いなか》に安《やす》い家《いえ》を買《か》えばいいだけだ。」

あ・・別荘《べっそう》のイメージ狂《くる》った。

「俺《おれ》んちも那須《なす》にあるけど、あれならホテルの方《ほう》が絶対《ぜったい》ましだ。行《い》く時《とき》は、たいてい行楽《こうらく》シーズンだから、道路《どうろ》は渋滞《じゅうたい》しまくり。やっとこさ着《つ》いたら、まず掃除《そうじ》から始《はじ》めなきゃならない。日《ひ》が照《て》ってれば寝具類《しんぐるい》を干《ほ》せるけど、曇《くも》りだったら何《なん》か月《げつ》もしまいっ放《ぱな》しのカビ臭《くさ》い布団《ふとん》に寝《ね》なきゃならんし、その日《ひ》から炊事《すいじ》をし、翌日《よくじつ》からは毎日《まいにち》、洗濯《せんたく》だ。」

私《わたし》・・・別荘《べっそう》いらないかも。

「ハンパな別荘《べっそう》、持《も》つからだ。」

上杉君《うえすぎくん》が冷笑《れいしょう》する。

「別荘《べっそう》ってのは、本来《ほんらい》、管理人《かんりにん》を置《お》くものだ。一番経済的《いちばんけいざいてき》なのは、その近《ちか》くに住《す》んでいる夫婦《ふうふ》を雇《やと》うこと。夫《おっと》が警備担当《けいびたんとう》、妻《つま》が家事担当《かじたんとう》だ。行《い》く日《ひ》を連絡《れんらく》しておけば、すべてを整《ととの》えておいてくれる。滞在中《たいざいちゅう》は食事《しょくじ》も作《つく》ってくれるし、もちろん掃除《そうじ》も、時《とき》には観光案内《かんこうあんない》もしてくれる。もっと贅沢《ぜいたく》な家《いえ》は、専用《せんよう》の料理人《りょうりにん》や運転手《うんてんしゅ》を雇《やと》ってる。別荘《べっそう》の敷地内《しきちない》に使用人専用《しようにんせんよう》の棟《とう》を持《も》ってる家《いえ》もあるし。」

へぇ、すごいなぁ。

「だが一年中《いちねんじゅう》、人《ひと》を雇《やと》っておくと、人件費《じんけんひ》がものすごくかかるんだ。で、別荘《べっそう》は金持《かねも》ちしか持《も》てない。美門《みかど》んとこは？」

上杉君《うえすぎくん》に聞《き》かれて、翼《たすく》は軽《かる》く首《くび》を傾《かし》げる。

「いく人《にん》かいるよ。数《かぞ》えたことはないけど。」

やっぱすごい！

「今度《こんど》、皆《みんな》で遊《あそ》びにきたらどうでしょ。」

やったっ！

「それは置《お》いといて、とにかく今回《こんかい》は、」

黒木君《くろきくん》が話《はなし》を元《もと》に戻《もど》す。

「合宿所《がっしゅくじょ》のゲストルームに泊《と》まれよ。離《はな》れた所《ところ》にいると緊急時《きんきゅうじ》に集《あつ》まりにくいし、全体《ぜんたい》の動《うご》きが遅《おそ》くなるだろ。」

若武《わかたけ》が頷《うなず》いた。

「よし、美門《みかど》はゲストルームに入《はい》れ。じゃ全員《ぜんいん》、土曜日《どようび》に七鬼《なき》の家《いえ》に集合《しゅうごう》だ。朝《あさ》から作業《さぎょう》を開始《かいし》する。遅《おく》れるなよ。今日《きょう》はこれで解散《かいさん》っ！」

それで皆《みんな》が、引《ひ》き上《あ》げていこうとしたんだ。

私《わたし》は、あわてて言《い》った。

「小塚君《こづかくん》、これ、なんだと思《おも》う？」

私《わたし》が差《さ》し出《だ》したビニール袋《ぶくろ》を、小塚君《こづかくん》は受《う》け取《と》り、空中《くうちゅう》に翳《かざ》した。

「なんだろ。この袋《ふくろ》、開《あ》けてもいい？」

もちろんだよ。

小塚君《こづかくん》は、自分《じぶん》のナップザックからA《エー》3くらいのシートを出《だ》してテーブルに広《ひろ》げ、その上《うえ》にビニール袋《ぶくろ》を置《お》く。

ラテックスの手袋《てぶくろ》をはめて袋《ふくろ》のジッパーを開《ひら》き、慎重《しんちょう》な手《て》つきでティッシュの中《なか》から青《あお》い粉《こな》を取《と》り出《だ》した。

皆《みんな》が興味津々《きょうみしんしん》で、そんな小塚君《こづかくん》を取《と》り囲《かこ》む。

「プラスティックの欠片《かけら》とか、か？」

「違《ちげ》えよ、粒《つぶ》が重《おも》そうじゃん。」

「アーヤ、どこで拾《ひろ》ったの。」

翼《たすく》に聞《き》かれて、私《わたし》は今朝《けさ》の事情《じじょう》を話《はな》した。

「その子《こ》は、開生中学《かいせいちゅうがく》の制服《せいふく》着《き》てて、さっきも階段《かいだん》で会《あ》ったんだ。交流会《こうりゅうかい》で来《き》てたみたい。でも不思議《ふしぎ》なことに、本人《ほんにん》は、落《お》としてないって言《い》ってる、見間違《みまちが》いだろって。上品《じょうひん》な和風《わふう》の顔立《かおだ》ちをしてて、それが特徴的《とくちょうてき》だったから、間違《まちが》えるはずはないと思《おも》うんだけど。」

上杉君《うえすぎくん》が黒木君《くろきくん》に視線《しせん》を流《なが》す。

「おまえのデータ当《あ》たってみろよ。今日《きょう》は1年生《ねんせい》の講座《こうざ》しかないから、開生《かいせい》1年《ねん》の中《なか》で秀明《しゅうめい》に通《かよ》ってる奴《やつ》、かつ上品《じょうひん》な醤油顔《しょうゆがお》。」

黒木君《くろきくん》が即《そく》、スマートフォンを出《だ》し、何《なに》やら検索《けんさく》していて、やがてその画面《がめん》を私《わたし》の方《ほう》に向《む》けた。

「これ？」

そこには、あの子《こ》がバッチリ写《うつ》っていたんだ。

「ん、その子《こ》だよ。」

若武《わかたけ》がスマートフォンを引《ひ》ったくる。

「誰《だれ》、こいつ？」

黒木君《くろきくん》は、首《くび》を横《よこ》に振《ふ》った。

「データは、その写真《しゃしん》だけだ。入学式《にゅうがくしき》の写真《しゃしん》を入手《にゅうしゅ》して、全員分《ぜんいんぶん》の画像《がぞう》を取《と》りこんだ後《あと》、知《し》ってる奴《やつ》とか、成績《せいせき》や部活《ぶかつ》や校内行事《こうないぎょうじ》で目立《めだ》った奴《やつ》、それから問題起《もんだいお》こした奴《やつ》なんかのデータを追加《ついか》して名簿《めいぼ》作《つく》ったんだけど、そいつに関《かん》しては何《なに》も入《はい》ってない。」

つまりよくも悪《わる》くも目立《めだ》たない、普通《ふつう》の子《こ》なんだ。

「気《き》になるんなら調《しら》べてみるけど、どうする？」

私《わたし》は、お礼《れい》を言《い》って断《ことわ》った。

調《しら》べるほどのことでもないと思《おも》ったんだ。

本人《ほんにん》が、否定《ひてい》してるんだし。

「あの、これね、」

熱心《ねっしん》にルーペをのぞいていた小塚君《こづかくん》が顔《かお》を上《あ》げる。

「たぶん藍銅鉱《らんどうこう》を粉《こな》にしたものだと思《おも》うよ。」

え・・・それは何《なに》？

「藍銅鉱《らんどうこう》は、別名《べつめい》アズライト。炭酸塩鉱物《たんさんえんこうぶつ》の1種《しゅ》で、化学式《かがくしき》はCu《シーユー》$_3$(CO《シーオー》$_3$)$_2$(OH《オーエイチ》)$_2$だ。」

はぁ。

「銅《どう》が、空気《くうき》や水《みず》と反応《はんのう》して変化《へんか》したものだよ。だから二次鉱物《にじこうぶつ》って言《い》われてる。」

はぁ・・・。

「自然界《しぜんかい》では、たいてい孔雀石《くじゃくいし》と混《ま》じって存在《そんざい》してるんだ。これは純粋《じゅんすい》に藍銅鉱《らんどうこう》だけだから、おそらく人工的《じんこうてき》に精製《せいせい》したものだと思《おも》う。ものすごく高価《こうか》だよ。」

ああ、それで困《こま》ってたのかもしれない。

でもなんで、こんな物《もの》を持《も》ってたんだろ。

「これが入《はい》ってた小瓶《こびん》って、どんなのだった？」

小塚君《こづかくん》に聞《き》かれて、私《わたし》はあの時《とき》に見《み》た瓶《びん》を思《おも》い出《だ》し、説明《せつめい》した。

「じゃ、きっと岩絵具《いわえのぐ》だ。」

岩絵具《いわえのぐ》？

「絵具《えのぐ》の一種《いっしゅ》で、昔《むかし》から日本《にっぽん》にある顔料《がんりょう》だよ。鉱石《こうせき》や半貴石《はんきせき》を砕《くだ》いて作《つく》るんだ。仏像《ぶつぞう》を着色《ちゃくしょく》したり、絵《え》を描《か》いたりする時《とき》に使《つか》われてきた。６００年代末《ねんだいまつ》に描《えが》かれた高松塚古墳《たかまつづかこふん》の壁画《へきが》にも、使用《しよう》されてるんだ。」

へぇ。

「この藍銅鉱《らんどうこう》は、岩群青《いわぐんじょう》って呼《よ》ばれる絵具《えのぐ》になる。見《み》てわかる通《とお》りきれいな群青色《ぐんじょういろ》で、粒《つぶ》の大《おお》き石英《てっせきえい》さによってセルリアンブルーになったり、プルシャンブルーになったりするんだ。他《ほか》にも鉄石英《てっせきえい》から金茶色《きんちゃいろ》、硫化水銀《りゅうかすいぎん》から辰砂《しんしゃ》、酸化鉄《さんかてつ》から黒色《くろいろ》、黄色石灰岩《きいろせっかいがん》から象牙色《ぞうげいろ》が作《つく》られる。ラピスラズリを砕《くだ》いて作《つく》る瑠璃色《るりいろ》は最高《さいこう》に高価《こうか》だけど、この岩群青《いわぐんじょう》もかなり高《たか》いと思《おも》うよ。」

私《わたし》は、改《あらた》めてその粒《つぶ》を見下《みお》ろした。

鉱物《こうぶつ》から絵具《えのぐ》ができるなんて、なんか不思議《ふしぎ》。

そう考《かんが》えながら、駅《えき》ビルの中《なか》に24時間営業《じかんえいぎょう》の画材屋《がざいや》があることを思《おも》い出《だ》した。

きっと、あそこで買《か》ったんだ。

「これ、ほんの少《すこ》しだけど、それでも持《も》ち主《ぬし》に返《かえ》した方《ほう》がいいんじゃないかな。」

小塚君《こづかくん》は、それをビニール袋《ぶくろ》に戻《もど》し、私《わたし》に差《さ》し出《だ》す。

「このくらいの量《りょう》でも、狭《せま》い範囲《はんい》なら充分《じゅうぶん》、塗《ぬ》れるから。」

私《わたし》は、困《こま》ってしまった。

だって落《お》としたことを否定《ひてい》してるんだから、受《う》け取《と》るはずがないもの。

「たぶん拒否《きょひ》られると思《おも》う。私《わたし》が保管《ほかん》しといてもいいけど、そういうことに慣《な》れないから、うまくできるかどうか心配《しんぱい》。」

すると小塚君《こづかくん》は、ニッコリ笑《わら》った。

「じゃ僕《ぼく》が預《あず》かって、うちの鉱物《こうぶつ》サンプルの中《なか》に入《い》れとくよ。返《かえ》すことになったら、いつでも言《い》ってね。」

ありがとう、ほんと優《やさ》しいっ！

そう思《おも》いながら私《わたし》は、あの子《こ》にこれを返《かえ》せる日《ひ》が来《く》るといいなと思《おも》った。

高価《こうか》だって話《はなし》だから、落《お》として失《うしな》ってしまって、本心《ほんしん》ではきっと困《こま》っているだろう。

何《なに》か私《わたし》に協力《きょうりょく》できること、ないかなぁ・・・。

5　とんでもない事態《じたい》

名前《なまえ》もわからないその子《こ》のことを気《き》にしながら、私《わたし》は授業《じゅぎょう》が終《お》わると事務室《じむしつ》に行《い》き、特別講座《とくべつこうざ》の申込用紙《もうしこみようし》をもらった。

「もう締《し》め切《き》ってるんだけど、定員《ていいん》に達《たっ》してないから今《いま》からでも大丈夫《だいじょうぶ》よ。でも早《はや》く出《だ》してね。」

私《わたし》は頷《うなず》き、それをバッグにしまった。

帰《かえ》ってママに話《はな》して、明日《あす》持《も》ってこようっと。

「ありがとうございました。」

お礼《れい》を言《い》って、秀明《しゅうめい》の玄関《げんかん》を出《で》る。

いつも通《どお》りに線路《せんろ》に沿《そ》った道《みち》を歩《ある》き、コンビニの前《まえ》に差《さ》しかかると、店《みせ》の出入《でい》り口《ぐち》の脇《わき》に置《お》かれたゴミ箱《ばこ》の横《よこ》に、翼《たすく》が立《た》っていた。

「あれ、買《か》い物《もの》？」

私《わたし》が聞《き》くと、翼《たすく》は首《くび》を横《よこ》に振《ふ》った。

「アーヤを待《ま》ってたんだ。話《はなし》があって。」

え、なんだろ？

「もう遅《おそ》い。早《はや》く帰《かえ》った方《ほう》がいいから、歩《ある》きながら話《はな》そう。」

先《さき》に立《た》った翼《たすく》を、私《わたし》は追《お》いかけ、肩《かた》を並《なら》べた。

「あのね、」

そう言《い》いながら翼《たすく》は、まっすぐ前《まえ》を見《み》つめる。

「俺《おれ》、開生《かいせい》の編入試験《へんにゅうしけん》、受《う》かったんだ。」

わぁ、すごい！

「昨日《きのう》、学校《がっこう》から連絡《れんらく》がきた。」

やっぱり翼《たすく》には、力《ちから》があるんだね。

しかも、いつも自分《じぶん》を見《み》つめて頑張《がんば》ってるから、鬼《おに》に金棒《かなぼう》ってとこかな。

よかったねぇ！

そう思《おも》いながらも、私《わたし》はちょっと沈《しず》んだ気持《きも》ちになった。

だって編入試験《へんにゅうしけん》に受《う》かったってことは、転校《てんこう》していってしまうってことだもの。

もう同《おな》じ教室《きょうしつ》で授業《じゅぎょう》を受《う》けることもない。

何度《なんど》か一緒《いっしょ》に帰《かえ》ったりもしたけれど、これからはそれもできないんだ。

そんなことを考《かんが》えていると、胸《むね》が痛《いた》くなった。

「アーヤ、どうかした？」

顔《かお》をのぞきこまれて、私《わたし》はあわてて首《くび》を振《ふ》る。

「なんでもない。よかったね、おめでとう！」

そう言《い》いながら涙《なみだ》が出《で》そうになった。

同《おな》じクラスに翼《たすく》がいてくれるって、すごく心強《こころづよ》いことだったんだって、その時初《ときはじ》めて意識《いしき》した。

「アーヤ・・・」

翼《たすく》は足《あし》を止《と》め、私《わたし》の方《ほう》に向《む》き直《なお》った。

「俺《おれ》が転校《てんこう》するの・・・寂《さび》しい？」

当《あ》たり前《まえ》でしょって言《い》いたかったけれど、そんなこと言《い》っちゃいけないだろうって思《おも》った。

だって翼《たすく》は、自分《じぶん》の夢《ゆめ》を叶《かな》えるために努力《どりょく》して、そして合格《ごうかく》したんだもの。

私《わたし》はそれを喜《よろこ》んで、背中《せなか》を押《お》してあげるべきだ。

翼《たすく》が気《き》にしたり、心《こころ》を残《のこ》す原因《げんいん》になるようなことを言《い》っちゃいけない。

クラスから翼《たすく》がいなくなっても、きっと私《わたし》は大丈夫《だいじょうぶ》だ。

頑張《がんば》れば、何《なん》とかなる！

「平気《へいき》だよ。だってこれからだってKZ《カッズ》会議《かいぎ》で会《あ》えるじゃない。」

そう言《い》いながらマリンのことを思《おも》い出《だ》した。

翼《たすく》が転校《てんこう》したら、マリンは本当《ほんとう》に二度《にど》と会《あ》えなくなってしまうんだ。

どんなに悲《かな》しいだろう。

その気持《きも》ちが身《み》に沁《し》みてきて、私《わたし》は、なんとかしてあげたい一心《いっしん》で言《い》った。

「あのね、翼《たすく》、今《いま》、付《つ》き合《あ》ってる子《こ》、いる？」

翼《たすく》は、表情《ひょうじょう》を強張《こわば》らせながら首《くび》を横《よこ》に振《ふ》る。

「いや・・・いないけど。」

よかった！

「じゃ、付《つ》き合《あ》ってほしいんだ。」

翼《たすく》は、コクンと息《いき》を呑《の》む。

見《み》る見《み》る青《あお》ざめていって、やがてかすれた声《こえ》で言《い》った。

「アーヤ・・・」

ものすごく真剣《しんけん》な顔《かお》になっていたので、私《わたし》は、うまくいくかもしれないと期待《きたい》した。

「相手《あいて》はマリンだよ、うちのクラスの佐田真理子《さたまりこ》。」

翼《たすく》に、この申《もう》し出《で》を受《う》け入《い》れてほしかった。

それには、翼《たすく》の持《も》っているマリンの悪《わる》いイメージを払拭《ふっしょく》しなけりゃならない。

それで私《わたし》は、マリンのいいところを並《なら》べ立《た》てたんだ。

実際《じっさい》、マリンにはいいところがたくさんあった、ちょっと見《み》、わかりにくいけどね。

「マリンは、すごく翼《たすく》が好《す》きなんだよ。きっといい関係《かんけい》になれるんじゃないかな。」

そう言《い》いながら私《わたし》は、翼《たすく》に目《め》を上《あ》げた。

「オッケイなら、私《わたし》からマリンに伝《つた》えとくけど。」

翼《たすく》は黙《だま》っていた。

どう答《こた》えようか迷《まよ》っているんだろうと思《おも》ったので、私《わたし》は待《ま》った。

ところが、じいっと私《わたし》を見《み》つめたまま、いつまで経《た》っても何《なに》も言《い》わないんだ。

私《わたし》は困《こま》ってしまった。

だけど、どうすることもできず、翼《たすく》が答《こた》えを出《だ》してくれるのを待《ま》つしかなかった。

でも翼《たすく》は、延々《えんえん》と無言《むごん》。

もしかして、決《き》め切《き》れないのかも。

えっと、こういう時《とき》は・・・返事《へんじ》は今《いま》でなくてもいいよ、って言《い》った方《ほう》がいいよね。

よく考《かんが》えて、気持《きも》ちが決《き》まったら、私《わたし》か、それともマリンに直接話《ちょくせつはな》してもらえばいい。

そう言《い》おうとして口《くち》を開《ひら》きかけた時《とき》、ようやく翼《たすく》が言《い》ったんだ。

「こういうのって、好《す》きじゃないな。」

え・・・。

「佐田《さた》に、本気《ほんき》なら自分《じぶん》で言《い》えって伝《つた》えといて。こんなこと頼《たの》む奴《やつ》も、引《ひ》き受《う》ける奴《やつ》も、まるっきり気《き》に入《い》らない。最低《さいてい》だ。」

え、え・・・。

「アーヤ、君《きみ》のことは友《とも》だちだって思《おも》ってた。でもそれ、今《いま》、解消《かいしょう》する。」

ええっ!?

「俺《おれ》たちは、もう友《とも》だちじゃないよ。じゃね。」

そう言《い》うなり翼《たすく》は一気《いっき》に歩《ある》き出《だ》し、足《あし》を速《はや》めて、道《みち》の角《かど》を曲《ま》がっていってしまった。

後《あと》には・・・唖然《あぜん》とした私《わたし》が1人《ひとり》。

何《なに》がどうなったのかわからないほどショックを受《う》けて、立《た》ちつくしていた。

6　ネガティブな私《わたし》

ああ、たった1人《ひとり》の心《こころ》の友《とも》を・・・失《うしな》った！

そう実感《じっかん》したのは、その日《ひ》、ベッドに入《はい》ってからだった。

しかもマリンから頼《たの》まれたことも、うまくいかなかった。

私《わたし》は頭《あたま》を抱《かか》えこみ、布団《ふとん》の中《なか》に潜《もぐ》りこんだ。

そもそも初《はじ》めから、気《き》が進《すす》まなかったんだ。

こういうプライベートなことって、他人《たにん》が入《はい》ると、絶対《ぜったい》コジれてうまくいかなくなる気《き》がしたんだもの。

だけど断《ことわ》りきれなくって・・・。

そりゃ、引《ひ》き受《う》けた私《わたし》が一番悪《いちばんわる》いよ、責任《せきにん》だってある。

でもマリンも、私《わたし》が嫌《いや》そうにしてたのを見《み》てたはず。

それなのに、無理矢理押《むりやりお》し付《つ》けるなんて、ひどくない？

翼《たすく》だって、いきなり友情《ゆうじょう》を切《き》るなんて、ひどすぎない？

もっと穏《おだ》やかな対応《たいおう》をしてくれてもよかったはずなのに、あっさりバッサリ。

翼《たすく》にとって、私《わたし》って、大《たい》して重要《じゅうよう》な人間《にんげん》じゃなかったんだね。

だから簡単《かんたん》に、切《き》り捨《す》てることができたんだ。

マリンも、私《わたし》の気持《きも》ちを考《かんが》えてくれようとしなかったし。

えーい、もう皆《みんな》、嫌《きら》いだっ！

その夜《よる》、私《わたし》は泣《な》きながら眠《ねむ》った。

だから明《あ》くる朝《あさ》は、ちょっと頭《あたま》が痛《いた》かったし、気分《きぶん》も最低《さいてい》だったんだ。

ああもうっ、ガッコ行《い》きたくないっ！

そう思《おも》いながら朝《あさ》の支度《したく》をし、ダイニングに降《お》りていくと、ママが手《て》に持《も》っていた用紙《ようし》を差《さ》し出《だ》した。

「これ、昨日《きのう》パパが見《み》て了解《りょうかい》したから、保護者欄《ほごしゃらん》に署名捺印《しょめいなついん》しといたからね。玄関《げんかん》のカウンターに置《お》くから。」

うちでは最近《さいきん》、食卓《しょくたく》の上《うえ》に食品《しょくひん》と食器《しょっき》、食品《しょくひん》が入《はい》った容器《ようき》以外《いがい》を置《お》かなくなった。

そうでないと不衛生《ふえいせい》らしい。

「パパがね、最近《さいきん》、房総半島《ぼうそうはんとう》では、九十九里浜《くじゅうくりはま》の沖合《おきあい》のプレートが怪《あや》しい動《うご》きをしていて地震《じしん》が多《おお》いから気《き》を付《つ》けるようにって。」

そうなんだ・・・。

「スロースリップって呼《よ》ばれる現象《げんしょう》みたいよ。詳《くわ》しく聞《き》いたんだけど、忘《わす》れちゃった。」

まぁ日本《にっぽん》は、国土全体《こくどぜんたい》が地震《じしん》の巣《す》みたいなものだからなぁ。

どこに行《い》っても危険《きけん》っていえば危険《きけん》だし、気《き》を付《つ》けるっていっても、気《き》を付《つ》けようがない気《き》もする。

「でも成田空港《なりたくうこう》の近《ちか》くでよかった！」

ママは、ものすごく力《ちから》をこめて言《い》った。

「実《じつ》はパパのお休《やす》みが数日《すうじつ》取《と》れることになったの。」

あ、そう。

「で、家族《かぞく》でハワイに行《い》こうかって話《はな》してたとこだったのよ。」

いつもなら、すごくうれしく思《おも》うだろう。

でも今日《きょう》は、テンション上《あ》がらず・・・。

「昨日《きのう》、その書類見《しょるいみ》たら、日程《にってい》がちょうど1日分《にちぶん》、重《かさ》なってるじゃない。あらダメだって思《おも》ってたら、パパが、出発便《しゅっぱつびん》は夜《よる》だから、特別講座《とくべつこうざ》の最後《さいご》の授業《じゅぎょう》を受《う》けた後《あと》、彩《あや》が直接《ちょくせつ》、成田《なりた》に向《む》かえば問題《もんだい》ないって。特別講座《とくべつこうざ》に出《で》かける前《まえ》に、ハワイ用《よう》の荷物《にもつ》作《つく》って、自分《じぶん》の部屋《へや》に置《お》いといてね。持《も》ってくから。」

ハワイって、暑《あつ》そう。

あんま行《い》きたくない感《かん》じ。

「あら何《なに》よ、その顔《かお》。せっかく連《つ》れていってあげるって言《い》ってるのに。」

私《わたし》、行《い》かなくてもいいし。

「もっと喜《よろこ》んだらどうよ。奈子《なこ》はすごくうれしそうだったわよ。まったくあなたはかわいげがないわね。」

それで私《わたし》は、ますます気分《きぶん》がネガティブ。

心《こころ》の中《なか》は、負《ふ》の感情《かんじょう》でいっぱい。

そうなるともう、どんなことも悪《わる》くしか捉《とら》えられなくなって、顔《かお》も不機嫌《ふきげん》、気持《きも》ちもドンヨリ。

そのまま学校《がっこう》に行《い》ったんだけど、今度《こんど》は教室《きょうしつ》に入《はい》ったとたん、中《なか》にいた翼《たすく》と目《め》が合《あ》って、シラッと無視《むし》され、いっそうオチコむとともにムラムラと腹《はら》が立《た》ってきて、それからは「誰《だれ》も話《はな》しかけるなオーラ」を出《だ》しっ放《ぱな》し。

今《いま》の自分《じぶん》はきっと、ものすごく険阻《けんそ》な顔《かお》をしてるに違《ちが》いない。

そう感《かん》じて、トイレに行《い》っても、鏡《かがみ》から目《め》を逸《そ》らせていた。

お昼時間《ひるじかん》になっても食欲《しょくよく》はなし、あるのは怒《いか》りと不快《ふかい》さだけ。

ああ、こんな私《わたし》って、すごく嫌《いや》だ。

そう思《おも》うものの、そこから抜《ぬ》け出《だ》せなかった。

そんな時《とき》に、

「おい立花《たちばな》」

マリンから、人《ひと》の気配《けはい》のない廊下《ろうか》で声《こえ》をかけられたんだ。

「昨日《きのう》のことだけどさ、翼《ツバサ》に伝《つた》えてくれたか？」

胸《むね》で、負《ふ》の感情《かんじょう》が膨《ふく》れ上《あ》がる。

「翼《ツバサ》、なんて言《い》ってた？　私《わたし》の気持《きも》ちを聞《き》いて、喜《よろこ》んでただろ、そうだよな。」

それがパンパンに大《おお》きくなってきて、もう爆発寸前《ばくはつすんぜん》っ！

「私《わたし》と付《つ》き合《あ》うって言《い》ってたか？」

思《おも》わず叫《さけ》んでしまった。

「いーえ、言《い》ってない。というか、コンタクトは失敗《しっぱい》した。」

マリンは、信《しん》じられないといったように目《め》を剝《む》いた。

「失敗《しっぱい》って・・・おまえ・・・そんなデカい態度《たいど》で言《い》えることか？」

でも私《わたし》は勢《いきお》いがついていたので、止《と》められなかった。

「翼《たすく》の言葉《ことば》によれば、本気《ほんき》なら自分《じぶん》で言《い》え。こんなこと頼《たの》む奴《やつ》も引《ひ》き受《う》ける奴《やつ》も、まるっきり気《き》に入《い》らない、ってことです、以上《いじょう》！」

驚《おどろ》いているマリンを残《のこ》し、私《わたし》はさっさとその場《ば》を離《はな》れた。

泣《な》きたい気持《きも》ちで胸《むね》をいっぱいにし、ああこんな自分《じぶん》は最低《さいてい》だって思《おも》いながら。

それでも、湿地帯《しっちたい》みたいなそのネガティブ気分《きぶん》から抜《ぬ》け出《だ》せなかった。

こういう時《とき》って、どうすればいいんだろう。

何《なに》かで切《き》り替《か》えなきゃならないんだろうけど、その何《なに》かって何《なに》？

う〜、わからない。

これは、自分《じぶん》に能力《のうりょく》がないせい？

きっとそうだ、でも能力不足《のうりょくぶそく》はこれに限《かぎ》ったことじゃない。

あれも、これも、といろんなことが思《おも》い出《だ》されてきて、とにかく負《ふ》の循環《じゅんかん》、メビウスの輪《わ》っ！

どうしようもなく沈《しず》んだまま、クルクルと自己回転《じこかいてん》しながら私《わたし》は毎日《まいにち》を過《す》ごし、金曜日《きんようび》にたどり着《つ》いた。

その間中《あいだじゅう》、翼《たすく》には無視《むし》されっ放《ぱな》しだったんだ。

明日《あす》の土曜《どよう》は、KZ《カッズ》の活動《かつどう》で、忍《しのぶ》んちに行《い》く日《ひ》。

こんなことになる前《まえ》は、すごく楽《たの》しみにしてたんだけど、今《いま》では憂鬱《ゆううつ》。

向《む》こうで翼《たすく》と顔《かお》を合《あ》わせるのが、嫌《いや》だった。

教室《きょうしつ》の中《なか》なら、人《ひと》が多《おお》いからまだ緩和《かんわ》されるけど、KZ《カッズ》で集合《しゅうごう》したら全部《ぜんぶ》で7人《にん》しかいないんだもの、濃《こ》くなるよ。

ああクヨクヨ、モヤモヤ、鬱然《うつぜん》っ！

それでも約束《やくそく》した手前《てまえ》、行《い》かないわけにはいかなくって、その土曜日《どようび》、私《わたし》は出《で》かけたんだ。

7 目美人《めびじん》

忍《しのぶ》の家《いえ》は、交差点《こうさてん》の角《かど》に面《めん》した大《おお》きな一軒家《いっけんや》。

道路側《どうろがわ》に窓《まど》が1つもない不思議《ふしぎ》な形《かたち》をしたお屋敷《やしき》で、内部《ないぶ》はハイテクなんだ。

ドアも窓《まど》もカーテンも、命令《めいれい》するだけで開《ひら》くし、庭《にわ》には自動運転《じどううんてん》の自動車《じどうしゃ》が走《はし》り、家《いえ》の中《なか》ではお掃除《そうじ》ロボットや料理《りょうり》ロボットが活動《かつどう》、それらを統括《とうかつ》、指揮《しき》しているのは、AI《エーアイ》を搭載《とうさい》したアンドロイドのメイドさん。

地下《ちか》にはテニスコートやプールがあるらしい、私《わたし》はまだ見《み》てないけど。

テニスコートにはAI《エーアイ》のテニスコーチがいて、プールではAI《エーアイ》の鮫《さめ》や鱏《えい》が泳《およ》いでるんだって。

それらは全部《ぜんぶ》、忍《しのぶ》が作《つく》ったもの。

忍《しのぶ》はIT系《アイティーけい》の天才《てんさい》で、「恋《こい》する図書館《としょかん》は知《し》っている」では、政府《せいふ》の実施《じっし》した試験《しけん》に受《う》かり、国《こっ》家《か》プロジェクトに参加《さんか》してるほどなんだよ。

「ようこそ七鬼家《ななきけ》へ。」

私《わたし》は、門《もん》で待《ま》っていた自動運転《じどううんてん》のオープンカーに乗《の》り、家《いえ》の玄関前《げんかんまえ》までいった。

そこで降《お》りるものとばかり思《おも》っていたら、車《くるま》は停《と》まらず、スッと通《とお》り過《す》ぎる。

「え、どこ行《い》くの？」

車《くるま》は、ふっふと低《ひく》い声《こえ》で笑《わら》った。

「地獄《じごく》まで。」

ギャッ！

「というのは冗談《じょうだん》です。」

と言《い》われても、ああドキドキが止《と》まらない。

「裏庭《うらにわ》にある蔵《くら》の前《まえ》にお付《つ》けするように言《い》われています。正面玄関《しょうめんげんかん》からですと、歩《ある》いて30分《ぷん》はかかりますので。」

家《いえ》、広《ひろ》すぎるよ。

「今日《きょう》はもう、何人《なんにん》かをお運《はこ》びしましたよ。1人《ひとり》は、いかにも男《おとこ》の子《こ》らしい元気《げんき》な少年《しょうねん》で、」

若武《わかたけ》だ。

「もう1人《ひとり》は、大人《おとな》っぽくて、妙《みょう》に色気《いろけ》のある男子《だんし》、」

黒木君《くろきくん》だね。

「それから涼《すず》しげな吊《つ》り目《め》の少年《しょうねん》と、ナップザックを持《も》った真面目《まじめ》そうな子《こ》。」

上杉君《うえすぎくん》と小塚君《こづかくん》だ。

「5人目《にんめ》があなた。女子《じょし》は初《はじ》めてです。」

じゃ翼《たすく》は、まだ来《き》てないんだ。

このまま来《こ》なければいいのに。

一瞬《いっしゅん》そう思《おも》ってしまった私《わたし》は、いけない子《こ》？

「着《つ》きました。」

車《くるま》が停《と》まり、ドアが開《ひら》く。

それはキューブ、つまりサイコロの形《かたち》をした大《おお》きな建物《たてもの》の前《まえ》だった。

全体的《ぜんたいてき》に灰色《はいいろ》がかった銀色《ぎんいろ》で、朝《あさ》の光《ひかり》を浴《あ》び、新雪《しんせつ》の積《つ》もったスキー場《じょう》みたいに白銀《はくぎん》に輝《かがや》いている。

玄関《げんかん》らしきものはなく、正面《しょうめん》にドアが1枚《まい》ついていた。

そのそばにＡＩ《エーアイ》のアンドロイドが跪《ひざまず》いている。

「よくいらっしゃいました。私《わたし》が新《あたら》しいメイドです。」

思《おも》わず、じいっと見《み》てしまったのは、それが忍者《にんじゃ》の姿《すがた》をしていたから。

全身黒《ぜんしんくろ》ずくめで、顔《かお》には覆面《ふくめん》、足《あし》には草鞋《わらじ》、背中《せなか》に背負《せお》っているのは日本刀《にほんとう》。

「あなた、忍者《にんじゃ》?」

私《わたし》が聞《き》くと、アンドロイドは覆面《ふくめん》から出《で》ている目《め》を伏《ふ》せた。

「はい、先《さき》ほどいらした方々《かたがた》には、大《たい》そうウケました。」

ああ男子《だんし》って、こういうの好《す》きそうだもんね。

それにしても忍《しの》んちのメイドは、ちょっと前《まえ》は騎士《きし》で、さらに前《まえ》は骸骨《がいこつ》だった。

どうして、もっと普通《ふつう》のメイドを作《つく》ろうって気《き》にならないんだろ。

忍《しの》の頭《あたま》の中《なか》って、謎《なぞ》だな。

「この建物《たてもの》が、七鬼家《なきけ》の蔵《くら》です。3階《がい》までお上《あ》がりください。」

アンドロイドの忍者《にんじゃ》は立《た》ち上《あ》がり、ドアの隣《となり》についていたボタンを押《お》す。

すると、ドアが音《おと》もなく開《ひら》き、その向《む》こうはエレベーターだった。

「閉《し》まります。手《て》を挟《はさ》まないようにお気《き》を付《つ》けください。」

再《ふた》び跪《ひざまず》いたアンドロイドに見送《みおく》られて、私《わたし》は3階《がい》へ。

「自動《じどう》で停止《ていし》いたしますので。」

乗《の》っていると、なんか、都会《とかい》のオフィスビルのエレベーターみたいだった。

あっという間《ま》に3階《がい》に到着《とうちゃく》、ドアが開《ひら》く。

そこにはホールが広《ひろ》がっていて、それに面《めん》していくつもの部屋《へや》があり、どれもドアが開《あ》けっ放《ぱな》しだった。

私《わたし》が立《た》ち止《ど》まっていると、その1つから小塚君《こづかくん》の顔《かお》がのぞく。

「あ、アーヤ、おはよ。」

その声《こえ》で、それぞれのドアから皆《みんな》が顔《かお》を見《み》せた。

手《て》には細長《ほそなが》い箱《はこ》や、巻《ま》いた布《ぬの》みたいなものを持《も》っている。

若武《わかたけ》が、なぜか頭《あたま》に兜《かぶと》をかぶって出《で》てきた。

「今《いま》、とにかく片《かた》っ端《ぱし》から当《あ》たってるとこなんだ。この3階《がい》だけで20室《しつ》あって、そのうちの10室《しつ》が絵画《かいが》と文書関係《ぶんしょかんけい》の部屋《へや》だっていうから、1人《ひとり》1室《しつ》以上《いじょう》こなさなくちゃならない計算《けいさん》だ。ここになかったら2階《かい》だって。アーヤも早《はや》く始《はじ》めるんだ。」

私《わたし》は頷《うなず》いたものの、真珠姫《しんじゅひめ》っていう絵《え》がどんなものなのかがわからない。

「あの、どういう絵《え》を捜《さが》せばいいの？」

若武《わかたけ》は、舌打《したう》ちする。

「どんな絵《え》なのか、誰《だれ》も知《し》らないんだ。見《み》てない。じゃ捜《さが》せないじゃん。」

「タイトルからして、おそらく姫《ひめ》の着物《きもの》を着《き》た真珠《しんじゅ》か、真珠《しんじゅ》の顔《かお》をした姫《ひめ》、どっちかが描《か》いてあるんだ、きっと。」

そう言《い》った若武《わかたけ》を、上杉君《うえすぎくん》が手《て》に持《も》っていた巻物《まきもの》で叩《たた》く。

「それじゃ妖怪《ようかい》だろーが。」

忍《しのぶ》が、あわててその巻物《まきもの》に飛《と》び付《つ》いた。

「やめっ！　これ国宝《こくほう》なんだぜ。あ、破《やぶ》れてんじゃん。」

あーあ、知《し》らないっと。

「この兜《かぶと》も重要文化財《じゅうようぶんかざい》だ。若武《わかたけ》、どっから見《み》つけてきたんだよ、さっさと脱《ぬ》げ。」

無理矢理《むりやり》に取《と》り上《あ》げられて、若武《わかたけ》は不満《ふまん》そうだった。

「いかにもリーダーって感《かん》じが出《で》て、ちょうどいいのにな。」

感《かん》じ、出《だ》さなくていいから。

「でもやっぱり、どんな絵《え》なのかってことは、はっきりさせといた方《ほう》がいいよ。」

小塚君《こづかくん》が言《い》い、黒木君《くろきくん》が賛成《さんせい》する。

「美門《みかど》なら知《し》ってんじゃないのか。黒猫姫《くろねこひめ》だって知《し》ってたんだからさ。」

その時《とき》、私《わたし》の背後《はいご》でエレベーターのドアの音《おと》がした。

振《ふ》り向《む》くと、翼《たすく》が降《お》りてくるところだった。

「遅《おそ》くなって、ごめん。」

そう言《い》いながら私《わたし》たちを見回《みまわ》す。

長《なが》い睫《まつげ》の影《かげ》を落《お》としたその目《め》が、一瞬《いっしゅん》、私《わたし》の方《ほう》を見《み》た。

私《わたし》は、ドキッ！

とても緊張《きんちょう》して、息《いき》が詰《つ》まった。

でも翼《たすく》は表情《ひょうじょう》も変《か》えず、まるで何事《なにごと》もなかったみたいに普通《ふつう》の顔《かお》だったんだ。

それが、なんだか癪《しゃく》に障《さわ》った。

よしわかった、だったら私《わたし》だって平気《へいき》な顔《かお》してるもん。

「おおちょうどよかった。美門《みかど》、真珠姫《しんじゅひめ》ってどんな絵《え》？」

若武《わかたけ》に聞《き》かれて、翼《たすく》は、小塚君《こづかくん》に目《め》をやる。

「描《か》くもの、持《も》ってる？」

小塚君《こづかくん》がファイルとシャープペンを渡《わた》すと、翼《たすく》はそこに絵《え》を描《か》き始《はじ》めた。

「こんな感《かん》じかな。」

描《か》き上《あ》がったそれは、若武《わかたけ》が言《い》ってたみたいな真珠《しんじゅ》の妖怪《ようかい》じゃなくて、普通《ふつう》の女《おんな》の子《こ》だった。

年齢《ねんれい》は私《わたし》たちくらいで、着物《きもの》を着《き》てて、両手《りょうて》でネックレスみたいにつなげた真珠《しんじゅ》を握《にぎ》りしめている。

「描《えが》かれたのは、戦国時代末期《せんごくじだいまっき》。この時《とき》、七鬼一族《ななきいちぞく》は敵味方《てきみかた》に分《わ》かれて争《あらそ》ってたんだ。あ、一族《いちぞく》の歴史《れきし》なら、七鬼《ななき》の方《ほう》が詳《くわ》しいでしょ。」

話《はなし》を向《む》けられて、忍《しのぶ》は眉《まゆ》を上《あ》げる。

「俺《おれ》、てんで知《し》らない。」

は?

「聞《き》いたことあるけど、興味《きょうみ》なかったから忘《わす》れた。」

いいのか、この態度《たいど》。

由緒《ゆいしょ》ある家《いえ》の御曹司《おんぞうし》なのに、先祖《せんぞ》が聞《き》いたら嘆《なげ》くよ。

「美門《みかど》、俺《おれ》の代《か》わりに話《はな》しといて。」

忍《しのぶ》に言《い》われて、翼《たすく》は苦笑《にがわら》いしながら口《くち》を開《ひら》く。

「七鬼一族《なな き いちぞく》は、織田信長《お だ のぶなが》の水軍《すいぐん》として大活躍《だいかつやく》し、紀伊半島《き い はんとう》の志摩地方《し ま ち ほう》を与《あた》えられたんだ。その後《ご》は豊臣秀吉《とよとみひでよし》について朝鮮出兵《ちょうせんしゅっぺい》にも参加《さんか》した。でも関《せき》が原《はら》の戦《たたか》いでは、父親《ちちおや》が石田三成側《いしだみつなりがわ》に、息子《むすこ》が家康側《いえやすがわ》についたんだ。」

あ、一族《いちぞく》の分裂《ぶんれつ》！

「関《せき》が原《はら》は、確《たし》か家康側《いえやすがわ》の勝利《しょうり》だったよな。」

若武《わかたけ》が口《くち》を挟《はさ》む。

「で、1185年《ねん》に江戸《えど》時代《じだい》が始《はじ》まったんだ。イイハコックロウ徳川幕府《とくがわばくふ》だ。」

上杉君《うえすぎくん》が手《て》を上《あ》げ、若武《わかたけ》の頭《あたま》を小突《こづ》く。

「イイハコックロウは、鎌倉幕府《かまくらばくふ》だ。徳川《とくがわ》が江戸幕府《えどばくふ》を開《ひら》いたのは、1603年《ねん》。」

「やったな、バカ杉《すぎ》っ！」

「バカはおまえだ！」

摑《つか》み合《あ》いを始《はじ》める2人《ふたり》を見《み》ながら、黒木君《くろきくん》が溜《た》め息《いき》をつく。

「放《ほ》っとこう。美門《みかど》、続《つづ》けて。」

翼《たすく》は頷《うなず》き、再《ふたた》び口《くち》を開《ひら》いた。

「で、石田三成《いしだみつなり》の西軍《せいぐん》に入《はい》った父親《ちちおや》は負《ま》けて、志摩《しま》に逃《に》げ帰《かえ》った。息子《むすこ》は家康《いえやす》から、その追討《ついとう》を命《めい》じられたんだ。」

うっ、上司《じょうし》の命令《めいれい》を取《と》るか、実《じつ》の父《ちち》を取《と》るか、ああ判断《はんだん》が難《むずか》しいっ！

「息子《むすこ》は家康《いえやす》に従《したが》い、父《ちち》を討《う》ち取《と》ろうとして軍《ぐん》を整《ととの》えた。その息子《むすこ》の前《まえ》に、現《あらわ》れたのが妹《いもうと》の光《ひかり》姫《ひめ》。末《すえ》っ子《こ》で、一族《いちぞく》の中《なか》では美姫《びき》として評判《ひょうばん》が高《たか》く、当時《とうじ》は渡辺数馬《わたなべかずま》という男《おとこ》の妻《つま》になっていたんだけど、嫁《とつ》ぐ時《とき》に父親《ちちおや》から与《あた》えられた志摩特産《しまとくさん》の真珠《しんじゅ》の数珠《じゅず》を持《も》ってきて兄《あに》に差《さ》し出《だ》し、戦《いくさ》に負《ま》けても父《ちち》は父《ちち》、息子《むすこ》は息子《むすこ》、自分《じぶん》たち一族《いちぞく》はこの真珠《しんじゅ》のようにつながって血統《けっとう》を守《まも》っていかねばならない、と意見《いけん》をし、兄《あに》の心《こころ》を和《やわ》らげたんだ。」

へぇ！

「それで息子《むすこ》は、家康《いえやす》に父《ちち》の助命《じょめい》を願《ねが》い出《で》た。家康《いえやす》がそれを認《みと》めたんで、息子《むすこ》は父《ちち》の下《もと》に駆《か》けつけたんだ。けれどひと足違《あしちが》いで、父《ちち》は切腹《せっぷく》してしまっていた。」

わぁ悲劇《ひげき》だぁ。

「光姫《ひかりひめ》は、それを嘆《なげ》いて婚家《こんか》を去《さ》り、父《ちち》の菩提《ぼだい》を弔《とむら》うために尼《あま》になった。その時《とき》の哀《かな》しみの様子《ようす》を描《えが》いた絵《え》だよ。」

私《わたし》たちは皆《みんな》、シーンとなった。

昔《むかし》の戦《たたか》いで犠牲《ぎせい》になった人《ひと》は多《おお》いけれど、光姫《ひかりひめ》もその1人《ひとり》だったんだね。

「ということで、姫《ひめ》と真珠《しんじゅ》の絵《え》だ。」

上杉君《うえすぎくん》との戦《たたか》いを制《せい》した若武《わかたけ》が、高《たか》らかな声《こえ》を上《あ》げる。

「アーヤは一番端《いちばんはし》の部屋《へや》に入《はい》って捜《さが》せ。美門《みかど》は、その隣《となり》な。あ、作業《さぎょう》にかかる前《まえ》に、ちゃんと手《て》を洗《あら》えよ。そんで手袋《てぶくろ》をするんだ。では全員《ぜんいん》、捜索開始《そうさくかいし》っ！」

皆《みんな》がいっせいに回《まわ》れ右《みぎ》をし、さっき出《で》てきた部屋《へや》に入《はい》っていった。

私《わたし》も、そばにあった洗面所《せんめんじょ》で手《て》を洗《あら》ってから、そこに置《お》かれていた手袋箱《てぶくろばこ》から綿《めん》の手袋《てぶくろ》を引《ひ》き出《だ》し、若武《わかたけ》が指差《ゆびさ》した部屋《へや》に向《む》かったんだ。

そのドアを開《あ》けると、中《なか》は四畳半《じょうはん》ほどの広《ひろ》さで、壁一面《かべいちめん》に棚《たな》が作《つく》られており、様々《さまざま》な色《いろ》や形《かたち》をした箱《はこ》がずらっと並《なら》んでいた。

細長《ほそなが》い箱《はこ》も、四角《しかく》な箱《はこ》も、小《ちい》さなワードローブみたいな形《かたち》をしていて両開《りょうびら》きの扉《とびら》が付《つ》いているのもある。

箱《はこ》の材質《ざいしつ》も、古《ふる》い木《き》だったり、緋色《ひいろ》や黒《くろ》の漆《うるし》が塗《ぬ》られていたり、金色《きんいろ》の蒔絵《まきえ》で装飾《そうしょく》されていたり、きれいな厚《あつ》い布《ぬの》に包《つつ》まれているものもあった。

それで、それらの1個《こ》1個《こ》に組《く》み紐《ひも》がかけられていて、正面《しょうめん》で花結《はなむす》びがされているんだ。

すごく素敵《すてき》だった。

個々《ここ》の箱《はこ》を開《あ》けると、古《ふる》そうな紙《かみ》や、艶《つや》のある布《ぬの》で裏打《うらう》ちされた和紙《わし》や色紙《いろがみ》が出《で》てきて、そこに流《なが》れるような墨字《すみじ》が書《か》いてあったり、朱肉《しゅにく》の印《いん》が押《お》してあったり、鮮《あざ》やかな色《いろ》の絵《え》が描《えが》かれていたりするんだ。

その素晴《すば》らしさに、私《わたし》は、うっとり！

ああ日本《にっぽん》の文化《ぶんか》って、すごいなぁ。

将来《しょうらい》は、言葉《ことば》に関《かか》わる仕事《しごと》に就《つ》きたいって考《かんが》えてたけど、それプラス日本文化《にほんぶんか》に関係《かんけい》のある仕《し》事《ごと》だったら、最高《さいこう》かも。

でも私《わたし》、古文《こぶん》が苦手《にがて》なんだ。

特《とく》に源氏物語《げんじものがたり》が、てんでダメ。

読《よ》んでると、眠《ねむ》くなってくるんだもの。

枕草子《まくらのそうし》は、そうでもないけど。

あ、方丈記《ほうじょうき》や徒然草《つれづれぐさ》なんかは好《す》きだよ。

おもしろいと思《おも》える。

理解不能《りかいふのう》なのは源氏物語《げんじものがたり》だけだから、大学《だいがく》は国文《こくぶん》に行《い》っても大丈夫《だいじょうぶ》かもしれない。

そんなことを考《かんが》えながら箱《はこ》を開《あ》け、中《なか》を確《たし》かめていると、やがて若武《わかたけ》の大《おお》きな声《こえ》がした。

「やった、あったっ！」

それであわてて声《こえ》の方《ほう》に駆《か》けつけたんだ。

「箱書《はこが》きの字《じ》が掠《かす》れて見《み》えなくなってた。ほら、ほら真珠姫《しんじゅひめ》。」

集《あつ》まってきた皆《みんな》の真《ま》ん中《なか》で、若武《わかたけ》は驚《おどろ》きと喜《よろこ》びで目《め》をキラキラさせながら、絹《きぬ》の織物《おりもの》で裏打《うらう》ちされた巻物《まきもの》を開《ひら》いて見《み》せた。

「ほら、見《み》ろ、間違《まちが》いないだろ！」

それは、真珠《しんじゅ》の数珠《じゅず》を持《も》っている女性《じょせい》の絵《え》だった。

喪服《もふく》らしい小《ち》さな紋《もん》の入《はい》った着物《きもの》を着《き》ていて、髪《かみ》は後《うし》ろで1つに結《むす》び、簪《かんざし》はさしていない。

何《なん》の飾《かざ》り気《け》もない姿《すがた》だったけれど、肌《はだ》は真珠色《しんじゅいろ》でとてもきれいだった。

哀《かな》しげな目《め》で、まっすぐこちらを見《み》ている。

忍《しのぶ》がほっとしたような息《いき》をついた。

「これで父《ちち》に怒《おこ》られずにすむよ。KZ《カッズ》大憲章《だいけんしょう》の制定《せいてい》にも参加《さんか》できるしさ。」

でも誰《だれ》も、ほとんど聞《き》いていなかった。

なぜって私《わたし》たちは皆《みんな》、その絵《え》に見惚《みと》れていたんだ。

「真珠姫《しんじゅひめ》って、美人《びじん》だね・・・」

小塚君《こづかくん》が、うっとりとつぶやく。

「会《あ》ってみたかったな。」

若武《わかたけ》が自分《じぶん》を指差《ゆびさ》した。

「KZ《カッズ》リーダーの俺《おれ》に会《あ》いたくて、出《で》てきたんだ、きっと。」

その頭《あたま》を小突《こづ》きながら、上杉君《うえすぎくん》が片手《かたて》で自分《じぶん》のメガネを押《お》し上《あ》げる。

「視力《しりょく》2・0くらいありそうな目《め》だな。」

黒木君《くろきくん》がちょっと笑《わら》った。

「いわゆる目千両《めせんりょう》、目美人《めびじん》ってヤツだね。」

小塚君《こづかくん》が、私《わたし》の方《ほう》を見《み》て説明《せつめい》を求《もと》めたので、私《わたし》は頭《あたま》の中《なか》で言葉《ことば》を整理《せいり》してから答《こた》えた。

「目千両《めせんりょう》っていうのは、千両《りょう》もの値打《ねう》ちがあるほどのきれいな目《め》って意味《いみ》、目美人《めびじん》も似《に》たような意味《いみ》で、目《め》のきれいさが際立《きわだ》っている美人《びじん》のことだよ。」

すると小塚君《こづかくん》が、ニッコリした。

「じゃアーヤも、目千両《めせんりょう》だね。」

え、そう?

「ん、アーヤの目《め》はきれいだ。」

若武《わかたけ》がそう言《い》い、黒木君《くろきくん》も忍《しの》ぶも頷《うなず》く。

上杉君《うえすぎくん》は、フンといった表情《ひょうじょう》で横《よこ》を向《む》いたけれど、頬《ほお》が赤《あか》くなっていた。

ただ翼《たすく》だけが、シラッとした感《かん》じで黙《だま》りこんでいる。

明《あき》らかにその場《ば》の雰囲気《ふんいき》から浮《う》いていたので、それに気《き》づいた黒木君《くろきくん》が話《はなし》をフッた。

「美門《みかど》も、そう思《おも》うだろ。」

皆《みんな》が、翼《たすく》に目《め》を向《む》ける。

私《わたし》は、ちょっと息《いき》を呑《の》んだ。

翼《たすく》がなんて答《こた》えるのか気《き》になって・・・。

「そんなこと、」

翼《たすく》は、無表情《むひょうじょう》のままで口《くち》を開《ひら》いた。

「俺《おれ》に関係《かんけい》ないし。」

その場《ば》の空気《くうき》が一瞬《いっしゅん》、凍《こお》りつき、私《わたし》はすごく恥《は》ずかしかった。

ジワッと涙《なみだ》が出《で》てきそうになったくらい。

「真珠姫《しんじゅひめ》が見《み》つかったんなら、もうここにいる意味《いみ》ないから、俺《おれ》、帰《かえ》る。」

そう言《い》い放《はな》って翼《たすく》は、唖然《あぜん》としている皆《みんな》に背《せ》を向《む》け、廊下《ろうか》に出《で》ていった。

それで私《わたし》は思《おも》ったんだ、珍《めずら》しく翼《たすく》が遅《おく》れてきたのは、きっと私《わたし》に会《あ》いたくなかったからに違《ちが》いないって。

でもKZ《カッズ》活動《かつどう》だから、しかたなく出《で》てきたんだ。

私《わたし》だって、翼《たすく》に会《あ》いたくなかったよ。

「おい、待《ま》て。」

上杉君《うえすぎくん》が追《お》いかけていったものの、間《ま》もなく戻《もど》ってきた。

「あいつ、帰《かえ》りやがった。マジ不機嫌《ふきげん》。」

皆《みんな》が、そろって私《わたし》の方《ほう》を振《ふ》り向《む》く。

「おまえら、何《なに》かあったのかっ!?」

8　男心《おとこごころ》の不思議《ふしぎ》

私《わたし》はしかたなく、翼《たすく》とのトラブルについて打《う》ち明《あ》けた。

友《とも》だちから、好《す》きだって伝《つた》えてくれって頼《たの》まれたんで、それを翼《たすく》に言《い》ったら、友情《ゆうじょう》を切《き》られたって。

「それ以降《いこう》、関係《かんけい》が悪化《あっか》してるんだ。」

皆《みんな》は、あーあと言《い》いたげな、残念《ざんねん》そうな顔《かお》になった。

若武《わかたけ》が、あきれたような表情《ひょうじょう》で口《くち》を開《ひら》く。

「おまえさぁ、そういうこと、頼《たの》まれたら断《ことわ》れよ。」

それが、できなかったんだよぉ・・・。

「男《おとこ》としては、一番《いちばん》、嫌《いや》なパターンだよな。」

「ん！　好《す》きかどうかなら、当人《とうにん》と二人《ふたり》きりってのが男《おとこ》のルール。第三者《だいさんしゃ》に首突《くびつ》っこまれたら、面倒《めんどう》くせーもん。」

「でも女子《じょし》は、意外《いがい》と平気《へいき》みたいだよ、そういうの。」

「女《おんな》どもはさ、すっげぇ好《す》きなんだよ、男女関係《だんじょかんけい》について、ああでもないこうでもないって話《はな》すのがさ。話題《わだい》にされるのわかってるから、男《おとこ》は超引《ちょうひ》く。」

そうなんだ・・・。

じゃ悪《わる》いのは、私《わたし》だよね。

翼《たすく》に謝《あやま》った方《ほう》がいいのかな。

「だけど、それで友情《ゆうじょう》を終《お》わらせるって、やりすぎだと思《おも》うけど。」

そう言《い》ったのは小塚君《こづかくん》だった。

「これからはやらないでよね、って注意《ちゅうい》すればいいだけの話《はなし》だよ。」

ああ小塚君《こづかくん》は、性格《せいかく》、穏《おだ》やかだからね。

「美門《みかど》って、そんな短気《たんき》だったっけ？」

忍《しのぶ》の言葉《ことば》に、若武《わかたけ》がブンブンと首《くび》を横《よこ》に振《ふ》る。

「あいつは企《たくら》むタイプだ。そういう奴《やつ》は、自分《じぶん》の感情《かんじょう》をコントロールできる。」

黒木君《くろきくん》がクスッと笑《わら》った。

「じゃ若武《わかたけ》は、例外《れいがい》だね。」

確《たし》かに、若武《わかたけ》は詐欺師《さぎし》といわれるほどいろいろと企《たくら》むけれど、感情的《かんじょうてき》で、即《そく》、爆発《ばくはつ》するんだ。

「うるさい黒木《くろき》。」

ムッとした若武《わかたけ》の隣《となり》で、上杉君《うえすぎくん》が冷《ひ》ややかなその目《め》に鋭《するど》い光《ひかり》をきらめかせる。

「原因《げんいん》、他《ほか》にあるんじゃね？」

え？

「美門《みかど》はきっと、何《なに》か別《べつ》のことを考《かんが》えてて、それで友情《ゆうじょう》を切《き》ったんだ。」

はぁ・・・。

「きっと本人《ほんにん》にしかわからない何《なに》かだよ。」

そう言《い》って上杉君《うえすぎくん》は口《くち》をつぐみ、考《かんが》えこむ。

私《わたし》は、小塚君《こづかくん》と顔《かお》を見合《みあ》わせた。

「想像《そうぞう》つく？」

「全然《ぜんぜん》、無理《むり》。」

皆《みんな》が黙《だま》りこみ、やがて若武《わかたけ》が言《い》った。

「ともかく今日《きょう》、我々《われわれ》KZ《カッズ》は、目的《もくてき》を果《は》たした。諸君《しょくん》、ご苦労《くろう》だった！　これについてはいずれ、七鬼《なきき》から褒美《ほうび》もしくは謝礼《しゃれい》が出《で》るだろう。」

黒木君《くろきくん》が、笑《え》みを含《ふく》んだ視線《しせん》を忍《しの》びに流《なが》す。

「出《で》るの、謝礼《しゃれい》。」

忍《しのぶ》は長《なが》い髪《かみ》を揺《ゆ》すって首《くび》を横《よこ》に振《ふ》った。

「出《で》ない。」

ああ簡潔《かんけつ》な回答《かいとう》・・・。

「出《だ》せよ。」

若武《わかたけ》が一瞬《いっしゅん》、忍《しのぶ》をにらみ、開《ひら》いた両手《りょうて》を戦慄《わなな》かせる。

「KZ《カッズ》は、ボランティアじゃないんだ。正当《せいとう》な報酬《ほうしゅう》は要求《ようきゅう》する。当《あ》たり前《まえ》だろーが。今《いま》までそれができなかったのは残念《ざんねん》だが、いつまでもそのままで満足《まんぞく》してる俺《おれ》じゃないぞ。」

忍《しのぶ》はちょっと考《かんが》えてから言《い》った。

「じゃ肩《かた》もみ券《けん》、各自《かくじ》5枚《まい》ずつ。」

上杉君《うえすぎくん》が、ガックリ項垂《うなだ》れる。

「小学生《しょうがくせい》か・・・」

忍《しのぶ》は再《ふたた》び考《かんが》えこみ、やがて思《おも》いついたように顔《かお》を輝《かがや》かせた。

「この間《あいだ》、おまえたち、俺《おれ》の作《つく》ったAI《エーアイ》を壊《こわ》しただろ。あれの修理費《しゅうりひ》って、おまえたちが負担《ふたん》すべきだよな。」

それは「恋《こい》する図書館《としょかん》は知《し》っている」の中《なか》でのことだった。

忍《しのぶ》が、人間《にんげん》の脳《のう》をデータ化《か》して、本人《ほんにん》と同《おな》じように考《かんが》えるAI《エーアイ》を作《つく》ったんだ。

でもヤンチャな皆《みんな》に、壊《こわ》された。

本当《ほんとう》のことを言《い》えば、私《わたし》も・・・どことなく不気味《ぶきみ》だと思《おも》ってたんだ、全然《ぜんぜん》馴染《なじ》めなかった。

せっかく作《つく》ってくれた忍《しのぶ》には、申《もう》し訳《わけ》なかったけどね。

「その修理費《しゅうりひ》、負担《ふたん》しなくていい。今回《こんかい》のこれと相殺《そうさい》でどう？」

黒木君《くろきくん》が、ちょっと笑《わら》った。

「七鬼《ななき》の勝《か》ち！　若武先生《わかたけせんせい》お気《き》の毒《どく》。」

皆《みんな》が頷《うなず》いたので、忍《しのぶ》はV《ブイ》サイン、若武《わかたけ》はものすごくくやしそうに奥歯《おくば》を嚙《か》んだ。

「じゃいいよ。くっそ、またも無償《むしょう》だ。」

私《わたし》は、小塚君《こづかくん》を見《み》る。

「もう慣《な》れたよね。」

「ん、KZ《カッズ》内《ない》では、すでに常識《じょうしき》。」

若武《わかたけ》は、そんな小塚君《こづかくん》に飛《と》び付《つ》き、ヘッドロックしながら言《い》った。

「明後日《あさって》から始《はじ》まる合宿《がっしゅく》、並《なら》びに特別講座《とくべつこうざ》だが、集合《しゅうごう》は双方《そうほう》ともに当日《とうじつ》の朝《あさ》だが、宿泊《しゅくはく》は前日《ぜんじつ》からできる。我《わ》がKZ《カッズ》は、1日早《にちはや》い明日《あす》の朝《あさ》、駅《えき》に集合《しゅうごう》し、全員《ぜんいん》で移動《いどう》して現地入《げんちい》りする。その後《あと》ミーティングだ。」

忍《しのぶ》が片手《かたて》を上《あ》げる。

「俺《おれ》、父《ちち》のとこに真珠姫《しんじゅひめ》持《も》ってく約束《やくそく》しているから、それが終《お》わったら直接《ちょくせつ》、現地《げんち》に行《い》く。でも特別講座《とくべつこうざ》申《もう》しこんでないから、合宿所《がっしゅくじょ》に泊《と》めてよ。」

小塚君《こづかくん》が真《ま》っ赤《か》になって咳《せ》きこみ出《だ》し、それで若武《わかたけ》もようやく手《て》を離《はな》した。

「若武《わかたけ》、野蛮《やばん》なことしないでっ！」

私《わたし》がにらんでも、若武《わかたけ》は全然平気《ぜんぜんへいき》、気《き》にもしない。

「よし、七鬼《ななき》は別行動《べつこうどう》。黒木《くろき》、合宿所《がっしゅくじょ》にゲストルームのリクエスト出《だ》しとけ。他《ほか》に、朝《あさ》に集合《しゅうごう》できない者《もの》いるか？」

誰《だれ》も手《て》を上《あ》げなかったけれど、小塚君《こづかくん》が言《い》った。

「美門《みかど》は、どうすんの？」

それで私《わたし》は、はっと気《き》づいたんだ。

来週《らいしゅう》からの1週間《しゅうかん》、ことあるごとに翼《たすく》と一緒《いっしょ》なんだってことに。

そう考《かんが》えたとたん、グ〜ンと気分《きぶん》が沈《しず》んだ。

早《はや》めに謝《あやま》っちゃった方《ほう》が、スッキリするかもなぁ。

友《とも》だちに戻《もど》りたいし。

「黒《くろ》木《き》、連絡《れんらく》しとけよ。」

若武《わかたけ》に言《い》われて、黒木君《くろきくん》が頷《うなず》く。

「リョ。」

そう答《こた》えながら、思《おも》い出《だ》したようにズボンの後《うし》ろポケットに手《て》を入《い》れた。

「ああアーヤ、」

はい？

「例《れい》の岩群青《いわぐんじょう》の君《きみ》だけどさ、」

スマートフォンを出《だ》し、操作《そうさ》してから私《わたし》の方《ほう》に向《む》ける。

そこには、あの男子《だんし》の顔《かお》が浮《う》かんでいた。

「名前《なまえ》、わかったぜ。」

ほんとっ!?

「うちの学校《がっこう》の生徒《せいと》で、岩絵具《いわえのぐ》持《も》ってたっていうから、美術部《びじゅつぶ》の連中《れんちゅう》に当《あ》たってみたんだ。部員《ぶいん》だったよ。」

ゴックン。

「1年生《ねんせい》で、寮《りょう》に入《はい》ってるらしい。名前《なまえ》は武石今胤《たけいしいまたね》。イマタネのタネは、難《むずか》しい方《ほう》の字《じ》。平田篤胤《ひらたあつたね》なんかの胤《たね》だ。」

若武《わかたけ》がスマートフォンの画像《がぞう》を見《み》ながら、感心《かんしん》したように首《くび》を横《よこ》に振《ふ》る。

「苗字《みょうじ》は普通《ふつう》だけど、名前《なまえ》ハンパないな。まぁ、この醤油顔《しょうゆがお》には合《あ》ってる気《き》ぃしないでもないけど。」

確《たし》かに。

「名家《めいか》の生《う》まれって噂《うわさ》がある。でも詳《くわ》しいことは誰《だれ》も知《し》らないんだ。おとなしくて目立《めだ》たない存在《そんざい》らしい。俺《おれ》も、武石《たけいし》なんて名前《なまえ》の名家《めいか》は聞《き》いたことないね。誰《だれ》か知《し》ってるか。」

皆《みんな》が首《くび》を横《よこ》に振《ふ》った、もちろん私《わたし》も。

若武《わかたけ》が、ちょっと不満《ふまん》げに口《くち》を尖《とが》らせる。

「『武《たけ》』っていうのは、品格《ひんかく》のある字《じ》なんだぜ。名家《めいか》が使《つか》ってても不思議《ふしぎ》はない。」

それ、自分《じぶん》のこと、言《い》ってるよね。

「ほう、おまえんちも名家《めいか》なのか。」

上杉君《うえすぎくん》が、皮肉《ひにく》な口調《くちょう》で突《つ》っかかる。

「名家《めいか》の《メイ》の字、迷《まよ》うの《メイ》だったりして。」

瞬時《しゅんじ》に、2人《ふたり》はにらみ合《あ》った。

「も1回《かい》、言《い》ってみろ。」

「あ、1回《かい》でいいわけ？」

黒木君《くろきくん》は、そんな2人《ふたり》に背中《せなか》を向《む》け、私《わたし》たちの方《ほう》を向《む》いた。

「寮生《りょうせい》ってことは、通学《つうがく》できないほど家《いえ》が遠《とお》いわけだから、どっか田舎《いなか》の名家《めいか》なのかもしれない。今《いま》のところ情報《じょうほう》はそれだけ。」

私《わたし》は、ほっとしながら黒木君《くろきくん》にお礼《れい》を言《い》った。

名家《めいか》の子《こ》だったら、おそらくお金持《かねも》ちだろうから、高価《こうか》な絵具《えのぐ》でも買《か》えるだろう。

あの時《とき》はすごく困《こま》った様子《ようす》だったけれど、きっともう新《あたら》しいのを手《て》に入《い》れてるんじゃないかって思《おも》えたんだ、よかった！

これでもう、あの子《こ》のことは気《き》にしなくてもいいね。

「でもうちの美術部《びじゅつぶ》では、誰《だれ》も岩絵具《いわえのぐ》なんて使《つか》ってないって話《はなし》だった。もちろん武石《たけいし》も、だ。」

小塚君《こづかくん》が、さもありなんといったように頷《うなず》く。

「そりゃ中学生《ちゅうがくせい》が使《つか》うには、高価《こうか》すぎるもの。他《ほか》の絵具《えのぐ》で充分《じゅうぶん》いい色《いろ》が出《だ》せるしさ。」

じゃ武石君《たけいしくん》は、なぜ、使《つか》わない岩絵具《いわえのぐ》を持《も》ってたんだろ。

しかもどうして、自分《じぶん》が落《お》としたことを隠《かく》したの。

私《わたし》は疑問《ぎもん》に思《おも》い、黒木君《くろきくん》に目《め》を向《む》けた。

黒木君《くろきくん》は、同感《どうかん》だといったように頷《うなず》く。

「謎《なぞ》だね。」

う・・・謎《なぞ》かぁ、やっぱ気《き》になるなぁ。

「もう少《すこ》し調《しら》べてみるよ。」

上杉君《うえすぎくん》とにらみ合《あ》っていた若武《わかたけ》が、すかさず言《い》った。

「調《しら》べなくていい。大《たい》した問題《もんだい》じゃないからな。今日《きょう》は、これで解散《かいさん》。明日《あす》、遅《おく》れるなよっ！」

＊

私《わたし》は忍《しのぶ》の家《いえ》を出《で》て、まっすぐ家《いえ》に帰《かえ》った。

「ただいま。」

2階《かい》に上《あ》がって手《て》を洗《あら》って、自分《じぶん》の部屋《へや》で着替《きか》え、それから大《おお》きく深呼吸《しんこきゅう》した。

そして勇気《ゆうき》を出《だ》して、翼《たすく》の携帯《けいたい》に電話《でんわ》をしたんだ。

これ以上《いじょう》、負《ふ》の感情《かんじょう》を抱《かか》えていたくなかったし、キッパリ決着《けっちゃく》をつけて、できることなら友《とも》だちに戻《もど》りたかった。

ドキドキしながら呼《よ》び出《だ》し音《おん》を聞《き》いていると、翼《たすく》は、すぐに出《で》た。

「俺《おれ》だけど、」

私《わたし》は、自分《じぶん》の抱《かか》えている気持《きも》ちの重《おも》さに邪魔《じゃま》をされ、スラッと言葉《ことば》を出《だ》せなかった。

すると、翼《たすく》が素早《すばや》く言《い》ったんだ。

「用《よう》は、何《なに》？」

突慳貪《つっけんどん》というか、ケンもホロロというか、木《き》で鼻《はな》をくくったようというか、取《と》りつく島《しま》なしっ！

それでいっそう気持《きも》ちが萎《な》えてしまった。

でも必死《ひっし》の思《おも》いで踏《ふ》み止《とど》まり、何《なん》とか声《こえ》を出《だ》したんだ。

「この間《あいだ》のこと、謝《あやま》ろうと思《おも》って。」

即《そく》、返事《へんじ》が返《かえ》ってくる。

「別《べつ》にいいよ、謝《あやま》らなくて。それだけ？」

突《つ》き放《はな》されたみたいな気《き》がした。

口調《くちょう》も冷《ひ》ややかで、胸《むね》に刺《さ》さる。

それでも、何《なん》とか頑張《がんば》って話《はなし》をつないだ。

「悪気《わるぎ》じゃなかったんだよ。でも気分《きぶん》を悪《わる》くさせたみたいで、ごめんね。言《い》われたことは佐田真《さたま》理子《りこ》に伝《つた》えたし、私自身《わたしじしん》もこれから気《き》を付《つ》けるから。ほんとにごめんね。」

そう言《い》ってから、思《おも》い切《き》って切《き》り出《だ》した。

「友《とも》だちに戻《もど》りたいんだけど・・・いい？」

息《いき》を呑《の》んで、翼《たすく》の答《こた》えを待《ま》つ。

お願《ねが》い、戻《もど》ってもいい、って言《い》って！

祈《いの》るような気持《きも》ちでいると、やがて翼《たすく》の声《こえ》が聞《き》こえた。

「無理《むり》。」

わーんっ！

9　シンギュラリティ

思《おも》い出《だ》してみれば、翼《たすく》と初《はじ》めて心《こころ》が通《かよ》ったのは、「黄金《おうごん》の雨《あめ》は知《し》っている」の中《なか》だった。

あの時《とき》、私《わたし》は初《はじ》めて、自分《じぶん》と同《おな》じように考《かんが》えている相手《あいて》に出会《であ》った気《き》がしたんだ。

それなのに・・・ああ私《わたし》たちの関係《かんけい》はもう、元《もと》に戻《もど》らないんだね。

そんなことを考《かんが》えていたら、悲《かな》しくてたまらなくなって、泣《な》いてしまった。

翼《たすく》は、私《わたし》っていう友《とも》だちを失《うしな》ってもいいって本気《ほんき》で思《おも》ってるんだ。

それは、私《わたし》に価値《かち》がなかったってことだよね。

私《わたし》は決定的《けっていてき》に、もう立《た》ち直《なお》れないと思《おも》えるほどに落《お》ちこんだ。

でも自己防衛本能《じこぼうえいほんのう》が働《はたら》いて、翼《たすく》なんかいなくてもいい、私《わたし》にはKZ《カッズ》があるものと思《おも》いこもうとしていたんだ。

その夜《よる》、1週間《しゅうかん》の特別講座《とくべつこうざ》の荷物《にもつ》と、ハワイ行《い》きのための荷物《にもつ》の両方《りょうほう》を作《つく》って、片方《かたほう》をママに預《あず》けた。

「これがフライトの時間《じかん》。国際線《こくさいせん》の第《だい》2ターミナルだからね。空港《くうこう》に着《つ》いたらスマホに電話《でんわ》して、迎《むか》えに行《い》くから。絶対遅《ぜったいおく》れちゃだめよ。」

わかってるから。

「お姉《ねえ》ちゃん、行《い》きたくなさそうだね。」

当《あ》たり・・・。

「ほら奈子《なこ》が心配《しんぱい》してるじゃないの。せっかくお金使《かねつか》って行《い》く家族旅行《かぞくりょこう》なんだから、皆《みんな》に気《き》を遣《つか》わせないようにしなさいよね。」

わかってます。

私《わたし》は、てんで元気《げんき》なく、翌朝《よくあさ》、駅《えき》で皆《みんな》と集合《しゅうごう》して、電車《でんしゃ》を2回乗《かいの》り換《か》え、いったん東京《とうきょう》に出《で》てから千葉県佐倉市《ちばけんさくらし》へ向《む》かった。

若武《わかたけ》、上杉君《うえすぎくん》、黒木君《くろきくん》は、サッカーKZ《カッズ》のロゴの入《はい》った黒《くろ》いナイロンバッグを提《さ》げている。

小塚君《こづかくん》はいつものナップザックを肩《かた》にかけ、片手《かたて》に丸《まる》くて長《なが》い筒型《つつがた》のケースに入《い》れた物《もの》を持《も》っていた。

翼《たすく》は、HS《ハッズ》指定《してい》のバッグ。

でも私《わたし》は、あまり翼《たすく》の方《ほう》を向《む》かないようにしていた。

もちろん目《め》も合《あ》わせない。

電車《でんしゃ》に乗《の》っても、隣《となり》にならないように気《き》を付《つ》けていた。

「席《せき》、2つ空《あ》いたから座《すわ》れよ。」

若武《わかたけ》が言《い》い、私《わたし》と小塚君《こづかくん》が座《すわ》って、残《のこ》りの皆《みんな》が私《わたし》たちの前《まえ》にズラッと立《た》った。

KZ《カッズ》のメンバーは、電車《でんしゃ》の中《なか》では座《すわ》っちゃいけないことになってるんだ。

HS《ハッズ》は、どうなのか知《し》らないけど、翼《たすく》も立《た》っていた。

「ねえ上杉《うえすぎ》、今《いま》、新聞《しんぶん》でも科学誌《かがくし》でもシンギュラリティって言葉《ことば》がよく出《で》るだろ。それって、ホントに来《く》ると思《おも》う?」

小塚君《こづかくん》が、上杉君《うえすぎくん》を見上《みあ》げて心配《しんぱい》そうに言《い》う。

「そんな日《ひ》が来《き》たら、僕《ぼく》ら、どうしたらいいんだろ。」

私《わたし》には、シンギュラリティが何《なん》なのか、まるでわからなかった。

でも言葉《ことば》のエキスパートとして、それを誰《だれ》かに聞《き》くわけにはいかなかったんだ。

しかたがないから、皆《みんな》の言葉《ことば》から推理《すいり》することにした。

まず、シンギュラリティというのは《来《く》る》ものらしい。

来《く》るものといったら、人《ひと》か動物《どうぶつ》、それに時期《じき》だ。

「俺的《おれてき》には、ないと思《おも》う。」

答《こた》えた上杉君《うえすぎくん》の顔《かお》を、翼《たすく》が電車《でんしゃ》の揺《ゆ》れに合《あ》わせてのぞきこむ。

「その心《こころ》は?」

上杉君《うえすぎくん》は、窓《まど》の外《そと》に目《め》をやった。

「AI《人工知能》の深層学習《ディープラーニング》がどれだけ進《すす》んでも、自分《じぶん》で自分《じぶん》の目的《もくてき》を設定《せってい》できない。それはAI《エーアイ》の致命的《ちめいてき》限界《げんかい》だ。」

どうやらIT《アイティー》に関係《かんけい》したことらしい。

私《わたし》が推理《すいり》を進《すす》めていると、私《わたし》の前《まえ》に立《た》っていた黒木君《くろきくん》がクスッと笑《わら》った。

「あのね、」

1本《ぽん》の吊《つ》り革《かわ》に両手《りょうて》で摑《つか》まりながら、こちらに身《み》をかがめる。

「シンギュラリティっていうのは、技術的特異点《ぎじゅつてきとくいてん》と和訳《わやく》されてる言葉《ことば》だよ。アメリカの未来学者《みらいがくしゃ》が唱《とな》えた説《せつ》で、AI《エーアイ》が人類《じんるい》の知性《ちせい》を超《こ》える転換点《てんかんてん》のこと。専門家《せんもんか》の間《あいだ》ではもっと狭義《きょうぎ》で、AI《エーアイ》が自分《じぶん》の能力《のうりょく》より高《たか》いAI《エーアイ》を造《つく》り出《だ》す地点《ちてん》という意味《いみ》で使《つか》われてる。」

え・・・来《く》るんだ、そんな日《ひ》。

「それは2045年《ねん》に到来《とうらい》するっていわれてる。」

げ・・・今《いま》から30年《ねん》もないよ。

「でも異論《いろん》も多《おお》いよ。上杉先生《うえすぎせんせい》みたいにね。」

そう言《い》いながら笑《え》みを含《ふく》んだ視線《しせん》を上杉君《うえすぎくん》に流《なが》す。

「続《つづ》きをどうぞ。」

上杉君《うえすぎくん》は、ちょっと咳払《せきばら》いして続《つづ》けた。

「前《まえ》に七鬼《ななき》が言《い》ってたように、俺《おれ》たちの脳《のう》のシステムは、一種《いっしゅ》の電気回路《でんきかいろ》だ。つまり2進法《しんほう》なんだ。だがシンギュラリティが来《く》るためには、脳《のう》が感知《かんち》したものをどういう方法《ほうほう》を使《つか》って数式化《すうしきか》しているのかを究明《きゅうめい》し、それをAI《エーアイ》に学《まな》ばせなきゃならない。俺《おれ》たちの脳《のう》の働《はたら》きを数式《すうしき》にする方法《ほうほう》を見《み》つけることは、おそらく不可能《ふかのう》だ。だからシンギュラリティは来《こ》ん。」

小塚君《こづかくん》は胸《むね》を撫《な》で下《お》ろす。

「そっか。安心《あんしん》したよ。」

私《わたし》は、てんで意味不明《いみふめい》だったけれど、詳《くわ》しく聞《き》いてもわかる気《き》がしなかったので、諦《あきら》めて、ニッコリ笑《わら》っておいた。

こちらを向《む》いた黒木君《くろきくん》の目《め》が、よくわかってないだろと言《い》っていて、ちょっと肩身《かたみ》が狭《せま》かったけどね。

「ところで小塚《こづか》、何持《なにも》ってんの？」

若武《わかたけ》に聞《き》かれて小塚君《こづかくん》は、手《て》にしていたケースのファスナーを10センチほど開《ひら》く。

中《なか》には、黒《くろ》い筒状《つつじょう》の缶《かん》のような物《もの》が入《はい》っていた。

「これはピートサンプラーっていうんだ。」

え？

「土壌検査《どじょうけんさ》に使《つか》うものだよ。佐倉市《さくらし》の北《きた》から印旛沼《いんばぬま》にかけては低湿地帯《ていしっちたい》で、その一部《いちぶ》は泥炭地《でいたんち》なんだ。サンプルを採取《さいしゅ》して調《しら》べようと思《おも》って。ああ泥炭地《でいたんち》っていうのは、低温《ていおん》で水分《すいぶん》が多《おお》いために微生物《びせいぶつ》の働《はたら》きが妨《さまた》げられて、枯《か》れた植物《しょくぶつ》なんかがそのまま土《つち》の中《なか》に残《のこ》っている場所《ばしょ》のことだよ。北海道《ほっかいどう》の釧路湿原《くしろしつげん》が有名《ゆうめい》。」

へぇ！

「あとカミツキガメの調査《ちょうさ》もしたいから、捕獲道具《ほかくどうぐ》なんかは、昨日《きのう》、保養施設宛《ほようしせつあ》てに送《おく》っといた。」

小塚君《こづかくん》は、とてもご機嫌《きげん》だった。

ニコニコしているその様子《ようす》は、幼稚園児《ようちえんじ》みたいにあどけない。

その頭《あたま》を、立《た》っていた上杉君《うえすぎくん》がポカンと叩《たた》いた。

「痛《いた》っ。何《なん》だよ、上杉《うえすぎ》。」

上杉君《うえすぎくん》は、フイッと横《よこ》を向《む》く。

「なんとなくムカついた。」

続《つづ》いて若武《わかたけ》も叩《たた》く。

「なんでおまえだけ楽《たの》しそうなんだ。俺《おれ》たちKZ《カッズ》は、明日《あす》から地獄の特訓《とっくん》なんだぞ。」

もうっ、2人《ふたり》とも八《や》つ当《あ》たりすんじゃない！

「あれ若武《わかたけ》、何《なに》これ？」

黒木君《くろきくん》がそう言《い》いながら、若武《わかたけ》のズボンの後《うし》ろポケットから何《なに》かを抜《ぬ》き取《と》る。

「わっ、やめろっ！」

若武《わかたけ》はあわてて飛《と》び付《つ》き、取《と》り戻《もど》そうとした。

ところが黒木君《くろきくん》がそれを持《も》っている手《て》を高《たか》く上《あ》げたので、身長差《しんちょうさ》により、若武《わかたけ》、届《とど》かず。

ピョンピョン飛《と》び上《あ》がっても、むなしく空振《からぶ》りするばかりだった、クスクス。

「おまえさ、いい加減《かげん》、身長伸《しんちょうの》ばせよ。」

からかう黒木君《くろきくん》の手《て》から、上杉君《うえすぎくん》がそれを取《と》り上《あ》げる。

「おお若武《わかたけ》、背《せ》は小《ちい》せぇけど、夢《ゆめ》だけはデケぇじゃん！」

そう言《い》いながら上杉君《うえすぎくん》は、それを翼《たすく》に渡《わた》し、翼《たすく》は自分《じぶん》の前《まえ》に座《すわ》っていた小塚君《こづかくん》に差《さ》し出《だ》し、小《こ》

塚君《づかくん》が私《わたし》に見《み》せる。

それは文庫本《ぶんこぼん》だった。タイトルは「英雄《えいゆう》ファクター」。

えっとファクターは確《たし》か、要素《ようそ》とか要因《よういん》、原因《げんいん》って意味《いみ》だったと思《おも》ったな。

「おまえ、リーダーじゃ満足《まんぞく》できず、英雄《えいゆう》かよ。」

からかわれた若武《わかたけ》は、いく分《ぶん》フテ腐《くさ》れながら私《わたし》の手《て》にあった文庫本《ぶんこぼん》を回収《かいしゅう》した。

「ここには、古今東西《ここんとうざい》の英雄《えいゆう》7人《にん》が載《の》ってて、彼《かれ》らがなぜ英雄《えいゆう》と呼《よ》ばれるようになったのか、どんな性格《せいかく》だったのか、その精神力《せいしんりょく》と決断力《けつだんりょく》はどう育《はぐく》まれたのか、どうして支持《しじ》されたのかを分析《ぶんせき》してあるんだ。そこから現代《げんだい》のリーダーに必要《ひつよう》な要素《ようそ》を抽出《ちゅうしゅつ》してある。」

じゃリーダーを目指《めざ》す人《ひと》のための本《ほん》だね。

若武《わかたけ》、ちゃんと勉強《べんきょう》しようとしてるんだ、偉《えら》い！

「結論《けつろん》から言《い》うと、現代《げんだい》は変化《へんか》の激《はげ》しい時代《じだい》だから、リーダー1人《ひとり》の判断《はんだん》だけで進《すす》んでいくのは危険《きけん》。これからのリーダーは主張《しゅちょう》するばかりじゃなくて周囲《しゅうい》に配慮《はいりょ》し、人《ひと》の意見《いけん》に耳《みみ》を傾《かたむ》け、自分《じぶん》の弱点《じゃくてん》を隠《かく》さずに見《み》せる勇気《ゆうき》を持《も》ち、そういう中《なか》で信頼関係《しんらいかんけい》を築《きず》いていくべきだと書《か》いてある。」

上杉君《うえすぎくん》と黒木君《くろきくん》が、顔《かお》を見合《みあ》わせた。

「じゃ若武《わかたけ》は、現代《げんだい》のリーダーとしては理想的《りそうてき》だね。」

「ん、しょっちゅう欠点《けってん》見《み》せてるしな。」

若武《わかたけ》はムッとしたようにその本《ほん》をズボンの後《うし》ろポケットに突《つ》っこみ、それ以降《いこう》、駅《えき》に着《つ》くまでひと言《こと》も口《くち》をきかなかった。

あーあ、リーダーは、人《ひと》の意見《いけん》に耳《みみ》を傾《かたむ》けるんじゃなかったっけ。

若武《わかたけ》、まだまだ修行《しゅぎょう》が足《た》りないね、クスクスクス。

10　二度《にど》と戻《もど》れない

駅《えき》に着《つ》くと、若武《わかたけ》がスマートフォンで目的地《もくてきち》を検索《けんさく》した。

「歩《ある》いて、3、4分《ぷん》だ。とにかく行《い》って、手続《てつづ》きをすませようぜ。あっちだ。」

歩《ある》き出《だ》したとたん、黒木君《くろきくん》の胸《むね》ポケットでスマートフォンが鳴《な》り始《はじ》める。

取《と》り出《だ》して読《よ》みながら黒木君《くろきくん》は、私《わたし》たちに視線《しせん》を投《な》げた。

「七鬼《ななき》からだ。もう着《つ》いてるって。」

え・・・実家《じっか》に帰《かえ》ったんじゃなかったの。

「実家《じっか》って確《たし》か、志摩《しま》だったよな。」

「もう戻《もど》ってきたのか。超早《ちょうはえ》ぇ！」

「やっぱ、サイキックでしょ。」

「真珠姫《しんじゅひめ》の顔《かお》、瞬間移動《しゅんかんいどう》で変形《へんけい》してないといいけど。」

黒木君《くろきくん》が苦笑《くしょう》しながら画面《がめん》を閉《と》じた。

「昨日《きのう》、あれから実家《じっか》に連絡《れんらく》したら、おまえが直接《ちょくせつ》、持《も》っていけって言《い》われて、今朝早《けさはや》くこっちに来《き》たんだって。」

ああ、そっか。

「今《いま》、千葉《ちば》美術館《びじゅつかん》にいるみたい。城址公園《じょうしこうえん》の中《なか》にあって散策《さんさく》もできるし、カフェで昼食《ちゅうしょく》も取《と》れるから、皆《みんな》で来《こ》ないかって。」

わっステキ、行《い》くっ!

浮《う》き浮《う》きする私《わたし》の前《まえ》で、若武《わかたけ》がV《ブイ》サインを出《だ》した。

「黒木《くろき》、返信《へんしん》しとけ。これから合宿所《がっしゅくじょ》と保養施設《ほようしせつ》に行《い》って手続《てつづ》きして、荷物《にもつ》を置《お》いてからそっちに向《む》かう、待《ま》ってろって。」

楽《たの》しみだな、城址公園《じょうしこうえん》のカフェって。

ケーキとか、ソフトクリームもあるかもしれない、るんっ!

「俺《おれ》、昼飯《ひるめし》は、カフェっていうより食堂《しょくどう》でいい。」

むっ!

「俺《おれ》も。うどん食《く》いてぇ。」

げっ!

「千葉《ちば》だったら、うどんよりラーメンでしょ。ご当地《とうち》もので有名《ゆうめい》なのがあるよ。」

「僕《ぼく》、カツ丼《どん》かな。」

ああ、げんなり・・・。

「おい、男《おとこ》ノリはやめろよ。アーヤが萎《しお》れてる。」

黒木君《くろきくん》の声《こえ》で、皆《みんな》がこっちを見《み》た。

私《わたし》は、あわてて答《こた》える。

「あ、いいよ。うどんでもラーメンでもカツ丼《どん》でも、多数決《たすうけつ》で大丈夫《だいじょうぶ》。」

でも顔《かお》が引《ひ》きつってしまった。

「カフェでいい。」

「俺《おれ》も。あの恨《うら》めしそうな顔《かお》でじっと見《み》られてたら、うどん食《く》っても味《あじ》がせん。」

「ラーメンにしろカツ丼《どん》にしろ、いつでも食《た》べられるしね。」

ということで、皆《みんな》が譲《ゆず》ってくれた、ほっ。

歩《ある》き出《だ》しながら、若武《わかたけ》がボヤく。

「女《おんな》は、なぜかハイカラなのが好《す》きだ。で、俺《おれ》たち男《おとこ》は、なんといっても女《おんな》にモテたい。だから女《おんな》の意見《いけん》を無視《むし》できない。」

へぇ、そうなんだ。

「男子《だんし》って誰《だれ》でも、女子《じょし》にモテたいって思《おも》ってるの？」

私《わたし》が聞《き》くと、黒木君《くろきくん》が頷《うなず》く。

「まぁ個人差《こじんさ》はあるだろうけど、総《そう》じて男《おとこ》の基本的欲求《きほんてきよっきゅう》は古今東西《ここんとうざい》、2つに集約《しゅうやく》されるね。1つは権力《けんりょく》を手《て》にすること、もう1つは女《おんな》にモテること。」

なんか・・・男子《だんし》って単純《たんじゅん》なのかも。

「おお、ここだぜ。」

若武《わかたけ》が足《あし》を止《と》めたのは、広《ひろ》い敷地《しきち》を囲《かこ》んだフェンスの前《まえ》だった。

「結構《けっこう》デカいな。」

門《もん》のそばに立《た》っていた案内板《あんないばん》を見《み》ながら指《ゆび》を差《さ》す。

「合宿所《がっしゅくじょ》はこっち、保養施設《ほようしせつ》はあっちだ。手続《てつづ》きを終《お》えて荷物《にもつ》を預《あず》けたら、ここに集合《しゅうごう》する。じゃいったん解散《かいさん》っ！」

それで私《わたし》たちは、二手《ふたて》に分《わ》かれたんだ。

私《わたし》は、小塚君《こづかくん》と一緒《いっしょ》に保養施設《ほようしせつ》に向《む》かう。

それは広《ひろ》い庭《にわ》の中《なか》にあって、緑色《みどりいろ》の屋根《やね》とクリーム色《いろ》の壁《かべ》をした旅館《りょかん》みたいな和風《わふう》の建物《たてもの》だった。

3階建《がいだ》てで、静《しず》かな空気《くうき》に包《つつ》まれている。

玄関《げんかん》を入《はい》った所《ところ》に受付《うけつけ》があったので、私《わたし》たちはそこで登録《とうろく》をすませ、明日《あす》から1週間《しゅうかん》を過《す》ごす部屋《へや》の鍵《かぎ》をもらった。

男子《だんし》は3階《がい》で、女子《じょし》が2階《かい》、鍵《かぎ》についているキーホルダーの色《いろ》が違《ちが》っていた。

自分《じぶん》の部屋《へや》まで行《い》ってドアを開《あ》けると、中《なか》は洋室《ようしつ》、広々《ひろびろ》としていて清潔《せいけつ》だった。

庭《にわ》に面《めん》して広《ひろ》い窓《まど》があり、ベッドとテーブル、机《つくえ》が置《お》かれている。

部屋《へや》の奥《おく》にはもう1つのドアがあり、その向《む》こうがバストイレだった。

置《お》いてあるリネン類《るい》もきれいで、余分《よぶん》な装飾《そうしょく》はなく、さっぱりしていて私《わたし》はとても気《き》に入《い》った。

荷物《にもつ》を置《お》いて部屋《へや》を出《で》て、1階《かい》まで降《お》りていくと、その途中《とちゅう》で上《うえ》から小塚君《こづかくん》がやってきた。

片腕《かたうで》で、ピートサンプラーを抱《かか》えている。

「アーヤの部屋《へや》、問題《もんだい》なかった？」

聞《き》かれて私《わたし》が頷《うなず》くと、小塚君《こづかくん》はニッコリした。

「よかった。僕《ぼく》もだよ。1週間《しゅうかん》もいるんだから、小《ちい》さなことでも気《き》になるものね。」

同意《どうい》して、私《わたし》は自分《じぶん》の鍵《かぎ》を見《み》せ、部屋番号《へやばんごう》を教《おし》えた。

小塚君《こづかくん》も鍵《かぎ》を見《み》せてくれたので、私《わたし》はその番号《ばんごう》を暗記《あんき》する。

「でも若武《わかたけ》たちなら、どんなことがあっても全然気《ぜんぜんき》にしないよね、きっと。」

確《たし》かに！　と私《わたし》は思《おも》った。

それは実《じつ》に正解《せいかい》で、門《もん》の所《ところ》で集合《しゅうごう》した時《とき》、4人《にん》はなんと、こんな会話《かいわ》をしていたんだ。

「俺《おれ》のベッド、トカゲかヤモリかわかんないけど、とにかく四足《よつあし》の奴《やつ》が這《は》ってたぜ。」

「夜食《やしょく》にしろよ。黒《くろ》く焼《や》けば、食《く》える。」

「ねぇ、ベッドにシーツあった？」

「ねぇよ。細《こま》かいこと言《い》ってねーで、バスタオル敷《し》いて寝《ね》ればいいだろ。」

「そのバスタオル自体《じたい》、存在《そんざい》してなかったでしょ。」

「風呂入《ふろはい》ったら、ドライヤーで体乾《からだかわ》かせ。そんでベッドパッドの上《うえ》に直《じか》に寝《ね》るんだ。別《べつ》に死《し》なねーし。」

「俺《おれ》んとこ、枕《まくら》がない。」

「タオル丸《まる》めろ。」

私《わたし》は、自分《じぶん》が泊《と》まるのが合宿所《がっしゅくじょ》でなくて本当《ほんとう》によかったと思《おも》った。

だってトカゲかヤモリが這《は》ってたベッドなんて、絶対寝《ぜったいね》られない。

でも小塚君《こづかくん》は、こう言《い》ったんだ。

「トカゲもヤモリも、すごくかわいいよね。手足《てあし》が小《ちい》さくて、指《ゆび》なんてほんとに細《ほそ》くて繊細《せんさい》で、幼気《いたいけ》なんだ。」

う・・価値観《かちかん》の相違《そうい》に、私《わたし》、震《ふる》える・・・。

「じゃ城址《じょうし》に向《む》かって出発《しゅっぱつ》っ！」

若武《わかたけ》の号令《ごうれい》で、私《わたし》たちは前方《ぜんぽう》に見《み》えている緑《みどり》に囲《かこ》まれた丘《おか》を目指《めざ》した。

「千葉氏《ちばし》って、戦国《せんごく》の末期《まっき》に没落《ぼつらく》したって言《い》ってたけど、なんで？」

若武《わかたけ》に聞《き》かれて、翼《たすく》は歩《ある》きながら空《くう》を仰《あお》いだ。

「千葉氏《ちばし》は、元《もと》をたどると桓武平氏《かんむへいし》の血筋《ちすじ》なんだ。前《まえ》にも話《はな》したけど、関東《かんとう》だけでなく全国《ぜんこく》に支《し》配《はい》を広《ひろ》げていた。」

ふむ。

「ところが天正《てんしょう》18年《ねん》、えっと1590年《ねん》だけど、千葉氏《ちばし》第《だい》31代《だい》当主《とうしゅ》重胤《しげたね》が、北条氏《ほうじょうし》と組《く》んで豊臣《とよとみ》秀吉《ひでよし》を敵《てき》に回《まわ》したんだ。」

あ、そりゃダメだ。

豊臣秀吉《とよとみひでよし》は、いろんな戦《たたか》いに勝《か》って天下《てんか》を統一《とういつ》するんだもの。

千葉氏《ちばし》ったら、組《く》む相手《あいて》を間違《まちが》えちゃったね。

「秀吉《ひでよし》は、北条氏《ほうじょうし》の領地《りょうち》である小田原《おだわら》を攻《せ》め、北条氏《ほうじょうし》は降伏《こうふく》。そこで一緒《いっしょ》に戦《たたか》っていた千葉重胤《ちばしげたね》も、同《おな》じ運命《うんめい》をたどった。」

上杉君《うえすぎくん》が、溜《た》め息《いき》をつく。

「連鎖倒産《れんさとうさん》かぁ・・・」

小塚君《こづかくん》が説明《せつめい》を求《もと》めるかもしれないと思《おも》ったので、私《わたし》は心《こころ》で準備《じゅんび》をした。

連鎖《れんさ》は、1つの原因《げんいん》が次《つぎ》の原因《げんいん》を誘《さそ》い、次々《つぎつぎ》と反応《はんのう》が起《お》こること。

倒産《とうさん》は、会社《かいしゃ》が潰《つぶ》れること。

つまり手《て》を組《く》んだ北条氏《ほうじょうし》が倒《たお》れたために、千葉氏《ちばし》も倒《たお》れてしまったって意味《いみ》なんだ。

私《わたし》は、聞《き》かれるのを待《ま》っていた。

でも小塚君《こづかくん》は、どうも自分《じぶん》でわかったらしく、何《なに》も聞《き》かなかった、シクシク。

「千葉重胤《ちばしげたね》は所領没収《しょりょうぼっしゅう》、各地《かくち》を放浪《ほうろう》して江戸《えど》で死《し》んだと言《い》われている。」

かわいそ。

「でも同《おな》じ千葉氏《ちばし》の中《なか》でも、徳川《とくがわ》の旗本《はたもと》として存続《そんぞく》した家《いえ》もあるんだ。千葉一族《ちばいちぞく》は多《おお》いからさ。現代《げんだい》まで続《つづ》いてる家《いえ》もあって、この間《あいだ》、子孫《しそん》が文化人《ぶんかじん》として新聞《しんぶん》にコメントしてたよ。」

道《みち》の前方《ぜんぽう》に、観光案内板《かんこうあんないばん》が見《み》えてくる。

そこには、城址公園《じょうしこうえん》の全体図《ぜんたいず》が描《えが》かれていた。

天守閣《てんしゅかく》とか二《に》ノ丸《まる》、出丸《でまる》、櫓《やぐら》、米蔵《こめぐら》、それにいろいろな種類《しゅるい》の門《もん》が表示《ひょうじ》されている。

でも現物《げんぶつ》が残《のこ》っているのは薬医門《やくいもん》のみで、その他《ほか》は皆《みんな》、跡地《あとち》と書《か》かれていた。

奥《おく》まった所《ところ》に、千葉美術館《ちばびじゅつかん》が建《た》っている。

若武《わかたけ》が、その出入《でい》り口《ぐち》を指《さ》している矢印《やじるし》を見《み》つけ、今《いま》、私《わたし》たちが立《た》っている場所《ばしょ》と引《ひ》き合《あ》わせて声《こえ》を上《あ》げた。

「こっちの坂《さか》だ。行《い》こう。」

坂道《さかみち》の両側《りょうがわ》には、背《せ》の高《たか》い木《き》がいっぱい。

葉《は》が茂《しげ》っているのも、落《お》ちてるのもあった。

空気《くうき》は清涼《せいりょう》な感《かん》じで、清々《すがすが》しい。

「これはクマノミズキ、隣《となり》はムクノキ、マテバシイ、それにセンダンだ。」

私《わたし》には木《き》としかわからないけれど、小塚君《こづかくん》にはすべての名前《なまえ》がわかる、すごいな。

「スズカケやシラカシ、オニグルミもあるね。どれも植栽《しょくさい》されたものみたい。あの高《たか》いのはメタセコイアだ。新生代第三紀層《しんせいだいだいさんきそう》から化石《かせき》として発見《はっけん》されたから、絶滅《ぜつめつ》したと思《おも》われてたんだけど、ちゃんと生き延《いの》びてた。うちの学校《がっこう》の高等部《こうとうぶ》の庭《にわ》にもあるよ。」

黒木君《くろきくん》がスマートフォンで地図《ちず》を呼《よ》び出《だ》し、皆《みんな》に回《まわ》す。

「この辺《あた》りから坂井町《さかいまち》だ。ほら丘《おか》の中腹《ちゅうふく》あたりに、市町村境《しちょうそんざかい》の線《せん》が引《ひ》かれてるだろ。」

私《わたし》たちは代《か》わる代《が》わるそれを見《み》ながら坂道《さかみち》を上《のぼ》った。

「神社《じんじゃ》があるみたいだぜ。」

坂道《さかみち》の脇《わき》に急《きゅう》な石段《いしだん》があり、ずっと上《うえ》まで続《つづ》いている。

途中《とちゅう》には、鳥居《とりい》と石灯籠《いしどうろう》が立《た》ってた。

建物《たてもの》は見《み》えず、ただ石段《いしだん》が延々《えんえん》と続《つづ》いているばかり。

まるで空《そら》まで届《とど》きそうなほどだった。

これ絶対《ぜったい》、１０００段《だん》くらいあるんじゃないかなぁ。

「千葉氏《ちばし》の守護神《しゅごしん》は、妙見菩薩《みょうけんぼさつ》だから、きっとそれを祭《まつ》ってあるんだ。妙見菩薩《みょうけんぼさつ》っていうのは、神仏習合《しんぶつしゅうごう》の妙見信仰《みょうけんしんこう》の本尊《ほんぞん》。神仏習合《しんぶつしゅうごう》は明治維新《めいじいしん》まで１０００年《ねん》も続《つづ》いた日本独自《にっぽんどくじ》の宗教現象《しゅうきょうげんしょう》だよ。」

詳《くわ》しいなぁ。

そう思《おも》いながら翼《たすく》を見《み》ていると、翼《たすく》はふっとこちらを向《む》き、一瞬《いっしゅん》、目《め》が合《あ》った。

青《あお》く見《み》えるほど澄《す》んで、凛《りん》とした光《ひかり》をきらめかせているその目《め》と見《み》つめ合《あ》う。

様々《さまざま》な気持《きも》ちが胸《むね》を駆《か》け抜《ぬ》け、私《わたし》は思《おも》わず言《い》ってしまいそうになった。

謝《あやま》るよ、軽率《けいそつ》だったことは謝《あやま》るから、友《とも》だちに戻《もど》ってほしい。

それとも友情《ゆうじょう》を解消《かいしょう》したのは、そのせいじゃないの？

他《ほか》に理由《りゆう》があるんだったら、それはなんなのか教《おし》えてよ。

でも翼《たすく》は何《なに》も言《い》わず、身《み》をひるがえして1人《ひとり》で坂《さか》を上《のぼ》っていってしまった。

「なんだ、美門《みかど》の奴《やつ》、いきなり。」

若武《わかたけ》の声《こえ》を聞《き》きながら、私《わたし》は溜《た》め息《いき》をつき、皆《みんな》と一緒《いっしょ》にその後《あと》を追《お》う。

やっぱり私《わたし》たち、もうダメなんだね。

二度《にど》と元《もと》に戻《もど》れないんだ。

そう考《かんが》えるのは、本当《ほんとう》に悲《かな》しいことだった。

「おお、ここが城址公園《じょうしこうえん》か。結構広《けっこうひろ》いな。」

坂《さか》を上《のぼ》り切《き》ると、そこには駐車場《ちゅうしゃじょう》が広《ひろ》がっていて花壇《かだん》や植《う》え込《こ》みがあり、その向《む》こうに売店《ばいてん》とカフェ、大《おお》きな美術館《びじゅつかん》が並《なら》んでいた。

周《まわ》りは緑地《りょくち》で、白《しろ》いフェンスに囲《かこ》まれている。

日曜日《にちようび》だから車《くるま》も多《おお》く、人《ひと》もたくさんいた。

珍《めずら》しく小塚君《こづかくん》が、真《ま》っ先《さき》に売店《ばいてん》の方《ほう》に走《はし》っていく。

「お、小塚《こづか》が意外《いがい》な行動《こうどう》に出《で》たぞ。どーしたんだ、いつもドン臭《くさ》いのに。」

「飢《う》えてんでしょ。」

「いや、珍《めずら》しい爬虫類《はちゅうるい》とか昆虫《こんちゅう》とか見《み》つけたんじゃね？　好《す》きだからな。」

「そういえば先週《せんしゅう》、あいつ、光《ひかり》に向《む》かってくるゴキブリを発見《はっけん》したんだって。ゴキブリなら負《ふ》の走光性《そうこうせい》を持《も》つはずなのにって感動《かんどう》してたよ。たくさん飼《か》って研究《けんきゅう》するらしい。」

「だったら、きっと食《く》うんだぜ。国連食糧農業機関《こくれんしょくりょうのうぎょうきかん》が食糧危機《しょくりょうきき》への対策《たいさく》として昆虫食《こんちゅうしょく》を勧《すす》めてるから、自分《じぶん》もチャレンジしたいって言《い》ってたもん。」

うう・・・感性違《かんせいちが》いすぎて、震《ふる》える・・・。

「ねえ！」

小塚君《こづかくん》は、売店《ばいてん》の隣《となり》にある緑《みどり》の低木《ていぼく》のそばまで行《い》き、フェンスに手《て》をかけてこちらを振《ふ》り返《かえ》った。

「湿地帯《しっちたい》がよく見《み》えるよ、来《き》てみて！」

手招《てまね》きされて、皆《みんな》で近寄《ちかよ》っていく。

「爬虫類《はちゅうるい》でも昆虫《こんちゅう》でも食糧危機対策《しょくりょうききたいさく》でもなくて、土壌《どじょう》か。」

「小塚《こづか》の守備範囲《しゅびはんい》、ワイドだからな。」

「それでも狭《せば》まった方《ほう》だよ。歴史《れきし》ジャンルを美門《みかど》に引《ひ》き渡《わた》したからね。」

小塚君《こづかくん》が立《た》っていたのは、辺《あた》りを見下《みお》ろせる絶好《ぜっこう》のスポットだった。

今《いま》、上《のぼ》ってきたばかりの坂道《さかみち》も、秀明《しゅうめい》の合宿所《がっしゅくじょ》や保養施設《ほようしせつ》も、周《まわ》りに広《ひろ》がる畑《はたけ》や水田《すいでん》も、さらに坂井町《さかいまち》や佐倉市《さくらし》の市街《しがい》までもグルッと一望《いちぼう》できる。

市内《しない》の道路《どうろ》には、車《くるま》が渋滞《じゅうたい》していた。

「ほら、あそこに堀《ほり》の跡《あと》があるだろ。」

それは、城址公園《じょうしこうえん》の北北西側《ほくほくせいがわ》だった。

「あのずっと向《む》こうに印旛沼《いんばぬま》があるんだ。このあたりの地層《ちそう》は、多《おお》くが泥炭土層《でいたんどそう》。植物《しょくぶつ》の遺骸《いがい》と、川《かわ》の氾濫《はんらん》や雨《あめ》で運《はこ》ばれた礫《れき》や砂《すな》が一緒《いっしょ》になってできてる。光《ひか》って見《み》えるのは遊歩道《ゆうほどう》のフェンスだよ。後《あと》で行《い》ってみよう。」

え・・・カミツキガメとかいるんでしょ、やだな。

そう思《おも》ったとたん、背後《はいご》から声《こえ》が飛《と》んできた。

「おまえら、超《ちょう》うるせぇ。」

きゃっ、誰《だれ》かに怒《おこ》られた！

「ガキみたいに騒《さわ》ぐなよ。」

恐《おそ》る恐《おそ》る振《ふ》り向《む》くと、美術館《びじゅつかん》の出入《でい》り口《ぐち》から、忍《しのぶ》が姿《すがた》を見《み》せるところだった。

「声《こえ》、中《なか》まで聞《き》こえてたぜ。」

私《わたし》は、胸《むね》を撫《な》で下《お》ろす。

なんだ忍《しのぶ》かぁ・・・。

「テーマパークじゃないんだから、はしゃぐな。」

わずかな風《かぜ》に髪《かみ》をひるがえし、両手《りょうて》をジャケットのポケットに突《つ》っこんで、長《なが》い足《あし》をもてあますようにしながら美術館前《びじゅつかんまえ》の階段《かいだん》を降《お》りてくる。

すごく大人《おとな》っぽく見《み》えた。

「真珠姫《しんじゅひめ》は、もう美術館《びじゅつかん》に渡《わた》したのか。」

黒木君《くろきくん》に聞《き》かれて、忍《しのぶ》は首《くび》を横《よこ》に振《ふ》る。

「まだ責任者《せきにんしゃ》が出《で》てきてないから、来《き》たら直接渡《ちょくせつわた》してくれって言《い》われた。しかたないから出入《でい》り口《ぐち》のそばのコインロッカーに入《い》れてある。」

わっ、大胆《だいたん》！

驚《おどろ》いている私《わたし》の隣《となり》で、小塚君《こづかくん》が眉根《まゆね》を寄《よ》せた。

「そんなとこ入《い》れといて、温度《おんど》とか湿度《しつど》とか大丈夫《だいじょうぶ》なの？　古《ふる》い絵《え》だろ、気《き》を配《くば》らないと。」

それに盗難《とうなん》だって心配《しんぱい》だよ。

「だって他《ほか》に置《お》く場所《ばしょ》がないんだ。ずっと手《て》に持《も》ってるわけにもいかないしさ、しょうがないじゃん。」

忍《しのぶ》はケロリ、疑問《ぎもん》を持《も》つ様子《ようす》もない。

「こいつ大丈夫《だいじょうぶ》か？」

上杉君《うえすぎくん》が、立《た》てた親指《おやゆび》で忍《しのぶ》を指《さ》しながら皆《みんな》を見回《みまわ》した。

「こんなんで、ほんとに七鬼家《なきけ》、守《まも》っていけるのか。」

ん〜、怪《あや》しいっ！

「あっ、そういえばさ、」

忍《しのぶ》は、あっけらかんと話題《わだい》を変《か》える。

「あの醬油顔《しょうゆがお》の武石《たけいし》、さっきいたよ。」

私《わたし》たちは、一気《いっき》に緊張《きんちょう》っ！

どこにっ!?

11　キャラ返上《へんじょう》の危機《きき》

「美術館《びじゅつかん》の中《なか》を歩《ある》いてたんだ。で、出《で》ていった。」

ってことは、絵《え》を見《み》にきたんだよね。

美術部員《びじゅつぶいん》だって話《はなし》だし、絵《え》に興味《きょうみ》があるんだ、きっと。

それにしても美術館《びじゅつかん》はここだけじゃないのに、私《わたし》たちと同《おな》じ日《ひ》に同《おな》じ場所《ばしょ》に来《き》てるなんて、すごい偶然《ぐうぜん》！

「そっか、この近《ちか》くに住《す》んでんだ。」

え？

「ここから通《かよ》うのは無理《むり》だから、寮《りょう》に入《はい》ってたんだね。」

「確《たし》かに名家《めいか》だよな。この町《まち》の政治《せいじ》のトップだ。」

え、ええっ!?

私《わたし》がマゴマゴしていると、黒木君《くろきくん》がクスッと笑《わら》った。

「会話《かいわ》の根拠《こんきょ》が、わからない？」

おっしゃる通《とお》りです！

「あれ、見《み》てごらん。」

指差《ゆびさ》したのは、美術館前《びじゅつかんまえ》に置《お》かれているボードで、そこには宣伝用《せんでんよう》のポスターが何枚《なんまい》か貼《は》ってあった。

もちろん戦国《せんごく》の姫君展《ひめぎみてん》の予告《よこく》もあったし、土器《どき》の展示会《てんじかい》や常設展示《じょうせつてんじ》について、それから講演会《こうえんかい》のお知《し》らせもある。

付属施設《ふぞくしせつ》として併設《へいせつ》されている民俗資料館《みんぞくしりょうかん》の案内《あんない》もあった。

「戦国《せんごく》の姫君展《ひめぎみてん》のポスターの下《した》の方《ほう》。」

ん？

「後援者《こうえんしゃ》として、いくつかの名前《なまえ》が書《か》いてあるだろ。」

ある・・・それが？

「最後《さいご》に、千葉美術館名誉館長《ちばびじゅつかんめいよかんちょう》とある。坂井町町長《さかいまちちょうちょう》って肩書《かたがき》も併記《へいき》されてるだろ。で、同市在住《どうしざいじゅう》とある。つまり彼《かれ》は坂井町《さかいまち》に住《す》んでいて、名前《なまえ》は武石正胤《たけいしまさたね》。」

あ、武石《たけいし》っ！

「岩絵具《いわえのぐ》の君《きみ》の名《な》は、武石今胤《たけいしいまたね》。名家《めいか》の出身《しゅっしん》といわれていた。どこか田舎《いなか》の名家《めいか》じゃないかって話《はなし》になってたろ。武石《たけいし》という苗字《みょうじ》の一致《いっち》。しかも名前《なまえ》の『胤《たね》』も一緒《いっしょ》。特《とく》に『胤《たね》』は今時《いまどき》、使用《しよう》頻度低《ひんどひく》そうだから、何《なん》らかの関係《かんけい》があると考《かんが》えられる。これらによって俺《おれ》たちは、岩絵具《いわえのぐ》の君《きみ》が、この正胤氏《まさたねし》の息子《むすこ》か、孫《まご》なんじゃないかと見当《けんとう》を付《つ》けたわけ。で、実家《じっか》がここにあって、うちの学校《がっこう》の寮《りょう》に入《はい》っている。」

なるほど！

でも皆《みんな》、電光石火《でんこうせっか》の判断《はんだん》だったよね、すごい。

私《わたし》、まるっきりついていけなかった。

ちょっとダメージを受《う》け、私《わたし》がうつむいていると、翼《たすく》の声《こえ》がした。

「武石《たけいし》なら、千葉氏一族《ちばしいちぞく》だぜ。」

えっ!?

「一族《いちぞく》の多《おお》くは千葉姓《ちばせい》を名乗《なの》ってるけど、東《とう》とか大須賀《おおすが》、国分《こくぶ》、相馬《そうま》、それに今言《いまい》ってた武石《たけいし》って姓《せい》もあるんだ。」

若武《わかたけ》が不満《ふまん》げに口《くち》を尖《とが》らせる。

「それ、早《はや》く言《い》えよ。昨日《きのう》、黒木《くろき》から武石《たけいし》って名前《なまえ》が出《で》てたじゃん。なんであの時《とき》、すぐ千葉一《ちばいち》族《ぞく》だって言《い》わなかったんだ。」

翼《たすく》は首《くび》を傾《かし》げた。

「俺《おれ》、聞《き》いてないけど。」

若武《わかたけ》はムッとしたらしく翼《たすく》との距離《きょり》を詰《つ》め、胸《むね》が付《つ》きそうなほど近《ちか》くに立《た》った。

「んなはずねーだろ。」

そう言《い》いながら、人差《ひとさ》し指《ゆび》を翼《たすく》の胸《むね》に突《つ》き付《つ》ける。

「スルーか、それとも忘《わす》れてたのか、どっちかじゃないのか。」

う・・・。

「一度《いちど》聞《き》いたら絶対忘《ぜったいわす》れないっておまえのキャラ、潔《いさぎよ》く返上《へんじょう》しろ！」

私《わたし》はゴクンと息《いき》を呑《の》んだ。

翼《たすく》は、嘘《うそ》をついたりしない、忘《わす》れたりもしないはずだ。

でも確《たし》かに黒木君《くろきくん》は、昨日《きのう》、武石《たけいし》の名前《なまえ》を出《だ》したよね。

なんで翼《たすく》は、聞《き》いてないって言《い》ったんだろう。

私《わたし》は考《かんが》えこみ、やがて、はっと気《き》づいた。

「あの時《とき》、翼《たすく》、いなかったんじゃない？」

小塚君《こづかくん》が、ようやく思《おも》い出《だ》したといったような顔《かお》になる。

「そういえば、いなかったよ。」

上杉君《うえすぎくん》が、チラッと私《わたし》の方《ほう》に視線《しせん》を向《む》けた。

「ああ、ムクれて帰《かえ》ったんだ。黒木《くろき》が武石《たけいし》って名前《なまえ》を出《だ》したのは、その後《あと》だ。」

若武《わかたけ》もやっと納得《なっとく》し、しかたなさそうな息《いき》をつく。

「じゃいい。これからメンバーは全員《ぜんいん》、帰《かえ》る時《とき》にはリーダーである俺《おれ》の許可《きょか》を取《と》れ。こんなことが度々《たびたび》あると、調査《ちょうさ》にとって致命的《ちめいてき》だ。わかったな。」

私《わたし》はあの時《とき》、若武《わかたけ》が、武石君《たけいしくん》に関《かん》してどうでもよさそうにしていたのを思《おも》い出《だ》したけれど、言《い》わなかった。

ここでそれを言《い》い出《だ》すと、収拾《しゅうしゅう》がつかなくなるに違《ちが》いないと思《おも》ったんだ。

武石君《たけいしくん》のことは、事件《じけん》として取《と》り上《あ》げられていたわけじゃないし、KZ《カッズ》は大憲章《だいけんしょう》の制定《せいてい》を目指《めざ》してその準備《じゅんび》をしてたんだもの。

後《あと》で、若武《わかたけ》にだけこっそり言《い》おう、自分《じぶん》だっていい加減《かげん》な対応《たいおう》してたんだからカッコ付《つ》けないようにねって。

「武石本人《たけいしほんにん》も美術部《びじゅつぶ》だし、家族《かぞく》がこの美術館《びじゅつかん》の関係者《かんけいしゃ》なら、きっとよく出入《でい》りしてるんだ。」

そっか、よく来《き》てるんなら、私《わたし》たちがここで出会《であ》っても、不思議《ふしぎ》じゃないね。

「ねぇ武石君《たけいしくん》のことを、事件《じけん》として取《と》り上《あ》げる？　謎《なぞ》としては、使《つか》いもしない岩絵具《いわえのぐ》をなぜ持《も》っていたのか、落《お》としたことをどうして隠《かく》しているのか、の2つだよ。」

私《わたし》が聞《き》くと、若武《わかたけ》はあっさり首《くび》を横《よこ》に振《ふ》った。

「それ、大《たい》した事件《じけん》じゃないだろ。」

若武《わかたけ》はやっぱり、このことにあまり興味《きょうみ》を持《も》っていないみたいだった。

「KZ《カッズ》は、もっと大《おお》きな事件《じけん》を追《お》うんだ。今《いま》までだってそうだったろ。チンケなものに構《かま》ってると、チーム自体《じたい》がチンケに見《み》える。子供《こども》の遊《あそ》びと変《か》わらなくなるじゃん。」

プライド高《たか》いね、高《たか》すぎない？

「それに今回《こんかい》は、KZ大憲章《カッズだいけんしょう》を制定《せいてい》するっていう大目的《だいもくてき》がある。他《ほか》のことには構《かま》ってられん。」

そっかぁ。

「それより、もうすぐ昼《ひる》だ。カフェが混《こ》み合《あ》う前《まえ》に行《い》って、昼飯食《ひるめしく》っちまおうぜ。」

あ、賛成《さんせい》。

「俺《おれ》、オムライスがいい。」

「食堂《しょくどう》じゃねーっつったろ。おまけにガキ臭《くさ》っ！」

「あるとしたらパスタかサンドイッチ、クレープ、パンケーキ、ひょっとしてガレットも食《く》えるかも。」

「パスタだったら、僕《ぼく》、カルボナーラにする。それからパンケーキも。蜂蜜《はちみつ》と生《なま》クリームとジャム、メイプルシロップをたっぷりかけるんだ。」

「それ以上《いじょう》、太《ふと》ってどうすんだよ。」

皆《みんな》が、ワイワイ騒《さわ》ぎながらカフェに向《む》かっていく。

その後《うし》ろに私《わたし》が付《つ》いていこうとしていると、背中《せなか》に声《こえ》が届《とど》いた。

「アーヤ・・・」

振《ふ》り向《む》けば、後《うし》ろに翼《たすく》が1人《ひとり》で立《た》っていた。

すごく言《い》いにくそうにしながら、こう言《い》ったんだ。

「さっき、ありがと。」

ああ別《べつ》に、本当《ほんとう》のこと言《い》っただけだから。

「皆《みんな》、行《い》っちゃったよ。私《わたし》たちも、食《た》べに行《い》こ。」

そう言《い》って私《わたし》は、皆《みんな》を追《お》いかけようとした。

でも・・・翼《たすく》が付《つ》いてこない。

あれ？

後《うし》ろを見《み》ると、翼《たすく》は立《た》ったままこちらを見《み》ていた。

苦《くる》しげなその目《め》に、私《わたし》はびっくり!

「どうしたの?」

そう聞《き》くと、軽《かる》く首《くび》を横《よこ》に振《ふ》った。

「何《なん》でもない。」

足早《あしばや》に私《わたし》の脇《わき》を通《とお》り越《こ》し、カフェに入《はい》ろうとしている皆《みんな》に交《ま》じりこむ。

それを見《み》ながら私《わたし》は、割《わ》り切《き》れない気持《きも》ちになった。

どうして、そんな目《め》なの。

友人関係《ゆうじんかんけい》を解消《かいしょう》するってことは、翼《たすく》が自分《じぶん》で決《き》めたんだよ。

私《わたし》が望《のぞ》んだわけじゃない。

私《わたし》は、戻《もど》りたいと思《おも》っているのに・・・。

「ああ、あそこにいますよ。」

右前方《みぎぜんぽう》から、男《おとこ》の人《ひと》の声《こえ》が聞《き》こえてくる。

「ほら、カフェの前《まえ》。」

私《わたし》が顔《かお》を向《む》けると、中年《ちゅうねん》の男性《だんせい》が2人《ふたり》、美術館《びじゅつかん》の出入《でい》り口《ぐち》に姿《すがた》を現《あらわ》していた。

カフェの緑色《みどりいろ》の日除《ひよ》けの下《した》に群《むら》がっている若武《わかたけ》たちの方《ほう》を見《み》ている。

そこにはメニューが張《は》り出《だ》されていて、若武《わかたけ》たちはその前《まえ》で、あーでもないこーでもないと騒《さわ》いでいた。

「七鬼君《ななきくん》は、どの子《こ》？」

「あの髪《かみ》の長《なが》い少年《しょうねん》です。」

その会話《かいわ》が聞《き》こえたのか、あるいは勘《かん》が働《はたら》いたのか、忍《しのぶ》が顔《かお》を上《あ》げ、2人《ふたり》の男性《だんせい》の方《ほう》を見《み》た。

男性《だんせい》たちは歩《あゆ》み寄《よ》っていき、それに気《き》づいた若武《わかたけ》たちも向《む》き直《なお》る。

それで私《わたし》も、若武《わかたけ》たちの方《ほう》に近《ちか》づいた。

「七鬼君《ななきくん》か。初《はじ》めまして。」

暗《くら》いブルーのスーツを着《き》た男性《だんせい》が、忍《しのぶ》に右手《みぎて》を差《さ》し出《だ》す。

「千葉美術館名誉館長《ちばびじゅつかんめいよかんちょう》の武石正胤《たけいしまさたね》だ。」

年頃《としごろ》は、私《わたし》のパパと同《おな》じくらいだった。

ということは、武石今胤《たけいしいまたね》は、孫《まご》じゃなくて息子《むすこ》だよね。

「七鬼家《ななきけ》から、君《きみ》が真珠姫《しんじゅひめ》を届《とど》けにくるという連絡《れんらく》をもらったよ。わざわざありがとう。」

がっちりした体格《たいかく》で、黒縁《くろぶち》のメガネをかけ、手首《てくび》には大《おお》きな時計《とけい》をしている。

握手《あくしゅ》を交《か》わす忍《しのぶ》の背後《はいご》で、上杉君《うえすぎくん》と黒木君《くろきくん》がささやき合《あ》った。

「すげぇ、ヴァンガードのスケルトンだ。」

「今年《ことし》のGQ《ジーキュー》ジャパンのコレクションじゃ、確《たし》か500万超《まんこ》えてたと思《おも》ったな。」

それで2人《ふたり》はそろって、武石《たけいし》さんに尊敬《そんけい》の眼差《まなざし》を向《む》けたんだ。

男子《だんし》という生《い》き物《もの》は、お金《かね》や地位《ちい》に、すごく心《こころ》を動《うご》かされるらしい。

私《わたし》は、かなり前《まえ》にそれに気《き》づいていた。

よく若武《わかたけ》が、男《おとこ》は社会的生物《しゃかいてきせいぶつ》なんだって言《い》っているけれど、それがこういうことなのかな。

それとも黒木君《くろきくん》の言《い》っていた、男《おとこ》の基本的欲求《きほんてきよっきゅう》の1つ、権力欲《けんりょくよく》につながるものなのかな。

「今回《こんかい》の特別展示《とくべつてんじ》『戦国《せんごく》の華麗《かれい》なる姫君展《ひめぎみてん》』に、七鬼家《なきけ》の真珠姫《しんじゅひめ》を貸《か》し出《だ》してもらえて、たいそう感謝《かんしゃ》しているよ。その真珠姫《しんじゅひめ》と、うちが所蔵《しょぞう》している黒猫姫《くろねこひめ》を並《なら》べて、特別展示《とくべつてんじ》のメインにする予定《よてい》なんだ。2人《ふたり》の姫《ひめ》は、従姉妹《いとこ》でもあったしね。」

え・・・そうなんだ。

「知《し》ってるかね、2人《ふたり》の姫《ひめ》の伝説《でんせつ》。」

そう言《い》って武石《たけいし》さんは、グルッと皆《みんな》を見回《みまわ》した。

若武《わかたけ》が私《わたし》の方《ほう》を向《む》き、親指《おやゆび》を立《た》てる。

「おい、記録係《きろくがかり》。」

もっと近《ちか》くに来《こ》いと合図《あいず》を送《おく》ってきた。

「武石《たけいし》さんに、ご説明《せつめい》して。」

私《わたし》は急《いそ》いで走《はし》り寄《よ》り、一番端《いちばんはし》に立《た》つ。

「真珠姫《しんじゅひめ》の方《ほう》は、七鬼君《なきくん》から聞《き》きました。戦国時代《せんごくじだい》の悲劇《ひげき》ですね。黒猫姫《くろねこひめ》のことは、まだよく知《し》りませんけど、」

それについては、若武《わかたけ》と上杉君《うえすぎくん》の間《あいだ》で議論《ぎろん》があった。

忍《しのぶ》も、参戦《さんせん》していたっけ。

私《わたし》は一瞬《いっしゅん》、それを話《はな》そうかと思《おも》った。

でも、内容《ないよう》を思《おも》い出《だ》してみたら、あまりにもくだらなかったので止《や》めておくことにしたんだ。

話《はな》したらきっと、子供《こども》っぽいって思《おも》われるに違《ちが》いない。

「正《ただ》しいことを知《し》りたいと思《おも》っているので、教《おし》えていただけますか。」

12　黒猫姫《くろねこひめ》の伝説《でんせつ》

黒猫姫《くろねこひめ》というのは、通称《つうしょう》だ。

正式《せいしき》な名前《なまえ》は、月《つき》という。

千葉氏《ちばし》の家紋《かもん》は月星紋《つきほしもん》と呼《よ》ばれ、大《おお》きな三日月《みかづき》に、勝《か》ち星《ぼし》という一《ひと》つ星《ぼし》をあしらったものだ。幸運《こううん》を呼《よ》ぶ紋《もん》と言《い》われている。

この家紋《かもん》から取《と》って、姫《ひめ》は、月《つき》と名付《なづ》けられたんだ。

月姫《つきひめ》と呼《よ》ばれていたが、たいそう黒猫《くろねこ》をかわいがっていて、どこに行《い》くにも一緒《いっしょ》に連《つ》れ歩《ある》いていたから、いつしか黒猫姫《くろねこひめ》というニックネームがついた。

１５９０年《ねん》、豊臣秀吉《とよとみひでよし》は、小田原城《おだわらじょう》にいた北条氏《ほうじょうし》を攻《せ》めた。

この時《とき》、千葉氏《ちばし》は北条氏《ほうじょうし》に味方《みかた》し、兵《へい》を率《ひき》いて小田原《おだわら》まで駆《か》けつけ、共《とも》に戦《たたか》ったんだ。

しかし武運拙《ぶうんつたな》く、戦《たたか》いに敗《やぶ》れて領地没収《りょうちぼっしゅう》となった。

勝《か》った秀吉《ひでよし》は、その後《ご》、自分《じぶん》の養子《ようし》で、豊臣家《とよとみけ》を継《つ》ぐ予定《よてい》だった秀次《ひでつぐ》を千葉氏《ちばし》の城《しろ》に派遣《はけん》した。

この城《しろ》を拠点《きょてん》にし、そこより北《きた》にある奥州《おうしゅう》と呼《よ》ばれる地方《ちほう》、今《いま》の宮城県《みやぎけん》などだが、それらを平定《へいてい》しようと考《かんが》えたわけさ。

千葉氏一族《ちばしいちぞく》は、この秀次《ひでつぐ》を歓迎《かんげい》しなければならなかった。親族《しんぞく》も、家老以下《かろういか》の家来《けらい》も、さぞくやしかっただろうね。なにしろ敵《てき》として戦《たたか》った相手《あいて》なんだから。

その時《とき》、城《しろ》には、いく人《にん》かの姫《ひめ》がいた。

秀次《ひでつぐ》は、その中《なか》でも月姫《つきひめ》を非常《ひじょう》に気《き》に入《い》り、自分《じぶん》の居城《きょじょう》である京都《きょうと》の聚楽第《じゅらくだい》に呼《よ》び寄《よ》せようとした。

当時《とうじ》、月姫《つきひめ》はまだ11歳《さい》。

幼《おさな》いという理由《りゆう》で千葉氏側《ちばしがわ》が断《ことわ》ると、秀次《ひでつぐ》から、では15歳《さい》になったら差《さ》し出《だ》せと言《い》われ、受《う》け入《い》れざるをえなかったんだ。

4年後《ねんご》の1595年《ねん》、月姫《つきひめ》が秀次《ひでつぐ》の下《もと》に旅立《たびだ》つ日《ひ》が来《き》た。

ところが数日前《すうじつまえ》から、かわいがっていた黒猫《くろねこ》が姿《すがた》を消《け》していたんだ。

月姫本人《つきひめほんにん》はもちろん、皆《みんな》が総出《そうで》で捜《さが》したんだが、どこにも見当《みあ》たらない。

当日《とうじつ》、出発時間《しゅっぱつじかん》になっても、黒猫《くろねこ》はまだ見《み》つからなかった。

月姫《つきひめ》は出発《しゅっぱつ》を躊躇《ためら》い、延期《えんき》させた。

黒猫《くろねこ》を見《み》つけようと皆《みんな》が懸命《けんめい》になるうちに、ついに数日《すうじつ》が経《た》ち、まだ出発《しゅっぱつ》していないことを知《し》った秀次《ひでつぐ》から、催促《さいそく》の書状《しょじょう》が届《とど》いたため、月姫《つきひめ》はやむなく旅立《たびだ》ったんだ。

家臣一同《かしんいちどう》は老《お》いも若《わか》きも、そして女性《じょせい》たちも別《わか》れを惜《お》しみ、誰1人《だれひとり》として泣《な》かぬ者《もの》はなかったと言《い》われている。

さて城《しろ》を出発《しゅっぱつ》した月姫《つきひめ》は、どんな道《みち》を通《とお》って京都《きょうと》まで行《い》ったか、わかるかな。

実《じつ》は、当時《とうじ》の房総半島《ぼうそうはんとう》の道《みち》は、今《いま》とあまり変《か》わらなかった。

現代《げんだい》に造《つく》られた東京湾《とうきょうわん》アクアライン、あれは川崎《かわさき》と木更津《きさらづ》を結《むす》ぶ道路《どうろ》だけれど、古《ふる》くからそれに近《ちか》い海路《かいろ》があったんだ。

神話時代《しんわじだい》のヤマトタケルノミコトも、今《いま》の神奈川県《かながわけん》から木更津《きさらづ》の近《ちか》くの古戸《ふんと》に渡《わた》ってる。

その後《ご》は、東京《とうきょう》の品川《しながわ》から千葉県《ちばけん》の浜野《はまの》に通《つう》じる航路《こうろ》も開通《かいつう》、江戸湾《えどわん》の流通拠点《りゅうつうきょてん》の1つとなっていた。

陸路《りくろ》の方《ほう》は、戦国時代《せんごくじだい》には、千葉氏《ちばし》の支城《しじょう》のあった森山《もりやま》から佐倉《さくら》、船橋《ふなばし》を通《とお》って江戸《えど》に入《はい》る下総道《しもうさどう》が整《ととの》えられた。

月姫《つきひめ》は、この道《みち》を使《つか》って江戸《えど》に到《いた》り、そこから徳川時代《とくがわじだい》に東海道《とうかいどう》と呼《よ》ばれるようになった道《みち》を通《とお》って京都《きょうと》に向《む》かったんだ。

ところが京《きょう》の三条大橋《さんじょうおおはし》まで行《い》った時《とき》、とんでもない知《し》らせが飛《と》びこんできた。

なんと秀次《ひでつぐ》が、高野山《こうやさん》に謹慎《きんしん》させられているというんだ。

どうも養父《ようふ》である秀吉《ひでよし》の怒《いか》りを買《か》ったらしい。

今後《こんご》、情勢《じょうせい》がどう動《うご》くかわからないので、月姫《つきひめ》たちは即《そく》、京都手前《きょうとてまえ》の宿《やど》まで引《ひ》きかえし、そこで状況《じょうきょう》をうかがっていた。

7月8日《がつようか》になると、秀次《ひでつぐ》の一族郎党《いちぞくろうとう》が、秀吉《ひでよし》に捕《つか》まえられたという話《はなし》が伝《つた》わってくる。

このままここにいては、秀次《ひでつぐ》の関係者《かんけいしゃ》として捕縛《ほばく》されかねない。

そう考《かんが》えた月姫一行《つきひめいっこう》は、大《おお》あわてで旅支度《たびじたく》をし、回《まわ》れ右《みぎ》、一目散《いちもくさん》に故郷《こきょう》に駆《か》け戻《もど》ることにしたんだ。

その1週間後《しゅうかんご》、秀次《ひでつぐ》は切腹《せっぷく》させられる。

翌月《よくげつ》になると、秀次《ひでつぐ》の子供《こども》たちや妻《つま》、側室《そくしつ》、乳母《うば》など40人近《にんちか》くの婦女子《ふじょし》が全員《ぜんいん》、処刑《しょけい》されてしまうんだ。

その頃《ころ》には、月姫《つきひめ》は、もう故郷《こきょう》にたどり着《つ》いていた。

予定通《よていどお》りに出発《しゅっぱつ》していたら、きっと他《ほか》の夫人《ふじん》たちと一緒《いっしょ》に処刑《しょけい》されていたに違《ちが》いない。

事実《じじつ》、山形《やまがた》の最上家《もがみけ》の駒姫《こまひめ》は、そうだった。

やはり秀次《ひでつぐ》に呼《よ》び寄《よ》せられて、月姫《つきひめ》より一足早《ひとあしはや》く京都《きょうと》に入《はい》っていたんだ。まだ秀次《ひでつぐ》と出会《であ》う前《まえ》だったが、秀次《ひでつぐ》が切腹《せっぷく》させられると、その妻《つま》たちと一緒《いっしょ》に捕《つか》まえられ、三《さん》条河原《じょうがわら》で処刑《しょけい》されてしまった。

猫《ねこ》を捜《さが》すのにかかった数日《すうじつ》が、月姫《つきひめ》の命《いのち》を救《すく》ったんだ。

あの黒猫《くろねこ》は、秀次《ひでつぐ》の没落《ぼつらく》を知《し》っていて、月姫《つきひめ》を助《たす》けようとして姿《すがた》を隠《かく》したのだという噂《うわさ》が立《た》ち、皆《みんな》で再《ふたた》び黒猫《くろねこ》を捜《さが》したが、その姿《すがた》はついぞ見《み》つからなかった。

遺骸《いがい》らしきものも発見《はっけん》できなかったんだ。

きっと神様《かみさま》の遣《つか》いだったのに違《ちが》いない、月姫《つきひめ》を守《まも》るという役目《やくめ》を果《は》たして神《かみ》の下《もと》に戻《もど》ったのだとの話《はなし》が実《まこと》しやかに語《かた》られ、皆《みんな》がそれを信《しん》じた。

月姫《つきひめ》は、城内《じょうない》にあった神社《じんじゃ》に黒猫《くろねこ》を祭《まつ》った社《やしろ》を作《つく》り、自分《じぶん》が亡《な》くなるその日《ひ》まで手厚《てあつ》く参拝《さんぱい》し続《つづ》けたと言《い》われている。

13 名家《めいか》はすごい！

「というのが黒猫姫伝説《くろねこひめでんせつ》だ。今《いま》も社《やしろ》があるよ。」

武石《たけいし》さんが話《はな》し終《お》わると、その後《うし》ろに立《た》っていたもう1人《ひとり》の男性《だんせい》が口《くち》を開《ひら》いた。

「ちょうど車《くるま》が着《つ》きましたよ。」

見《み》れば、駐車場《ちゅうしゃじょう》に大《おお》きな黒塗《くろぬ》りの車《くるま》が入《はい》ってくるところだった。

「もうそんな時間《じかん》か。じゃ七鬼君《なきくん》、家《いえ》に帰《かえ》ったら、私《わたし》がよろしく言《い》っていたと、お父《とう》さんに伝《つた》えてくれ。ああ名刺《めいし》をあげておこう。」

武石《たけいし》さんは、服《ふく》の内《うち》ポケットから黒《くろ》い革《かわ》の名刺入《めいしい》れを出《だ》し、その中《なか》から1枚《まい》を抜《ぬ》いて忍《しのぶ》に渡《わた》す。

受《う》け取《と》った忍《しのぶ》は、若武《わかたけ》たちに視線《しせん》を流《なが》した。

「遅《おく》れましたが、僕《ぼく》の友《とも》だちを紹介《しょうかい》します。彼《かれ》らにも名刺《めいし》をいただけますか。」

武石《たけいし》さんは快《こころよ》く承知《しょうち》し、私《わたし》たち1人1人《ひとりひとり》に名刺《めいし》を配《くば》ってくれた。

もちろん私《わたし》たちは、お返《かえ》しできるような自分《じぶん》の名刺《めいし》を持《も》っていない。

それで、その代わり《か》にきちんと名前《なまえ》を言《い》って挨拶《あいさつ》し、簡単《かんたん》な自己紹介《じこしょうかい》をしたり、今日《きょう》からサッカーKZ《カッズ》の合宿所《がっしゅくじょ》や秀明《しゅうめい》の保養施設《ほようしせつ》に泊《と》まることなんかを話《はな》した。

武石《たけいし》さんの名刺《めいし》には、武石正胤《たけいしまさたね》という名前《なまえ》と、3つの肩書《かたがき》が並《なら》んでいた。

坂井町町長《さかいまちちょうちょう》、千葉美術館名誉館長《ちばびじゅつかんめいよかんちょう》、そして株式会社《かぶしきがいしゃ》セミコンの代表取締役社長《だいひょうとりしまりやくしゃちょう》。

こんなにいっぱい役職《やくしょく》を務《つと》めていたら、きっと、忙《いそが》しいんだろうなぁ。

「セミコンって、何《なん》の会社《かいしゃ》ですか？」

上杉君《うえすぎくん》が聞《き》くと、武石《たけいし》さんは腕《うで》を上《あ》げ、北東《ほくとう》の方向《ほうこう》を指差《ゆびさ》した。

「半導体《はんどうたい》を作《つく》ってるんだ。本社《ほんしゃ》は、ここから歩《ある》いて約《やく》3分《ぷん》。よかったら遊《あそ》びにおいで。」

会社《かいしゃ》の建物《たてもの》は見《み》えなかったけれど、その方向《ほうこう》に大《おお》きな鉄塔《てっとう》が見《み》えた。

「あの鉄塔《てっとう》の下《した》に工場《こうじょう》があって、隣《となり》が会社《かいしゃ》。」

上杉君《うえすぎくん》が名刺《めいし》を見《み》ながら、納得《なっとく》したようにつぶやく。

「それでセミコンなのか。」

は？

まったく理解《りかい》できずにいる私《わたし》に、黒木君《くろきくん》がこっそり教《おし》えてくれた。

「半導体《はんどうたい》を英語《えいご》にすると、semiconductor《セミコンダクター》。それを縮《ちぢ》めると、セミコン。」

そうだったのか。

私《わたし》・・・英語《えいご》の語彙《ごい》を、もっと増《ふ》やさないとダメかも。

「1週間《しゅうかん》も泊《と》まってるんだったら、時間《じかん》は充分《じゅうぶん》あるよね。」

武石《たけいし》さんがそう言《い》い、美術館《びじゅつかん》を振《ふ》り返《かえ》った。

「中《なか》を見《み》たければ、誰《だれ》かに案内《あんない》させようか？」

わーいっ！

「華麗《かれい》なる姫君展《ひめぎみてん》のセクションは、まだ完成《かんせい》してなくて多少《たしょう》ガタガタしてるけどね。常設《じょうせつ》の方《ほう》は大丈夫《だいじょうぶ》だ。土器《どき》の展示《てんじ》もあるし。」

小塚君《こづかくん》がうれしそうに頷《うなず》く。

「この美術館《びじゅつかん》には、仏面墨書土器《ぶつめんぼくしょどき》があるんですよね。」

武石《たけいし》さんは顔《かお》を綻《ほころ》ばせた。

「ほう詳《くわ》しいね。土器《どき》が好《す》きなのか。よかったらケースから出《だ》してあげよう。触《さわ》っても構《かま》わないよ。」

小塚君《こづかくん》は、天《てん》まで舞《ま》い上《あ》がっていきそうな様子《ようす》だった。

「ありがとうございます。夢《ゆめ》みたいです。」

よかったね！

「この美術館《びじゅつかん》の収蔵品《しゅうぞうひん》の多《おお》くは、昔《むかし》から私《わたし》の家《いえ》に伝《つた》わってきた物《もの》なんだ。」

武石《たけいし》さんは、シミジミと美術館《びじゅつかん》を眺《なが》め回《まわ》す。

「管理《かんり》しきれなくなってね、ここに預《あず》けたんだよ。自分《じぶん》の家《いえ》の蔵《くら》に死蔵《しぞう》しておくより、いろんな人々《ひとびと》に見《み》てもらった方《ほう》がいいしね。」

ああ社会貢献《しゃかいこうけん》になるものね。

「蔵《くら》の中《なか》には、まだまだ絵《え》や書《しょ》、壺《つぼ》なんかがたくさんある。美術館《びじゅつかん》に寄贈《きぞう》する価値《かち》のある物《もの》かどうかを、今《いま》、学芸員《がくげいいん》が鑑定《かんてい》してるとこだよ。」

名家《めいか》ってすごいんだなぁ。

「あ、じゃあ僕《ぼく》、」

忍《しのぶ》が、やっと気《き》が付《つ》いたといったように口《くち》を開《ひら》く。

「真珠姫《しんじゅひめ》を持《も》ってきます。ロッカーに入《い》れてあるんで。」

ロッカールームの方《ほう》に走《はし》っていくその後《うし》ろ姿《すがた》を見《み》ながら、武石《たけいし》さんはあきれたような顔《かお》になった。

「重要文化財級《じゅうようぶんかざいきゅう》の絵《え》をロッカーか。乱暴《らんぼう》な奴《やつ》だな。あいつが跡継《あとつ》ぎで、七鬼家《なながけ》は大丈夫《だいじょうぶ》なのかね。」

武石《たけいし》さんの後《うし》ろに付《つ》いていたもう1人《ひとり》の男性《だんせい》が微笑《ほほえ》んだ。

「若《わか》い頃《ころ》は、誰《だれ》もそんなものでしょう。武石《たけいし》さんだって中高時代《ちゅうこうじだい》は相当《そうとう》ヤンチャで、いろんな武《ぶ》勇伝《ゆうでん》を持《も》ってるじゃないですか。」

武石《たけいし》さんは、ニヤッと笑《わら》う。

「まぁ、ね。」

黒木君《くろきくん》が、あでやかな感《かん》じのするその目《め》に、探《さぐ》るような光《ひかり》をきらめかせた。

「僕《ぼく》ら3人《にん》、」

そう言《い》いながら自分《じぶん》と上杉君《うえすぎくん》、小塚君《こづかくん》を指差《ゆびさ》す。

「武石《たけいし》さんの息子《むすこ》さんの今胤君《いまたねくん》と同《おな》じ学校《がっこう》、同《おな》じ学年《がくねん》なんです。」

武石《たけいし》さんは、改《あらた》めて3人《にん》に注目《ちゅうもく》した。

「ほう今胤《いまたね》の同級生《どうきゅうせい》か。それは奇遇《きぐう》だ。ここから通《かよ》うには遠《とお》すぎるんで寮《りょう》に入《い》れたんだが、この休暇《きゅうか》で今《いま》は戻《もど》ってきてるよ。」

ん、知《し》ってます！

「あいつも変《か》わった奴《やつ》でね。最近《さいきん》じゃ、家《いえ》に帰《かえ》ってくるのは食《く》う時《とき》と寝《ね》る時《とき》くらいで、この美術《びじゅつ》館に入り浸りだ。」

美術部《びじゅつぶ》に入《はい》るくらいだから、きっと好《す》きなんだね。

「男《おとこ》らしく運動部《うんどうぶ》にでも入《はい》ってくれるといいんだが。君《きみ》たちは何《なに》かやってるかね。私《わたし》は大学時代《だいがくじだい》ラグビーをやった。早稲田《わせだ》のスクラムハーフだ。」

若武《わかたけ》が顔《かお》を輝《かがや》かせる。

「早稲田《わせだ》は強《つよ》いんですよね。花園《はなぞの》とか行《い》ったんですか？」

そこからスポーツの話《はなし》が始《はじ》まった。

私《わたし》は、運動部《うんどうぶ》に入《はい》ることとイコール男《おとこ》らしいということではないのではないかと疑問《ぎもん》を呈《てい》したかったので、機会《きかい》をうかがっていた。

でも、その前《まえ》に忍《しのぶ》が戻《もど》ってきてしまったんだ、残念《ざんねん》。

「真珠姫《しんじゅひめ》です。お預《あず》けします。」

布袋《ぬのぶくろ》に包《つつ》んだ細長《ほそなが》い箱《はこ》を差《さ》し出《だ》されて、武石《たけいし》さんは後《うし》ろにいた男性《だんせい》を振《ふ》り返《かえ》った。

「じゃ橋田館長《はしだかんちょう》、預《あず》かって。」

箱《はこ》を受《う》け取《と》った橋田館長《はしだかんちょう》は、うれしそうに微笑《ほほえ》む。

「これで展示会《てんじかい》のメインがそろいました。ほっとしましたよ。黒猫姫《くろねこひめ》の方《ほう》は、さっき倉庫《そうこ》から出《だ》して会場《かいじょう》に搬入《はんにゅう》したところです。」

武石《たけいし》さんが頷《うなず》くのを確認《かくにん》し、忍《しのぶ》の顔《かお》を見《み》る。

「調書《ちょうしょ》を作《つく》らなくちゃならないんで、七鬼君《ななきくん》、立《た》ち会《あ》ってもらえるかな。」

調書《ちょうしょ》？

「歴史的価値《れきしてきかち》のある収蔵品《しゅうぞうひん》を貸《か》し借《か》りする時《とき》には、事前《じぜん》に双方《そうほう》と弁護士《べんごし》が立《た》ち会《あ》って、状態《じょうたい》のチェックをしたり、傷《きず》を確認《かくにん》したりしてそれを記《しる》した書類《しょるい》を作《つく》ることになっているんだ。後《あと》でトラブルが起《お》こらないようにね。」

そうなんだ。

「弁護士《べんごし》は、午後《ごご》にならないと出《で》てこないし、書類《しょるい》の準備《じゅんび》もしなけりゃならないから、2時間《じかん》ほど待《ま》っててくれないか。」

忍《しのぶ》は、肩越《かたご》しにカフェの方《ほう》に目《め》をやった。

「昼食《ひるく》ってます。準備《じゅんび》ができたら、連絡《れんらく》してください。」

スマートフォンの番号《ばんごう》を交換《こうかん》する2人《ふたり》の脇《わき》で、武石《たけいし》さんが声《こえ》を上《あ》げる。

「じゃ、私《わたし》はこれで。」

ゆっくりと駐車場《ちゅうしゃじょう》の方《ほう》に歩《ある》いていき、そこに待《ま》っていた運転手《うんてんしゅ》さんの開《あ》けてくれたドアから車《くるま》に乗《の》りこんだ。

「時間《じかん》あるんで、会社《かいしゃ》に遊《あそ》びに行《い》かせてもらいますっ！」

若武《わかたけ》の大声《おおごえ》に、武石《たけいし》さんは車《くるま》の窓《まど》から片手《かたて》を出《だ》し、オーケーマークを作《つく》りながら遠《とお》ざかっていった。

「じゃ食《く》いに行《い》こうぜ。」

うんっ！

14 黒猫《くろねこ》はどこに消《き》えたのか

私《わたし》たちは、先《さき》を争《あらそ》うようにしてカフェに雪崩《なだ》れこみ、まだ誰《だれ》もいなかった店内《てんない》の、奥《おく》の窓際《まどぎわ》に陣取《じんど》った。

テーブルの上《うえ》にあったメニューをよぉく見《み》ながら、頭《あたま》の中《なか》で、これを食《た》べたらどんな味《あじ》がするんだろうとシミュレーションしてみてから、私《わたし》はパスタのトマトソースにした。

トマト自体《じたい》は好《す》きじゃないんだけど、トマトソースは好《す》きなんだ。

小塚君《こづかくん》と忍《しのぶ》は、チーズと卵《たまご》、それにベーコンを使《つか》った濃厚《のうこう》なカルボナーラ。

若武《わかたけ》は牛肉《ぎゅうにく》と豚肉《ぶたにく》のラザニアで、上杉君《うえすぎくん》と黒木君《くろきくん》がペペロンチーネ、翼《たすく》は茸《きのこ》のフィットチーネだった。

それぞれにサラダが付《つ》いている。

「ペペロンチーネって、なんも入《はい》ってないじゃん。つまんなくない？」

忍《しのぶ》に聞《き》かれて、上杉君《うえすぎくん》と黒木君《くろきくん》は視線《しせん》を合《あ》わせる。

「入《はい》ってるよ、オリーブ油《ゆ》とニンニクと唐辛子《とうがらし》。」

それ、簡素《かんそ》すぎない？

「男《おとこ》には、それで充分《じゅうぶん》。」

意外《いがい》に早《はや》く料理《りょうり》が出《で》てきて、しかも皆《みんな》があっという間《ま》に平《たい》らげた。

ほとんど秒殺《びょうさつ》っ！

一番遅《いちばんおそ》かったのは、私《わたし》だった。

男子《だんし》って、どうしてあんなに早《はや》く食《た》べられるんだろ、不思議《ふしぎ》。

「まだ40分《ぷん》しか経《た》ってない。どうする？」

そう言《い》った黒木君《くろきくん》の隣《となり》で、小塚君《こづかくん》が再《ふたた》びメニューを取《と》り上《あ》げる。

「じゃ僕《ぼく》、もう1皿《ひとさら》。」

あ、私《わたし》、デザートがほしいっ！

小塚君《こづかくん》の持《も》っているメニューを、私《わたし》が横《よこ》からのぞきこもうとした瞬間《しゅんかん》、上杉君《うえすぎくん》がサッと手《て》を伸《の》ばしてそれを攫《さら》った。

「やめときな。その1口《ひとくち》が、ブタの元《もと》だ。」

うっ！

「コーヒーか紅茶《こうちゃ》なら、付《つ》き合《あ》ってもいいよ。」

黒木君《くろきくん》がそう言《い》い、翼《たすく》が頷《うなず》く。

「じゃ俺《おれ》、ウィンナコーヒー。」

忍《しのぶ》がそう言《い》った時《とき》だった。

若武《わかたけ》がガタッと立《た》ち上《あ》がり、窓《まど》の外《そと》を指《さ》したんだ。

「それよか、ここ出《で》ようぜ。下《した》の道路《どうろ》まで降《お》りて、さっき見《み》た湿地帯《しっちたい》を歩《ある》いてみよう。」

窓《まど》の外《そと》は崖《がけ》で、その下《した》に沼《ぬま》と遊歩道《ゆうほどう》が見《み》えていた。

小塚君《こづかくん》は、残念《ざんねん》そうにメニューに目《め》をやる。

それを、若武《わかたけ》が見咎《みとが》めた。

「おいどうした。後《あと》で行《い》ってみようって言《い》ってたの、おまえじゃん。行《い》きたくないのか。」

小塚君《こづかくん》は、苦《くる》しげに頬《ほお》を歪《ゆが》める。

「そりゃ行《い》きたいよ。でもあと1皿《ひとさら》にも、すごく惹《ひ》かれるんだ。」

クスクス。

「あと1皿《ひとさら》は、ここでなくても食《く》える。だが湿地帯《しっちたい》はここにしかない。来《く》るんだ。」

若武《わかたけ》はそう言《い》い放《はな》ち、テーブルに自分《じぶん》の食《た》べた分《ぶん》の代金《だいきん》を置《お》くと、サッサと外《そと》に出《で》ていった。

「あ、これ、持《も》ってってやるからな。」

そう言《い》って上杉君《うえすぎくん》がピートサンプラーを担《かつ》ぎ上《あ》げ、食事代《しょくじだい》を置《お》いて若武《わかたけ》の後《あと》を追《お》っていく。

小塚君《こづかくん》はしかたなさそうな溜《た》め息《いき》をつき、財布《さいふ》を出《だ》すと、コインをテーブルに並《なら》べながら重《おも》そうに腰《こし》を上《あ》げた。

「ん、若武《わかたけ》の言《い》う通《とお》りだ。」

自分《じぶん》に言《い》い聞《き》かせるようにつぶやく。

「あと1皿《ひとさら》は、どこででも食《た》べられる。そう思《おも》うことにしよう。」

私《わたし》もデザートを諦《あきら》め、パスタのお金《かね》を出《だ》してから立《た》ち上《あ》がった。

だって誰《だれ》も、小塚君《こづかくん》でさえも、デザートのことなんて口《くち》にしないんだもの。

きっと、まるっきり関心《かんしん》がないんだ。

デザート愛《あい》って、女子《じょし》の間《あいだ》にしか存在《そんざい》しないものなんだろうか。

「俺《おれ》、コインない。」

忍《しのぶ》が出《だ》したお札《さつ》を、黒木君《くろきくん》が集《あつ》めたお金《かね》で両替《りょうがえ》し、全部《ぜんぶ》をまとめてレジに持《も》っていった。

「ありがとうございました。」

カフェの外《そと》に出《で》て、私《わたし》たちは来《き》た道《みち》を引《ひ》きかえす。

公園《こうえん》の坂《さか》を下《お》りながら、若武《わかたけ》が言《い》った。

「さっきの黒猫姫伝説《くろねこひめでんせつ》だけど、あれと真珠姫《しんじゅひめ》の話《はなし》をまとめればさ、」

私《わたし》は、びっくり。

だって、その2つをまとめようなんて、思《おも》ってもみなかったんだもの。

「なんでまとめるの？」

私《わたし》が聞《き》くと、若武《わかたけ》は軽《かる》く肩《かた》を竦《すく》めた。

「だってまとめないと、そこから教訓《きょうくん》を学《まな》べないじゃん。」

若武《わかたけ》って・・・意外《いがい》と真面目《まじめ》なんだ。

どこからでも学《まな》ぼうって姿勢《しせい》は、すっごくリーダーらしいよね。

安心《あんしん》してチームを任《まか》せられる気《き》がする、うん。

「ザックリ言《い》うと、真珠姫《しんじゅひめ》は悲劇《ひげき》に見舞《みま》われたけど、黒猫姫《くろねこひめ》は悲劇《ひげき》から逃《のが》れられたってことだよな。」

黒猫姫《くろねこひめ》の話《はなし》が1595年《ねん》、真珠姫《しんじゅひめ》の話《はなし》は関《せき》が原《はら》の後《あと》だから1600年《ねん》10月《がつ》以降《いこう》、従姉妹同士《いとこどうし》の2人《ふたり》は、手紙《てがみ》なんかでお互《たが》いの運命《うんめい》について語《かた》り合《あ》ったかもしれないね。

「ここから学《まな》べるのは、」

若武《わかたけ》は足《あし》を止《と》め、私《わたし》たちを見回《みまわ》した。

「猫《ねこ》を大事《だいじ》にしろっていう教訓《きょうくん》だ！」

私《わたし》はガックリ。

思《おも》いっきり、違《ちが》うと思《おも》う。

ああやっぱり安心《あんしん》できない、とても任《まか》せられない・・・。

「伝説《でんせつ》って言《い》ってたけど、もしかして江戸時代《えどじだい》に生類憐《しょうるいあわ》れみの令《れい》を出《だ》した将軍綱吉《しょうぐんつなよし》が、人民《じんみん》を説《せっ》得《とく》するために作《つく》らせた話《はなし》なのかもしれない。」

上杉君《うえすぎくん》が肩《かた》に担《かつ》いでいたピートサンプラーを小塚君《こづかくん》に押《お》し付《つ》けながら、バカにし切《き》った目《め》で若《わか》武《たけ》を見《み》た。

「それ、ねーし。」

皆《みんな》が同《おな》じ気持《きも》ちだったようで、立《た》ち止《ど》まっている若武《わかたけ》を追《お》い越《こ》してサッサと坂《さか》を下《くだ》る。

「アーヤの感想《かんそう》は？」

黒木君《くろきくん》に聞《き》かれて、私《わたし》はどうにも納得《なっとく》できなかったことを口《くち》にした。

それは、秀次《ひでつぐ》が姫《ひめ》を差《さ》し出《だ》させようとしたことなんだ。

パワハラじゃない？

「黒猫姫《くろねこひめ》だけじゃなくて駒姫《こまひめ》も呼《よ》び出《だ》そうとしたんでしょ。秀次《ひでつぐ》って、いったいどういう人《ひと》だったの。」

翼《たすく》が、ちょっと息《いき》をつく。

「秀次《ひでつぐ》は、29人《にん》の側室《そくしつ》を持《も》っていたと言《い》われている。」

げっ！

「これは記録《きろく》に残《のこ》ってる分《ぶん》だけだから、実際《じっさい》にはもっと多《おお》かったかも。」

げげっ！

なんか、やだな、そういう男《おとこ》。

「アーヤが気《き》になったのは、そこなんだ。」

黒木君《くろきくん》がちょっと笑《わら》った。

「俺《おれ》は、あの伝説《でんせつ》、いったいどこまでが史実《しじつ》なんだろうって思《おも》って聞《き》いてたけどね。」

翼《たすく》が考《かんが》えこみながら口《くち》を開《ひら》く。

「感動的《かんどうてき》にできてたから、史実《しじつ》より創作部分《そうさくぶぶん》が多《おお》いのかもしれない。史実《しじつ》って意外《いがい》にシンプルで平凡《へいぼん》、つまらないものなんだよ。」

へえ、そうなのか。

感心《かんしん》しながら翼《たすく》を見《み》ていると、ふっと目《め》が合《あ》った。

私《わたし》は、あわてて横《よこ》を向《む》く。

先《さき》に逸《そ》らされるのが嫌《いや》だったから。

「僕《ぼく》が気《き》になったのは、猫《ねこ》の種類《しゅるい》かな。」

そう言《い》いながら小塚君《こづかくん》は、ピートサンプラーを抱《かか》え直《なお》した。

「いったいどんな猫《ねこ》だったんだろう。最古《さいこ》の日本《にっぽん》の猫《ねこ》は、弥生時代《やよいじだい》の遺跡《いせき》から発掘《はっくつ》されてる。紀《き》元前《げんぜん》から存在《そんざい》していたと考《かんが》えられるんだ。でも不思議《ふしぎ》なことに、古事記《こじき》や日本書紀《にほんしょき》には記述《きじゅつ》がない。黒猫姫《くろねこひめ》が生《い》きていた戦国時代《せんごくじだい》には、東南《とうなん》アジアからいろんな種類《しゅるい》の猫《ねこ》が入《はい》ってきていたから、在来種《ざいらいしゅ》じゃなかったのかもね。目《め》が緑色《みどりいろ》とか金色《きんいろ》で、神秘的《しんぴてき》なのが人気《にんき》が高《たか》かったみたいだよ。」

私《わたし》は、全身《ぜんしん》が真《ま》っ黒《くろ》で、目《め》だけが緑色《みどりいろ》に光《ひか》っている猫《ねこ》を想像《そうぞう》してみた。

きれいかも・・・ちょっと恐《こわ》いけど。

「あのさぁ、」

上杉君《うえすぎくん》が、理解《りかい》できないといったようにつぶやく。

「猫《ねこ》は、なんで消《き》えたんだ。神《かみ》の遣《つか》いなんて、ありえんだろ。」

数学《すうがく》の天才《てんさい》は、理性的《りせいてき》。

「総出《そうで》で捜《さが》しても見《み》つからず、遺骸《いがい》もなかったんだよな。まさに消《き》えたって感《かん》じだけど、地上《ちじょう》にある物質《ぶっしつ》が消《き》える時《とき》には、エネルギーが出《で》るんだ。ほんの小《ちい》さな物《もの》の消滅《しょうめつ》でも、相当《そうとう》な量《りょう》が放出《ほうしゅつ》される。平均的《へいきんてき》な体重《たいじゅう》を持《も》つ猫《ねこ》が消《き》えたら、ほとんど爆発《ばくはつ》に近《ちか》いはずだ。それが言《い》い伝《つた》えに残《のこ》ってないのは、解《げ》せん。」

忍《しのぶ》が軽《かる》く笑《わら》った。

「猫《ねこ》には、妖力《ようりょく》を持《も》ってるのもいる。普通《ふつう》の猫《ねこ》でも、長年《ながねん》にわたって飼《か》うと化《ば》け猫《ねこ》になるとか、」

うっ！

「飼《か》い主《ぬし》を食《く》い殺《ころ》すとか言《い》われてるくらいだ。」

ううっ、恐《こわ》いよっ！

「黒猫姫《くろねこひめ》の猫《ねこ》は、きっと別《べつ》の場所《ばしょ》にテレポートしたんだ。あるいは猫以外《ねこいがい》の形《かたち》に変化《へんか》したとかさ。」

皆《みんな》が、いっせいに顔《かお》を見合《みあ》わせる。

走《はし》り寄《よ》ってきた若武《わかたけ》も、話《はなし》に仲間入《なかまい》りした。

「こいつが話《はな》し出《だ》すと、光速《こうそく》で、現実《げんじつ》から遠《とお》ざかるな。」

「ん、ほとんど神話《しんわ》のレベルまでいく気《き》がする。」

「神話《しんわ》に、化《ば》け猫《ねこ》って出《で》てくるの？」

「くるだろ。神話《しんわ》って何《なん》でもありじゃん。神様《かみさま》が日本国土《にっぽんこくど》、製造《せいぞう》してるし。兎《うさぎ》とか鰐《わに》だって、しゃべってるしさ。」

「化《ば》け猫《ねこ》が出《で》てくるのは、神話《しんわ》じゃなくて江戸時代初期《えどじだいしょき》の佐賀藩《さがはん》のお家騒動《いえそうどう》だ。これを元《もと》にして、化《ば》け猫伝説《ねこでんせつ》が作《つく》られたんだ。」

皆《みんな》がワイワイしゃべっている中《なか》で、若武《わかたけ》がパチンと指《ゆび》を鳴《な》らした。

「わかった！　姫《ひめ》の出発《しゅっぱつ》を阻止《そし》しようとした誰《だれ》かが、猫《ねこ》を隠《かく》したんだ。」

どうだ、決《き》まりだろ！　と言《い》いたげなその顔《かお》に向《む》かって、皆《みんな》が一気《いっき》に叫《さけ》ぶ。

「誰《だれ》が、どうやって、どこへっ!?」

「全員《ぜんいん》で捜《さが》したんだぜ。いくら隠《かく》してたって見《み》つかるに決《き》まってるでしょ。」

「猫《ねこ》を隠《かく》しておくのは、大変《たいへん》だよ。食《た》べさせなくちゃならないし、排泄《はいせつ》もするし、第一《だいいち》、鳴《な》くだろ。ほとんど不可能《ふかのう》だと思《おも》うな。」

「それにさぁ、隠《かく》した人間《にんげん》がいるなら、姫《ひめ》の命《いのち》が助《たす》かったことがはっきりした時点《じてん》で、そいつは命《いのち》の恩人《おんじん》だ。名乗《なの》り出《で》て猫《ねこ》を姫《ひめ》に返《かえ》せば、褒美《ほうび》がもらえる。それなのになんで隠《かく》し通《とお》したんだ。不自然《ふしぜん》じゃないか。」

確《たし》かに！

「どっちにしろ、」

形勢《けいせい》が不利《ふり》になった若武《わかたけ》は、素早《すばや》く話題《わだい》を変《か》えた。

「400年以上《ねんいじょう》も前《まえ》の話《はなし》だ。今《いま》さらどうしようもない。さ、遊歩道《ゆうほどう》に行《い》こうぜ。」

そう言《い》いながらサッサと坂《さか》を下《お》りていく。

「これだよ・・・」

「やっぱ若武《わかたけ》だからね。」

皆《みんな》が目配《めくば》せをし合《あ》い、しかたなさそうな笑《わら》いを浮《う》かべて若武《わかたけ》の後《あと》を追《お》った。

「しかし得《とく》なキャラだよな。」

「ん、いつも若武《わかたけ》だからって理由《りゆう》で許《ゆる》されるんだもんね。」

やがて道《みち》の片側《かたがわ》に、来《く》る時《とき》に見《み》た神社《じんじゃ》への階段《かいだん》が見《み》えてくる。

「黒猫姫《くろねこひめ》が猫《ねこ》を祭《まつ》った城内《じょうない》の神社《じんじゃ》って、ここだよね。ちょっと行《い》ってみない？」

小塚君《こづかくん》の誘《さそ》いに、皆《みんな》が乗《の》った。

私《わたし》はちょっと恐《こわ》かったけれど、でも1人《ひとり》で待《ま》っているのもそれなりに恐《こわ》いので、皆《みんな》の後《あと》をついていったんだ。

15　KZ《カッズ》、襲撃《しゅうげき》される

階段《かいだん》は、ものすごく長《なが》くて、まるで天《てん》に昇《のぼ》っていくみたい。

小塚君《こづかくん》が途中《とちゅう》で息《いき》を切《き》らし、それを見《み》た忍《しのぶ》がピートサンプラーを取《と》り上《あ》げた。

「持《も》ってってやる。手《て》すりに摑《つか》まれよ。あ、おぶってやろうか。」

小塚君《こづかくん》は感謝《かんしゃ》しながらも、いいから先《さき》に行《い》ってというように手《て》を振《ふ》る。

黒木君《くろきくん》が、忍《しのぶ》の二《に》の腕《うで》を摑《つか》んだ。

「小塚先生《こづかせんせい》にも、男《おとこ》のプライドってものがあるんだ。放《ほ》っといてやれよ。行《い》こう。」

そうなのか。

それで私《わたし》も、小塚君《こづかくん》を残《のこ》して先《さき》に上《のぼ》った。

階段《かいだん》の上《うえ》には平地《へいち》が開《ひら》けていて、周《まわ》りはグルッと木々《きぎ》に囲《かこ》まれている。

正面《しょうめん》に鳥居《とりい》、その向《む》こうに短《みじか》い参道《さんどう》があって、左右《さゆう》に手《て》を洗《あら》う所《ところ》や灯籠《とうろう》が置《お》かれ、奥《おく》に狛犬《こまいぬ》を配《はい》した拝殿《はいでん》があった。

脇《わき》には杉《すぎ》の大木《たいぼく》があり、注連縄《しめなわ》が張《は》られている。

「あっちだ。」

ようやく上《のぼ》ってきた小塚君《こづかくん》が、フウフウ言《い》いながら指差《ゆびさ》した。

「あそこに摂社《せっしゃ》かな、末社《まっしゃ》かな、とにかく、いくつか設《しつら》えられてるから、きっとあの中《なか》だ。」

それは藤棚《ふじだな》の下《した》に作《つく》られた池《いけ》の向《む》こうで、境内《けいだい》の端《はし》の方《ほう》だった。

小《ちい》さな神社《じんじゃ》が、いくつも並《なら》んでいる。

まるでこの神社《じんじゃ》の子供《こども》みたいだけど、どういう関係《かんけい》なんだろ。

不思議《ふしぎ》に思《おも》っていると、黒木君《くろきくん》が説明《せつめい》してくれた。

「摂社《せっしゃ》とか末社《まっしゃ》っていうのは、その神社《じんじゃ》に縁《えん》を持《も》つ神《かみ》を祭《まつ》ってある神社《じんじゃ》なんだ。同《おな》じ敷地内《しきちない》にあるけど、別《べつ》の神様《かみさま》だよ。管理《かんり》はその神社《じんじゃ》がしている。昔《むかし》は条件《じょうけん》があって、摂社《せっしゃ》は格上《かくうえ》、末社《まっしゃ》はその下《した》って決《き》められてたらしい。」

へえ、同《おな》じ境内《けいだい》にいろんな神様《かみさま》を祭《まつ》ってあるって、すごく寛容《かんよう》、日本《にっぽん》らしいね。

「行《い》ってみよう。」

私《わたし》たちは、玩具《おもちゃ》みたいにかわいい太鼓橋《たいこばし》を渡《わた》り、ずらっと並《なら》ぶ神社《じんじゃ》の前《まえ》まで行《い》った。

どの社《やしろ》も、正面《しょうめん》に格子戸《こうしど》が嵌《は》められ、そこに注連縄《しめなわ》が張《は》られていて、正面脇《しょうめんわき》に名前《なまえ》を書《か》いた木《き》の札《ふだ》が下《さ》がっている。

香取神社《かとりじんじゃ》とか星神社《ほしじんじゃ》、稲荷神社《いなりじんじゃ》、金刀比羅宮《ことひらぐう》、石神社《いしがみしゃ》、西之宮《にしのみや》、姥神社《うばじんじゃ》などと書《か》かれていた。

「猫神社《ねこじんじゃ》なんてねーじゃん。」

若武《わかたけ》がそう言《い》った時《とき》、それぞれの社《やしろ》の格子戸《こうしど》の中《なか》を注意深《ちゅういぶか》くのぞきこんでいた小塚君《こづかくん》が声《こえ》を上《あ》げる。

「ここだよ。」

それは、稲荷神社《いなりじんじゃ》だった。

皆《みんな》がその前《まえ》に殺到《さっとう》し、小塚君《こづかくん》を押《お》しのけて格子戸《こうしど》に顔《かお》を押《お》し付《つ》ける。

私《わたし》は、そこに交《ま》じれず、後《うし》ろの方《ほう》に立《た》っていた。

「ほんとだっ！」

背伸《せの》びをしてみると、格子戸《こうしど》の中《なか》に、注連縄《しめなわ》のかかった大《おお》きな猫《ねこ》の木彫《きぼ》りが置《お》かれているのが見《み》えた。

「でも稲荷神社《いなりじんじゃ》って、普通《ふつう》、狐《きつね》でしょ。」

皆《みんな》に向《む》かって言《い》った翼《たすく》の言葉《ことば》に、私《わたし》は背後《はいご》でこっそり頷《うなず》く。

そのはずだよね。

「日本《にっぽん》の神社《じんじゃ》は、何《なん》でもアリなんだ。」

忍《しのぶ》がそう言《い》った。

「何《なに》しろ仏教《ぶっきょう》と合体《がったい》していた時《とき》もあったくらいなんだから。そのアバウトさが、日本《にっぽん》のいいとこだよ。俺《おれ》は、超好《ちょうす》き。」

皆《みんな》が代《か》わる代《が》わる格子戸《こうしど》の中《なか》をのぞきこむ。

「黒猫姫《くろねこひめ》は、きっとここにお参《まい》りしてたんだぜ。」

「ってことはさ、この木彫《きぼ》りは戦国時代《せんごくじだい》の物《もの》？」

「超高《ちょうたけ》ぇぞ。よく今《いま》まで盗《ぬす》まれなかったよな。」

「実際《じっさい》はもう盗《ぬす》まれてて、これはフェイクかも。」

「いや本物《ほんもの》は、あの美術館《びじゅつかん》に入《はい》ってんだよ、きっと。」

勝手《かって》なことを言《い》いながらワイワイ騒《さわ》いでいたその時《とき》、脇《わき》から猫《ねこ》の声《こえ》がした。

ニャーじゃなくって、もっと幼《おさな》い感《かん》じのミュウミュウって声《こえ》だった。

私《わたし》はあたりを見回《みまわ》し、絵馬《えま》がたくさんかけてある所《ところ》の後方《こうほう》の草《くさ》むらから、ごくごく小《ちい》さな猫《ねこ》が2、3匹顔《びきかお》を出《だ》しているのを見《み》つけたんだ。

わぁ赤《あか》ちゃんだ、かわいっ！

私《わたし》はそこに歩《あゆ》み寄《よ》り、子猫《こねこ》たちの前《まえ》にしゃがみこんだ。

「こんにちは。おかあさんは？」

その瞬間《しゅんかん》っ！

「立花《たちばな》、そこどけっ！」

上杉君《うえすぎくん》の叫《さけ》びと共《とも》に、私《わたし》は突《つ》き飛《と》ばされ、近《ちか》くの松《まつ》の根元《ねもと》まで転《ころ》がった。

え、どうしたのっ!?

驚《おどろ》きながら顔《かお》を上《あ》げると、さっきまで私《わたし》がいた所《ところ》に上杉君《うえすぎくん》が立《た》っていて、飛《と》びかかってこようとしているものすごく大《おお》きな猫《ねこ》に向《む》かって身構《みがま》えているところだった。

今《いま》まで見《み》たこともないほど大《おお》きくて、まるで大型犬《おおがたけん》みたいな猫《ねこ》。

開《あ》けた口《くち》から涎《よだれ》を垂《た》らしている。

「上杉《うえすぎ》っ！」

忍《しのぶ》が、ジャケットを脱《ぬ》ぎながら叫《さけ》ぶ。

「その猫《ねこ》に、的《まと》を絞《しぼ》らせないようにしろっ！　細《こま》かく重心《じゅうしん》を移動《いどう》させるんだ。目《め》を逸《そ》らすな。来《く》るぞ。かがんで腹《はら》の下《した》を潜《くぐ》れ！」

直後《ちょくご》、猫《ねこ》が飛《と》びかかり、上杉君《うえすぎくん》はその下《した》を潜《くぐ》って向《む》こう側《がわ》に出《で》た。

とっさに忍《しのぶ》が駆《か》け寄《よ》って猫《ねこ》の上《うえ》に自分《じぶん》のジャケットを覆《おお》いかぶせ、押《お》さえつける。

猫《ねこ》はものすごく暴《あば》れ、今《いま》にもジャケットを破《やぶ》って飛《と》び出《だ》してきそうだった。

黒木君《くろきくん》と翼《たすく》があわてて上着《うわぎ》を脱《ぬ》ぎ、猫《ねこ》に被《かぶ》せて皆《みんな》で押《お》さえつける。

「2、3発《ぱつ》、食《く》らわしとこう。皆《みんな》、どけっ!」

若武《わかたけ》が何度《なんど》か蹴《け》りつけたものの、猫《ねこ》は唸《うな》り声《ごえ》を上《あ》げ、なおジャケットを破《やぶ》ろうと暴《あば》れ回《まわ》る。

「小塚《こづか》、どこの注連縄《しめなわ》でもいいから、外《はず》してこい。」

小塚君《こづかくん》の持《も》ってきた注連縄《しめなわ》で、若武《わかたけ》がジャケットの上《うえ》から猫《ねこ》を縛《しば》り上《あ》げた。

「よし、これで大丈夫《だいじょうぶ》だろう。」

モゴモゴ動《うご》いているその塊《かたまり》を、若武《わかたけ》は腹立《はらだ》たしそうに見下《みくだ》す。

「上杉《うえすぎ》、大丈夫《だいじょうぶ》か?」

上杉君《うえすぎくん》は忌々《いまいま》しそうに、顔《かお》にかかった猫《ねこ》の涎《よだれ》を拭《ぬぐ》った。

「くっそ、汚《きたね》え。」

見《み》れば、袖《そで》が裂《さ》け、腕《うで》から血《ち》が滲《にじ》んでいる。

きっと猫《ねこ》の下《した》を潜《くぐ》った時《とき》に、爪《つめ》か歯《は》でやられたんだ。

「なんてことねーよ。」

そう言《い》いながらハンカチで血《ち》を拭《ぬぐ》い、裂《さ》けた袖《そで》をかき合《あ》わせて傷《きず》を隠《かく》す。

「かすり傷《きず》。」

私《わたし》は、すごく胸《むね》が痛《いた》かった。

だってそれは、私《わたし》を庇《かば》ったせいなんだもの。

ごめんね。

「この立《た》て札《ふだ》に書《か》いてあるじゃん。」

若武《わかたけ》がそう言《い》い、親指《おやゆび》で神社《じんじゃ》の脇《わき》を指《さ》す。

凶暴《きょうぼう》な大型猫《おおがたねこ》が出没《しゅつぼつ》します、危険《きけん》！　見《み》つけたら保健所《ほけんじょ》に連絡《れんらく》を!!　と書《か》かれていた。

「俺《おれ》ら、これ退治《たいじ》したんだぜ、すげぇじゃん。なんかもらえるかな、報奨金《ほうしょうきん》とか。」

「ないでしょ。」

「きっと捨《す》て猫《ねこ》が住《す》み着《つ》いて、繁殖《はんしょく》してんだろうな。」

「黒猫《くろねこ》を祭《まつ》ってある所《ところ》だから、捨《す》てやすいのかもね。」

「じゃ保健所《ほけんじょ》に連絡《れんらく》しよう。」

黒木君《くろきくん》がスマートフォンを出《だ》し、保健所《ほけんじょ》に電話《でんわ》をかけて話《はな》し始《はじ》める。

とたん、上杉君《うえすぎくん》がその顳顬《こめかみ》をわずかに動《うご》かした。

「おい、まだいるぜ。」

ドキッ！

「そっちの灌木《かんぼく》の中《なか》だ。よく見《み》てみ。」

目《め》を向《む》けると、躑躅《つつじ》か皐月《さつき》みたいな低《ひく》い木《き》の枝《えだ》の間《あいだ》で、いくつもの目《め》が光《ひか》っていた。

私《わたし》は、ゴクンと息《いき》を呑《の》む。

「帰《かえ》ろう。」

話《はな》し終《お》わった黒木君《くろきくん》が素早《すばや》くスマートフォンをしまい、私《わたし》の肩《かた》を抱《だ》いて鳥居《とりい》の方《ほう》に向《む》けた。

「捕獲《ほかく》した猫《ねこ》は、このまま置《お》いとけば保健所《ほけんじょ》が対応《たいおう》してくれる。これ以上《いじょう》、ここで戦《たたか》ってても、しかたないだろ。」

若武《わかたけ》が両手《りょうて》を握《にぎ》りしめる。

「おい、逃《に》げるのか。全滅《ぜんめつ》させてやろうぜ。」

げっ！

「KZ《カッズ》の猫退治《ねこたいじ》だ。」

いきなりそんなこと言《い》い出《だ》したって無理《むり》だよ、準備《じゅんび》もしてきてないのに。

誰《だれ》かがもっとひどい怪我《けが》をしたら、どうするの!?

「そんじゃ若武先生《わかたけせんせい》、」

上杉君《うえすぎくん》が、冷《ひ》ややかな笑《え》みを浮《う》かべる。

「1人《ひとり》でやりな。俺《おれ》は帰《かえ》る。」

サッサと引《ひ》き上《あ》げかけた上杉君《うえすぎくん》に、若武《わかたけ》は猛然《もうぜん》と呪《のろ》いの言葉《ことば》を浴《あ》びせかけた。

それを聞《き》いて、私《わたし》たちは溜《た》め息《いき》をつく。

「なんか・・・レベル低《ひく》くない？」

「幼稚園児《ようちえんじ》でも、もうちょっとましでしょ。」

「アーヤ、格調高《かくちょうだか》い暴言《ぼうげん》って、ないの？」

小塚君《こづかくん》に聞《き》かれて、私《わたし》は考《かんが》えた。

でも暴言《ぼうげん》そのものが、無礼《ぶれい》で乱暴《らんぼう》な言葉《ことば》のことだし、その場《ば》の気分《きぶん》で発《はっ》するものだから、なかなか見《み》つからない。

悩《なや》んでいると、忍《しのぶ》のスマートフォンが鳴《な》り出《だ》した。

「はい、七鬼《ななき》ですが、」

忍《しのぶ》は手《て》っ取《と》り早《ばや》く話《はなし》を終《お》え、それを切《き》って、毒《どく》づいている若武《わかたけ》に目《め》を向《む》ける。

「美術館《びじゅつかん》の橋田《はしだ》さんからだ。準備《じゅんび》できたってさ。」

若武《わかたけ》は舌打《したう》ちした。

「しょーがね、今日《きょう》のところは引《ひ》き上《あ》げだ。」

ほっ！

＊

私《わたし》たちは神社《じんじゃ》の階段《かいだん》を降《お》り、城址公園《じょうしこうえん》の坂《さか》を下《くだ》って美術館《びじゅつかん》に向《む》かった。

歩《ある》きながら私《わたし》は、さりげなく、少《すこ》しずつ上杉君《うえすぎくん》に近《ちか》づいた。

助《たす》けてもらったお礼《れい》を言《い》って、痛《いた》むかどうかを聞《き》こうと思《おも》ったんだ。

ようやくすぐ後《うし》ろまで行《い》って、声《こえ》をかけようとした時《とき》、上杉君《うえすぎくん》の隣《となり》を歩《ある》いていた小塚君《こづかくん》が、眉《まゆ》をひそめながら言《い》った。

「上杉《うえすぎ》、すぐ医者《いしゃ》行《い》った方《ほう》がいいよ。」

え・・・。

「猫《ねこ》は危《あぶ》ないってこと、知《し》ってるだろ。」

私《わたし》は、息《いき》を呑《の》んだ。

猫《ねこ》が危《あぶ》ないって、どういうこと？

「うっせーよ。」

そう言《い》って上杉君《うえすぎくん》は、チラッと私《わたし》に視線《しせん》を走《はし》らせ、小塚君《こづかくん》をにらんだ。

「黙《だま》れ。」

「でも、上杉《うえすぎ》、」

「黙《だま》れって言《い》ってんだよ。」

言《い》い放《はな》つなり上杉君《うえすぎくん》は足《あし》を速《はや》め、サッと遠《とお》ざかっていった。

私《わたし》は、取《と》り残《のこ》されて顔《かお》を曇《くも》らせている小塚君《こづかくん》の隣《となり》に並《なら》ぶ。

「小塚君《こづかくん》、猫《ねこ》が危《あぶ》ないって、どういうこと?」

そう聞《き》くと、小塚君《こづかくん》は首《くび》を横《よこ》に振《ふ》った。

「何《なん》でもないよ。」

とても不自然《ふしぜん》に笑《わら》い、やっぱり早足《はやあし》で歩《ある》き出《だ》す。

きっと2人《ふたり》とも、私《わたし》に気《き》を遣《つか》ってるんだ。

上杉君《うえすぎくん》が怪我《けが》をしたのは、私《わたし》のせいだから。

猫《ねこ》が危《あぶ》ないって、何《なん》だろう。

大《たい》したことなく見《み》えているあの傷《きず》・・・そうじゃないの?

16 姫《ひめ》の迫力《はくりょく》

私《わたし》は心配《しんぱい》でたまらず、美術館《びじゅつかん》に着《つ》いてからも上杉君《うえすぎくん》から目《め》を離《はな》せなかった。

でも上杉君《うえすぎくん》は、ごく普通《ふつう》で、何《なん》の変《か》わったところもなかったんだ。

顔色《かおいろ》も悪《わる》くないし、元気《げんき》もいいし、冗談《じょうだん》も言《い》う。

それで私《わたし》も次第《しだい》に、考《かんが》えすぎかなって思《おも》うようになった。

本人《ほんにん》が言《い》っていた通《とお》り、傷自体《きずじたい》もかすり傷《きず》だったしね。

「じゃ七鬼君《ななきくん》、調書《ちょうしょ》を作成《さくせい》するから事務室《じむしつ》に来《き》て。その間《あいだ》、若武君《わかたけくん》たちは館内《かんない》を見《み》てたらどう？

誰《だれ》かに案内《あんない》させるけど。」

小塚君《こづかくん》が目《め》を輝《かがや》かせる。

「ありがとうございます！」

きっと仏面墨書土器《ぶつめんぼくしょどき》を見《み》たいんだ。

「よろしくお願《ねが》いします。」

若武《わかたけ》が答《こた》えると、橋田《はしだ》さんは、ちょうど中《なか》から出《で》てきた制服《せいふく》の女性《じょせい》に声《こえ》をかけた。

「この子《こ》たちのアテンドを頼《たの》むよ。」

女性《じょせい》は一瞬《いっしゅん》、戸惑《とまど》ったような顔《かお》をする。

それを見《み》て、黒木君《くろきくん》が進《すす》み出《で》た。

「通常業務《つうじょうぎょうむ》でお忙《いそが》しいでしょう。僕《ぼく》たち勝手《かって》に見《み》ます。何《なに》かお願《ねが》いしたい時《とき》には、声《こえ》をかけますから。」

橋田《はしだ》さんは、感心《かんしん》したような息《いき》をついた。

「君《きみ》は黒木君《くろきくん》だっけ。よく気《き》が付《つ》くね。将来《しょうらい》は、ここで働《はたら》いてもらいたいくらいだ。武石社長《たけいししゃちょう》の息子《むすこ》さんと同《おな》じ学校《がっこう》なら、相当《そうとう》デキるんだろうし。どうだい？」

黒木君《くろきくん》は苦笑《くしょう》する。

「考《かんが》えておきます。時間《じかん》はたっぷりありそうなので。」

そうだねぇ、私《わたし》たちが就職《しゅうしょく》について真剣《しんけん》に考《かんが》えるのは、今《いま》から10年《ねん》くらい先《さき》のことになりそうだもの。

「じゃ、ここで待《ま》ってて。」

そう言《い》って橋田《はしだ》さんは、いったん事務室《じむしつ》に入《はい》っていき、やがて私《わたし》たちの人数分《にんずうぶん》のＩＤ《アイディー》カードを持《も》って現《あらわ》れた。

「これを見《み》せれば、どこでも入《はい》れる。準備中《じゅんびちゅう》のセクションでも、出入《でい》り口《ぐち》の読《よ》み取《と》り機《き》にかざせばドアが開《ひら》くから。」

すごい！

「貸《か》しておくよ。そうすればここにいる間《あいだ》は、時間《じかん》がある時《とき》にいつでも来《こ》られるし。何《なに》か困《こま》ったことがあったら私《わたし》に電話《でんわ》を。内線番号《ないせんばんごう》はね、」

その番号《ばんごう》を各自《かくじ》がスマートフォンに記録《きろく》する。

私《わたし》は、事件《じけん》ノートの端《はし》にメモをした。

それから橋田《はしだ》さんにお礼《れい》を言《い》い、美術館《びじゅつかん》の出入《でい》り口《ぐち》に向《む》かったんだ。

一般《いっぱん》の来館者《らいかんしゃ》は、チケットで入《はい》ってくる。

その列《れつ》に交《ま》じって、カードを出《だ》して入館《にゅうかん》するのは、ちょっと特別《とくべつ》な感《かん》じで、多少恥《たしょうは》ずかしかった。

入《い》り口《ぐち》の先《さき》は、常設展示室《じょうせつてんじしつ》と特別展示室《とくべつてんじしつ》に分《わ》かれている。

渡《わた》されたパンフレットによれば、常設展示《じょうせつてんじ》は先史《せんし》・古代《こだい》から現代《げんだい》までの美術品《びじゅつひん》を時代《じだい》ごとに5つの部屋《へや》に分《わ》けて展示《てんじ》してあるらしかった。

「僕《ぼく》、ここ、見《み》たい！」

小塚君《こづかくん》が指差《ゆびさ》したのは、先史《せんし》・古代《こだい》の部屋《へや》。

「仏面墨書土器《ぶつめんぼくしょどき》は、ここにあるはずなんだ。」

特別展示室《とくべつてんじしつ》のドアの前《まえ》には、「華麗《かれい》なる姫君展《ひめぎみてん》—戦国《せんごく》の炎《ほのお》」準備中《じゅんびちゅう》と書《か》かれたプラスティック板《ばん》がぶら下《さ》がっている。

その隣《となり》に、企画展示《きかくてんじ》として「絵《え》で見《み》る婚礼調度《こんれいちょうど》と雛道具《ひなどうぐ》」というのがあり、こちらはドアが開《あ》いていた。

婚礼調度《こんれいちょうど》って・・・素敵《すてき》！

私《わたし》は心《こころ》を惹《ひ》かれたけれど、同時《どうじ》に、きっと皆《みんな》は興味《きょうみ》を示《しめ》さないんじゃないかとも思《おも》った。

婚礼家具《こんれいかぐ》より、刀《かたな》とか鎧《よろい》の方《ほう》が好《す》きそうだもの。

若武《わかたけ》が、準備中《じゅんびちゅう》のプラスティック板《ばん》を指《ゆび》で弾《はじ》く。

「黒猫姫《くろねこひめ》は、もう展示《てんじ》されてるって言《い》ってたよな。やっぱ先《さき》に見《み》とこうぜ。伝説《でんせつ》も聞《き》いたし、神社《じんじゃ》にも行《い》ったしさ。今回《こんかい》の目玉《めだま》じゃん。」

まぁそうだね。

私《わたし》も皆《みんな》も納得《なっとく》、同意《どうい》したけれど、小塚君《こづかくん》だけはどうにも言葉《ことば》に詰《つ》まっていて返事《へんじ》をしなかった。

その頭《あたま》を、上杉君《うえすぎくん》が小突《こづ》く。

「おまえ、常設展示室《じょうせつてんじしつ》に行《い》っていいよ。皆《みんな》で一緒《いっしょ》に移動《いどう》しなきゃならないってことねーし。行《い》きな。」

小塚君《こづかくん》はうれしそうにしながらも、私《わたし》たちの様子《ようす》をうかがった。

「僕《ぼく》、抜《ぬ》けても、本当《ほんとう》にいい？」

皆《みんな》が、首振《くびふ》り人形《にんぎょう》みたいにコクコクする。

小塚君《こづかくん》は即《そく》、身《み》をひるがえし、常設展示室《じょうせつてんじしつ》の中《なか》に姿《すがた》を消《け》した。

いつもからは考《かんが》えられない素早《すばや》さだった。

「あいつって、幸《しあわ》せだよな、」

黒木君《くろきくん》が、嘆《なげ》くようにつぶやく。

「夢中《むちゅう》になれるものがいっぱいあってさ。」

その肩《かた》を、上杉君《うえすぎくん》が抱《だ》き寄《よ》せた。

「黒木先生《くろきせんせい》にも、あるだろ。」

黒木君《くろきくん》は、そのあでやかな目《め》に、笑《え》みを含《ふく》んで上杉君《うえすぎくん》を見《み》る。

「何《なん》だよ。」

上杉君《うえすぎくん》は、抱《だ》き寄《よ》せていた黒木君《くろきくん》の耳《みみ》に唇《くちびる》を寄《よ》せ、何《なに》かささやこうとした。

その時《とき》、脇《わき》から若武《わかたけ》が叫《さけ》んだんだ。

「それは、俺《おれ》たちＫＺ《カッズ》の熱《あつ》い友情《ゆうじょう》だっ！」

上杉君《うえすぎくん》は、ガックリ項垂《うなだ》れる。

その頬《ほお》は、ポッと赤《あか》くなっていた。

「こいつ・・・よく大《おお》っぴらにそんなこと言《い》えるな。恥《はじ》を知《し》れよ。」

クスクス。

「さ行《い》くよ、黒猫姫《くろねこひめ》に会《あ》いに。」

翼《たすく》がそう言《い》って先《さき》に立《た》ち、特別展示室《とくべつてんじしつ》のドアの読《よ》み取《と》り機《き》にＩＤ《アイディー》カードをかざす。

ドアは音《おと》もなく開《ひら》き、その向《む》こうに暗《くら》い空間《くうかん》が現《あらわ》れた。

うわ、真《ま》っ暗《くら》！

そう思《おも》った直後《ちょくご》、暗闇《くらやみ》の中《なか》に１筋《ひとすじ》の金色《きんいろ》の光《ひかり》が走《はし》る。

「レーザビームだ！」

金色《きんいろ》の次《つぎ》は銀色《ぎんいろ》、次《つぎ》は赤《あか》、様々《さまざま》な光《ひかり》が順番《じゅんばん》に走《はし》り抜《ぬ》けて、やがて７色《いろ》になり、辺《あた》りを一瞬《いっしゅん》、煌々《こうこう》と照《て》らし出《だ》した。

そして一気《いっき》に消《き》え、ただ1つの赤《あか》い光《ひかり》が、奥《おく》のドアを指《さ》し示《しめ》す。

その前《まえ》まで進《すす》むと、それが自動《じどう》で開《ひら》き、その向《む》こうに、静《しず》かな光《ひかり》に照《て》らされているいくつものガラスの陳列《ちんれつ》ケースが見《み》えた。

すごい演出《えんしゅつ》、テーマパーク並《な》み。

きっと「華麗《かれい》なる姫君展《ひめぎみてん》—戦国《せんごく》の炎《ほのお》」をイメージしてあるんだね。

「相当《そうとう》、金《かね》かかってると見《み》た。」

「ここ町立《ちょうりつ》だろ。資金源《しきんげん》は？」

「決《き》まってる、さっきの武石《たけいし》さんでしょ。」

男子《だんし》は、お金《かね》の話《はなし》が好《す》き・・・。

「アーヤ、なんて顔《かお》してんの。」

黒木君《くろきくん》に聞《き》かれて、私《わたし》は理由《わけ》を話《はな》した。

「どうして、そんなにお金《かね》に惹《ひ》かれるのかなぁ。」

黒木君《くろきくん》は、クスッと笑《わら》う。

「俺《おれ》たちが惹《ひ》かれているのは、経済《けいざい》なんだ。自由経済《じゆうけいざい》においては、どれほど多《おお》くの人間《にんげん》がほしがるかで、物《もの》の値段《ねだん》が決《き》まってくる。金《かね》の流《なが》れは、社会全体《しゃかいぜんたい》や人間《にんげん》の思考《しこう》を反映《はんえい》しているんだ。おもしろいだろ。」

納得《なっとく》できるような、できないような・・・。

「どっかにオペレーター室《しつ》があるはずだ。捜《さが》せっ！」

「あれでしょ。ほら、あの穴《あな》の向《む》こう。」

「小《ちい》さすぎね？」

皆《みんな》はレーザに夢中《むちゅう》だったので、私《わたし》は1人《ひとり》で展示品《てんじひん》を見《み》て歩《ある》いた。

まだ何《なに》も入《はい》っていない空《から》のケースもあったし、掛《か》け軸《じく》や蒔絵《まきえ》の箱《はこ》、櫛《くし》、着物《きもの》が入《はい》っているのもある。

それらのどこかの部分《ぶぶん》に必《かなら》ず女性《じょせい》が描《えが》かれていたり、縫《ぬ》い取《と》られていたりした。

どれも細《こま》やかで、きれい。

きっと展示会当日《てんじかいとうじつ》までには、この1つ1つに、何年《なんねん》の何国《なにこく》の何姫《なにひめ》を描写《びょうしゃ》したものなのか、説明《せつめい》書《が》きが付《つ》くんだろうな。

史実《しじつ》を調《しら》べて、そういう形《かたち》にまとめる仕事《しごと》っておもしろそうだけど、なんていう職種《しょくしゅ》なんだろ。

学芸員《がくげいいん》？

「あ、こっちだよ、黒猫姫《くろねこひめ》。」

いつの間《ま》に移動《いどう》したのか、奥《おく》から翼《たすく》の声《こえ》が上《あ》がる。

皆《みんな》がそちらに足《あし》を向《む》け、私《わたし》も、急《いそ》いで駆《か》けつけた。

「わ・・・迫力《はくりょく》。」

ケースの前《まえ》で、皆《みんな》が息《いき》を呑《の》んでいる。

その間《あいだ》からのぞいて、私《わたし》もびっくりした。

それは掛《か》け軸《じく》に表装《ひょうそう》された絵《え》で、それ自体《じたい》は真珠姫《しんじゅひめ》と同《おな》じだったんだけど、違《ちが》っていたのは、そのサイズっ！

なんと真珠姫《しんじゅひめ》の2倍《ばい》ほどもあった。

緋色《ひいろ》に金《きん》の刺繍《ししゅう》をした絢爛豪華《けんらんごうか》な打《う》ち掛《か》けを着《き》て、唇《くちびる》には真《ま》っ赤《か》な紅《べに》、そして腕《うで》に、大《おお》きな黒猫《くろねこ》を抱《かか》えている。

「真珠姫《しんじゅひめ》、負《ま》けてね？」

「完璧《かんぺき》、負《ま》けてる。」

勝《か》ち負《ま》けの問題《もんだい》じゃないと思《おも》うけど、大《おお》きさにしても派手《はで》さにしても、確《たし》かに見劣《みおと》りがした。

「隣《となり》のケース空《あ》いてるから、きっとここに真珠姫《しんじゅひめ》が入《はい》るんだ。」

並《なら》べられると、余計《よけい》に目立《めだ》つよね。

「よし、比較《ひかく》されないように、ケースを遠《とお》くに移動《いどう》しちまおうぜ。手伝《てつだ》え。」

空《から》のケースに手《て》をかけた若武《わかたけ》の頭《あたま》を、上杉君《うえすぎくん》がポカッ！

「やんじゃねーっ、バカ武《たけ》！」

「何《なに》すんだ、バカ杉《すぎ》！」

そこで摑《つか》み合《あ》いが始《はじ》まりそうになり、黒木君《くろきくん》が２人《ふたり》を分《わ》けた。

「やめとけ。ケースにぶち当《あ》たって、壊《こわ》しでもしたらどうすんだよ。」

そうだよ、野蛮《やばん》なんだから。

「大丈夫《だいじょうぶ》、負《ま》けてないよ。」

そう言《い》ったのは、翼《たすく》だった。

「黒猫姫《くろねこひめ》の、見《み》る者《もの》に圧《お》し掛《か》かるようなこの美《うつく》しさもすごいけど、真珠姫《しんじゅひめ》には逆《ぎゃく》に、見《み》る者《もの》を引《ひ》きこむような美《うつく》しさがある。簡素《かんそ》で静《しず》かな、哀《かな》しい美《うつく》しさだよ、負《ま》けてない。わかる奴《やつ》にはわかるから、それでいいでしょ。」

ん、翼《たすく》はいいこと言《い》うよね、その通《とお》りだよ。

「それより、気《き》になるんだけど、」

そう言《い》いながらマスクを取《と》り、ケースに鼻《はな》を近《ちか》づける。

「この絵《え》・・・なんか変《へん》だ。」

変《へん》？

17　奇妙《きみょう》な絵《え》

「これが描《か》かれたのは、戦国時代《せんごくじだい》だろ。でも現代《げんだい》っぽい匂《にお》いが交《ま》じってる。」

翼《たすく》は歴史《れきし》が専門《せんもん》だけど、同時《どうじ》に嗅覚《きゅうかく》のエキスパートでもある。

普通《ふつう》の人《ひと》にはとてもわからなかったり、通常《つうじょう》は臭《にお》わないとされている鉱物《こうぶつ》まで、しっかり嗅《か》ぎ分《わ》けるんだ。

それで「赤《あか》い仮面《かめん》は知《し》っている」の中《なか》では、大活躍《だいかつやく》した。

「現代《げんだい》っぽい匂《にお》いって、具体的《ぐたいてき》に何《なに》？」

黒木君《くろきくん》に聞《き》かれて、翼《たすく》は首《くび》を傾《かし》げる。

「そこまでは、この状態《じょうたい》じゃわからない。わずかだし。」

若武《わかたけ》が腕《うで》を組《く》み、偉《えら》そうに反《そ》り返《かえ》りながら、からかった。

「きっと、あの掛《か》け軸《じく》を運《はこ》んだ奴《やつ》がその前《まえ》にポテチ食《た》べてて、指《ゆび》から表具《ひょうぐ》に付《つ》いたんだ。」

上杉君《うえすぎくん》が、冷凍光線《れいとうこうせん》みたいな視線《しせん》を向《む》ける。

「美術品《びじゅつひん》を運《はこ》ぶ業者《ぎょうしゃ》および係員《かかりいん》は、全員《ぜんいん》、手袋着用《てぶくろちゃくよう》だ、無知蒙昧《むちもうまい》！」

2人《ふたり》は、たちまちハッタとにらみ合《あ》った。

それを無視《むし》して翼《たすく》は、苛立《いらだ》たしげにケースを見回《みまわ》す。

「はっきりさせたいんだけど、こいつが邪魔《じゃま》。」

すぐスマートフォンを出《だ》した黒木君《くろきくん》が、橋田《はしだ》さんに連絡《れんらく》を取《と》った。

間《ま》もなく制服《せいふく》を着《き》た女性《じょせい》がやってきて、ケースの鍵《かぎ》を開《あ》けてくれる。

「どうぞ、中《なか》に入《はい》って構《かま》いませんよ。これ、付《つ》けてください。」

差《さ》し出《だ》されたのは、靴《くつ》に被《かぶ》せるカバー。

翼《たすく》はそれを履《は》き、ケースの中《なか》に入《はい》った。

絵《え》の表面《ひょうめん》に顔《かお》を近《ちか》づけ、隅《すみ》から隅《すみ》までクンクンと嗅《か》ぎ回《まわ》る。

やがてピタリと静止《せいし》し、しばらくそのままだった。

「おい、わかったのか？」

若武《わかたけ》の声《こえ》に応《おう》じ、こちらを振《ふ》り返《かえ》る。

「匂《にお》いの元《もと》は、この半襟《はんえり》だ。」

指差《ゆびさ》していたのは、打《う》ち掛《か》けの下《した》に着《き》ていた着物《きもの》の襟《えり》の下《した》から見《み》えている地模様《じもよう》のある襟《えり》だった。

着物《きもの》の首元《くびもと》って、いくつも襟《えり》が重《かさ》なってるんだよね。

えっと、これってたぶん、下着《したぎ》の襟《えり》に被《かぶ》せてある襟《えり》カバーじゃないかな。

「これだけ、他《ほか》の部分《ぶぶん》と匂《にお》いが違《ちが》ってるんだ。」

そう言《い》って再《ふたた》び鼻《はな》を近寄《ちかよ》せ、目《め》をつぶって、しばらく集中《しゅうちゅう》して嗅《か》いでいて、やがて顔《かお》を起《お》こした。

「匂《にお》いの成分《せいぶん》はガラス、酸化《さんか》コバルト、酸化第二銅《さんかだいにどう》が少《すこ》し、それから膠《にかわ》。」

はぁ・・・。

私《わたし》がキョトンとしていると、翼《たすく》はケースから出《で》てきて制服《せいふく》の女性《じょせい》の前《まえ》に立《た》った。

「どうもありがとうございました。この靴《くつ》カバー、どうしたらいいですか？」

女性《じょせい》は微笑《ほほえ》んでケースの鍵《かぎ》を締《し》め、翼《たすく》から靴《くつ》カバーを受《う》け取《と》って戻《もど》っていった。

「おい、」

私《わたし》と同様《どうよう》に何《なに》もわかっていなかったらしい若武《わかたけ》が、詰《つ》め寄《よ》る。

「結局《けっきょく》、なんだったんだ。匂《にお》いが違《ちが》ってたってだけの話《はなし》かよ。」

翼《たすく》は、透明感《とうめいかん》のあるその目《め》に、凛《りん》とした光《ひかり》をきらめかせた。

「俺《おれ》たちだけで話《はな》したかったんだ。」

え？

「あれは、着色《ちゃくしょく》ガラスの匂《にお》いだ。」

着色《ちゃくしょく》ガラス？

「あの絵全体《えぜんたい》は、天然石《てんねんせき》を砕《くだ》いた絵具《えのぐ》で塗《ぬ》られている。だが半襟《はんえり》の部分《ぶぶん》だけは、着色《ちゃくしょく》ガラスを砕《くだ》いた絵具《えのぐ》で塗《ぬ》ってあるんだ。」

はて、なんで？

私《わたし》の隣《となり》で黒木君《くろきくん》がスマートフォンを取《と》り出《だ》し、電話《でんわ》をかけ始《はじ》める。

「ああ小塚《こづか》？　着色《ちゃくしょく》ガラスで絵《え》に色《いろ》を付《つ》けるって、どーいうこと？」

しばらく話《はな》し、納得《なっとく》したような顔《かお》で電話《でんわ》を切《き》って皆《みんな》を見回《みまわ》した。

「天然石《てんねんせき》を砕《くだ》いたのは、岩絵具《いわえのぐ》。」

ん、前《まえ》に聞《き》いてるよ。

「それに対《たい》して、着色《ちゃくしょく》ガラスを砕《くだ》いたのは新岩絵具《しんいわえのぐ》。」

そんなの、あるんだ。

「岩絵具《いわえのぐ》は天然素材《てんねんそざい》だから、同《おな》じ色《いろ》を手《て》に入《い》れにくく量産《りょうさん》も難《むずか》しい。値段《ねだん》も高《たか》くて、しかも色数《いろすう》が限《かぎ》られている。その欠点《けってん》を補《おぎな》うために開発《かいはつ》されたのが、新岩絵具《しんいわえのぐ》なんだって。色数《いろすう》が多《おお》くて、どんな色《いろ》でもいつでも安《やす》く手《て》に入《はい》る。他《ほか》にも合成岩絵具《ごうせいいわえのぐ》、京上岩絵具《きょうじょういわえのぐ》なんてのがあるらしい。」

ふむ。

「で、ここから先《さき》が問題《もんだい》なんだけど、岩絵具《いわえのぐ》は、古《ふる》くからあった。でも新岩絵具《しんいわえのぐ》ができたのは、第二次大戦《だいにじたいせん》の後《あと》なんだ。」

じゃ・・・戦国時代《せんごくじだい》に描《えが》かれた絵《え》の中《なか》にそれが使《つか》われてるって、ものすごく変《へん》だよね。

「そうなると、」

上杉君《うえすぎくん》が、広《ひろ》げた片手《かたて》の中指《なかゆび》で、メガネの中央《ちゅうおう》を押《お》し上《あ》げる。

「結構《けっこう》、絞《しぼ》れるんじゃね？」

レンズの向《む》こうの吊《つ》り上《あ》がった目《め》には、怜悧《れいり》な光《ひかり》が瞬《またた》いていた。

「まず人物像《じんぶつぞう》。ここに新岩絵具《しんいわえのぐ》を塗《ぬ》ったのは、１９４５年以降《ねんいこう》で現在《げんざい》までの人間《にんげん》だってこと。」

内側《うちがわ》から光《ひかり》を放《はな》っている水晶《すいしょう》のように鋭《するど》く、繊細《せんさい》できれいで、私《わたし》は思《おも》わず見惚《みと》れてしまった。

素敵《すてき》・・・かも。

「次《つぎ》に、その人物《じんぶつ》の行動《こうどう》の理由《りゆう》。考《かんが》えられるのは、２つだ。」

素早《すばや》く整理《せいり》しながら判断《はんだん》を下《くだ》していく力《ちから》は、やっぱ天才《てんさい》だからだよね、素晴《すば》らしい！

「その1、悪戯《いたずら》か、嫌《いや》がらせが目的《もくてき》で、半襟《はんえり》の岩絵具《いわえのぐ》の上《うえ》に新岩絵具《しんいわえのぐ》を塗《ぬ》り重《かさ》ねた。」

翼《たすく》が、きっぱりと首《くび》を横《よこ》に振《ふ》る。

「それは、ない。だって半襟《はんえり》からは、着色《ちゃくしょく》ガラスの匂《にお》いしかしないもの。塗《ぬ》り重《かさ》ねたんなら、下《した》にある岩絵具《いわえのぐ》の匂《にお》いもするはずだ。」

上杉君《うえすぎくん》は、了解《りょうかい》したといったように静《しず》かに頷《うなず》いた。

「では、その2だ。半襟部分《はんえりぶぶん》の色《いろ》が剝《は》げたんで、美術館《びじゅつかん》もしくは他《ほか》の場所《ばしょ》で修復《しゅうふく》を行《おこな》ったが、その際《さい》に携《たずさ》わった人間《にんげん》が新岩絵具《しんいわえのぐ》を使《つか》った。」

黒木君《くろきくん》が即《そく》、スマートフォンで電話《でんわ》をかける。

「ああ橋田《はしだ》さんですか？　黒猫姫《くろねこひめ》の絵《え》なんですが、修復《しゅうふく》したことがありますか？」

皆《みんな》が耳《みみ》を傾《かたむ》ける中《なか》で、黒木君《くろきくん》は橋田《はしだ》さんと話《はな》し、それを終《お》えてこちらを見《み》た。

「黒猫姫《くろねこひめ》の修復《しゅうふく》は、これまで1度《ど》も行《おこな》われていないって。」

若武《わかたけ》が、人差《ひとさ》し指《ゆび》を立《た》ててチッチと横《よこ》に振《ふ》る。

「上杉《うえすぎ》の2つの説《せつ》は、全滅《ぜんめつ》だ。」

上杉君《うえすぎくん》は、不敵《ふてき》な感《かん》じのする笑《え》みを浮《う》かべた。

「おもしろくなってきたじゃん。」

若武《わかたけ》がニヤッと笑《わら》う。

「おお上杉先生《うえすぎせんせい》、負《ま》け惜《お》しみか？」

上杉君《うえすぎくん》は、冷《つめ》たい視線《しせん》をチラッと若武《わかたけ》に流《なが》した。

「おまえじゃねーし。」

そう言《い》いながら私《わたし》たちを見回《みまわ》す。

「これは戦国時代《せんごくじだい》の絵《え》だ。当時《とうじ》、新岩絵具《しんいわえのぐ》は存在《そんざい》していなかった。だからこの絵《え》はすべて、岩絵《いわえの》具《ぐ》で描《えが》かれていたはずだ。」

ん、そうだよね。

「ところが今《いま》、半襟《はんえり》の部分《ぶぶん》だけが新岩絵具《しんいわえのぐ》で描《えが》かれている。」

その当時《とうじ》なかった絵具《えのぐ》が使《つか》われているなんて、ありえないことだよ。

でも、後《あと》から塗《ぬ》り重《かさ》ねたのでもなく、補修《ほしゅう》で塗《ぬ》ったわけでもないとなったら、なぜ、どーして？

誰《だれ》かがタイムスリップして、戦国時代《せんごくじだい》に新岩絵具《しんいわえのぐ》を置《お》いてきたとか？

「諸君《しょくん》！」

若武《わかたけ》が、うれしくてたまらないといったような笑《わら》いを零《こぼ》す。

「これは事件《じけん》だっ！」

確《たし》かに！

「我々《われわれ》は探偵《たんてい》チームKZ《カッズ》だ。目《め》の前《まえ》の事件《じけん》を見過《みす》ごしにはできない。よってKZ《カッズ》の全力《ぜんりょく》で、この事件《じけん》の解決《かいけつ》を目指《めざ》す。事件名《じけんめい》は、『戦国《せんごく》に描《えが》かれた黒猫姫《くろねこひめ》の絵事件《えじけん》』だ。」

なんか、ダサい。

「KZ大憲章《カッズだいけんしょう》はどうする？」

黒木君《くろきくん》が言《い》い、若武《わかたけ》はしかたなさそうに口《くち》をへの字《じ》にした。

「事件《じけん》が先《さき》だろ。大憲章《だいけんしょう》は延期《えんき》だ、やむを得《え》ん。」

あーあ、そーゆーことになるのかぁ。

「長閑《のどか》な田舎町《いなかまち》だから、まず事件《じけん》なんか起《お》こらん、って言《い》ったのは、誰《だれ》だよ。」

皆《みんな》が、いっせいに若武《わかたけ》を見《み》た。

若武《わかたけ》は、素知《そし》らぬふりをしながら話《はなし》を逸《そ》らす。

「まず、この絵《え》の謎《なぞ》を究明《きゅうめい》するのが先決《せんけつ》だ。」

上杉君《うえすぎくん》が、こいつはっ！　と言《い》わんばかりの目《め》でにらんだ。

「じゃ小塚《こづか》に連絡《れんらく》しろよ。」

はて、なんで？

「この絵《え》の岩絵具《いわえのぐ》を分析《ぶんせき》するんだ。謎《なぞ》を解《と》く手《て》がかりになるだろ。」

あ、そうか。

「上杉《うえすぎ》、リーダーの俺《おれ》に指図《さしず》すんじゃない。これからおまえのこと、上杉《うえすぎ》じゃなくて出杉《ですぎ》って呼《よ》ぶぞ。」

出杉《ですぎ》、デスギ、出《で》すぎ・・・う〜ん、ネーミング力《りょく》のない若武《わかたけ》にしては、ましな方《ほう》かも。

「この事件《じけん》について、KZ《カッズ》会議《かいぎ》を招集《しょうしゅう》する。」

そう言《い》いながら若武《わかたけ》は、威厳《いげん》を付《つ》けて皆《みんな》を見回《みまわ》した。

「今《いま》から1時間後《じかんご》、合宿所《がっしゅくじょ》のミーティング室《しつ》に集合《しゅうごう》だ。黒木《くろき》は、小塚《こづか》と七鬼《ななき》に連絡《れんらく》しとけ。」

18　それは数学《すうがく》だろ

私《わたし》たちは美術館《びじゅつかん》から秀明《しゅうめい》の施設《しせつ》に戻《もど》り、それぞれが泊《と》まる場所《ばしょ》に分《わ》かれた。

ふう、ちょっとゆっくりしようっと。

そう思《おも》いながら自分《じぶん》の部屋《へや》に入《はい》って、手《て》を洗《あら》い、嗽《うがい》をしてから時計《とけい》を見《み》ると、もう結構《けっこう》な時間《じかん》が過《す》ぎていた。

合宿所《がっしゅくじょ》のミーティング室《しつ》がどこなのか知《し》らなかったから、行《い》ってから捜《さが》さなければならないし、時間《じかん》に遅《おく》れたくなかったから、やむなくすぐ出《で》かけることにしたんだ。

階段《かいだん》を降《お》りようとして、さっきこのあたりで小塚君《こづかくん》と出会《であ》ったことを思《おも》い出《だ》し、上《うえ》の方《ほう》を見上《みあ》げたけれど、シーンとしていた。

まだ戻《もど》ってないのかもしれないな。

私《わたし》は保養施設《ほようしせつ》の玄関《げんかん》と門《もん》を出《で》て、そこにあった案内板《あんないばん》で合宿所《がっしゅくじょ》の位置《いち》を確認《かくにん》し、白《しろ》いフェンスに沿《そ》って歩《ある》いた。

合宿所《がっしゅくじょ》の門《もん》はまるで校門《こうもん》みたいで、その奥《おく》に建《た》っている建物《たてもの》は、私《わたし》が泊《と》まる保養施設《ほようしせつ》と全然《ぜんぜん》違《ちが》って学校《がっこう》の寮《りょう》のようだった。

新《あたら》しくて窓《まど》も大《おお》きくてきれいなんだけれど、その全体《ぜんたい》から、心《こころ》が安《やす》らがない感《かん》じがヒシヒシと漂《ただよ》い出《だ》していたんだ。

まぁ合宿所《がっしゅくじょ》だから、こういうものなんだろうけど、いく分《ぶん》かわいそうかも。

若武《わかたけ》たちに同情《どうじょう》しながら、私《わたし》は門《もん》を入《はい》った。

そこに敷地内図《しきちないず》と館内図《かんないず》のパネルがあり、パッと見《み》て目立《めだ》ったのは、地下《ちか》にある大浴場《だいよくじょう》と小浴場《しょうよく じょう》だった。

その隣《となり》にシャワールームもいくつかあったけれど、きっと若武《わかたけ》たちは、そんなものには見向《みむ》きもしないで大浴場《だいよくじょう》に走《はし》りこみ、大《おお》きな湯船《ゆぶね》に飛《と》びこんでお湯《ゆ》のかけ合《あ》いをするのに違《ちが》いない。

そんな様子《ようす》を想像《そうぞう》していると、この安《やす》らげない感《かん》じの建物《たてもの》でも、若武《わかたけ》たちなら気《き》にもしないでモリモリ食《た》べ、グッスリ眠《ねむ》るに違《ちが》いないと思《おも》えてきて、ちょっと安心《あんしん》した。

1階《かい》には広《ひろ》い中庭《なかにわ》があり、その周《まわ》りに食堂《しょくどう》や教室《きょうしつ》、図書室《としょしつ》、ラウンジ、応接室《おうせつしつ》、ホールなどが配置《はいち》されている。

たくさんの個室《こしつ》とゲストルームなどの宿泊設備《しゅくはくせつび》は、2、3階《がい》に集《あつ》められていた。

保養施設《ほようしせつ》との一番《いちばん》の違《ちが》いは、個室《こしつ》にバストイレがないこと。

やっぱ合宿所《がっしゅくじょ》だよねぇ。

ミーティング室《しつ》を捜《さが》すと、玄関《げんかん》ホールとラウンジを結《むす》ぶ廊下《ろうか》の途中《とちゅう》に、いくつも並《なら》んでいた。

結構《けっこう》、規模《きぼ》は大《おお》きい。

サッカーKZ《カッズ》のメンバーは、レギュラーと補欠《ほけつ》を合《あ》わせて70人《にん》ほどいて、その他《ほか》に未来《みらい》メンバーって呼《よ》ばれている予備軍《よびぐん》もいるから、その全員《ぜんいん》が合宿《がっしゅく》する時《とき》には、このくらいの施設《しせつ》が必要《ひつよう》になるんだろうなぁ。

自動《じどう》の玄関《げんかん》ドアを入《はい》った所《ところ》に、小《ちい》さな絨緞《じゅうたん》のような靴拭《くつぬぐ》いが置《お》かれていたので、私《わたし》はそれを踏《ふ》んでから数段《すうだん》の階段《かいだん》を上《のぼ》り、右手《みぎて》にある事務室《じむしつ》の小窓《こまど》をのぞきこんだ。

「ご用件《ようけん》は？」

中《なか》にいた女性《じょせい》に聞《き》かれ、秀明《しゅうめい》での自分《じぶん》のクラスと名前《なまえ》を言《い》い、若武《わかたけ》と面会《めんかい》したいと伝《つた》える。

女性《じょせい》は、手元《てもと》の書類《しょるい》をチェックしてから小窓《こまど》を開《あ》け、半身《はんしん》を乗《の》り出《だ》した。

「第《だい》2ミーティング室《しつ》よ。ほら、あそこね。」

私《わたし》はお礼《れい》を言《い》って、そこに向《む》かおうとしたんだけど、奥《おく》の方《ほう》からユニフォーム姿《すがた》の十数人《じゅうすうにん》が廊《ろう》下《か》の幅《はば》いっぱいになってやってくるのが見《み》えたので、その場《ば》に止《と》まって待《ま》っていた。

すると先頭《せんとう》にいた男子《だんし》が言《い》ったんだ。

「あ、女《おんな》だっ！」

「しっ！　声《こえ》でけぇよ。」

「なんでKZ《カッズ》の合宿所《がっしゅくじょ》に、女《おんな》なんだ？」

「誰《だれ》かの彼女《かのじょ》だろ。面会《めんかい》に来《き》たんだ。」

「いいなぁ。俺《おれ》も面会《めんかい》に来《き》てくれる彼女《かのじょ》ほしい。」

「面会《めんかい》なら、親《おや》が来《き》てくれるって。」

「ケッ！」

皆《みんな》が、こっちを見《み》ながら通《とお》り過《す》ぎていったので、私《わたし》はすごく恥《は》ずかしかった。

でもよく考《かんが》えてみたら、ここって、今《いま》は男子《だんし》しかいない場所《ばしょ》なんだよね。

なんか・・・すごく緊張《きんちょう》する。

肩《かた》に力《ちから》が入《はい》る思《おも》いで廊下《ろうか》を歩《ある》き、ミーティング室《しつ》の前《まえ》まで行《い》ってドアをノックした。

「お、入《はい》れ。」

若武《わかたけ》のいつもの声《こえ》が聞《き》こえてきて、ほっとする。

ドアを開《あ》けると、部屋《へや》の中央《ちゅうおう》にある大《おお》きなテーブルの周《まわ》りに、皆《みんな》が顔《かお》をそろえていた。

ただ小塚君《こづかくん》だけがいない。

「小塚《こづか》は、仏面土器《ぶつめんどき》をめでた後《あと》、土壌《どじょう》のサンプルを取《と》りに湿地帯《しっちたい》に行《い》ったらしい。」

ああピートサンプラー、持《も》ち回《まわ》してたもんね。

「電話《でんわ》したら、これからそっちに向《む》かうから先《さき》にやっててくれってさ。じゃ始《はじ》めるぞ。」

私《わたし》は急《いそ》いでテーブルに着《つ》き、持《も》ってきた事件《じけん》ノートを開《ひら》いた。

「では、『戦国《せんごく》に描《えが》かれた黒猫姫《くろねこひめ》の絵事件《えじけん》』についての調査《ちょうさ》を始《はじ》める。」

ああダサい・・・。

ダサすぎて、やる気《き》、削《そ》がれるかも。

なんかもっといい事件名《じけんめい》って、ないのかな。

「じゃアーヤ、状況《じょうきょう》の説明《せつめい》を。」

え、いきなり、それくるんだ。

「早《はや》くしろ。」

しかたがないので、私《わたし》はあわてて今《いま》までの記憶《きおく》をたどり、頭《あたま》の中《なか》でまとめて発表《はっぴょう》した。

「これは、戦国時代《せんごくじだい》に描《えが》かれた黒猫姫《くろねこひめ》の絵《え》、その着物《きもの》の襟《えり》の部分《ぶぶん》に、第二次大戦後《だいじたいせんご》作《つく》られた絵具《えのぐ》が塗《ぬ》られていたという事件《じけん》です。可能性《かのうせい》として2つのケースが考《かんが》えられました。その1、悪戯《いたずら》もしくは嫌《いや》がらせで、誰《だれ》かが故意《こい》に新《あたら》しい絵具《えのぐ》を塗《ぬ》り付《つ》けた。その2、美術館側《びじゅつかんがわ》で絵《え》を補修《ほしゅう》した際《さい》、新《あたら》しい絵具《えのぐ》を使《つか》った。ところがこの2つは否定《ひてい》され、現在《げんざい》はまったくの謎《なぞ》となっています。以上《いじょう》。」

若武《わかたけ》が頷《うなず》く。

「我々《われわれ》KZ《カッズ》は、この謎《なぞ》を解明《かいめい》する。諸君《しょくん》、自由《じゆう》に意見《いけん》を出《だ》してくれ。」

と言《い》われても・・・岩絵具《いわえのぐ》しかなかった時代《じだい》に描《えが》かれた絵《え》に、戦後《せんご》の新岩絵具《しんいわえのぐ》が使《つか》われていたって、大《おお》いなる謎《なぞ》だよ。

これを解《と》けたら、天才《てんさい》かも。

「方法《ほうほう》としては、さっき上杉《うえすぎ》が言《い》ったみたいに、小塚《こづか》に絵具《えのぐ》の分析《ぶんせき》をさせてみるしかないんじゃない？」

翼《たすく》の意見《いけん》に、黒木君《くろきくん》が同意《どうい》した。

「あとは、あの絵《え》の裏《うら》とか、表装《ひょうそう》の布《ぬの》を調《しら》べることだね。」

ん、やっぱりそのくらいしかないよね。

そう思《おも》いながら私《わたし》は、皆《みんな》の意見《いけん》をノートに書《か》き取《と》った。

「あのさぁ、」

上杉君《うえすぎくん》が切《き》り出《だ》す。

「戦国時代《せんごくじだい》に描《えが》かれた絵《え》に、新岩絵具《しんいわえのぐ》が使《つか》われているはずないだろ。どう考《かんが》えても、それはありえん、あるはずがない。」

私《わたし》たちは、顔《かお》を見合《みあ》わせた。

え・・・なんで今《いま》さら、この発言《はつげん》？

「何言《なにい》い出《だ》すんだ、上杉《うえすぎ》。」

若武《わかたけ》が怒《おこ》った。

「それについちゃ、美門《みかど》が証言《しょうげん》しただろ。黒猫姫《くろねこひめ》の絵《え》には、確《たし》かに新岩絵具《しんいわえのぐ》が使《つか》われているんだ。この時点《じてん》でボケるな、ボケ。」

ところが上杉君《うえすぎくん》は、そんな若武《わかたけ》をじいっと見《み》つめ、徐《おもむろ》に言《い》い放《はな》った。

「バカ武《たけ》。」

おお、挑戦的発言《ちょうせんてきはつげん》！

「ボケ武《たけ》。」

若武《わかたけ》は、ガタッと椅子《いす》を鳴《な》らして突《つ》っ立《た》つ。

「きっさま、除名食《じょめいく》らいたいのかっ!?」

息《いき》を呑《の》んで見守《みまも》る私《わたし》たちの前《まえ》で、上杉君《うえすぎくん》は、激怒《げきど》する若武《わかたけ》をてんで無視《むし》、腕《うで》を組《く》んで天井《てんじょう》を仰《あお》いだ。

「これは数学《すうがく》で証明《しょうめい》できる。」

は？

「論理学《ろんりがく》だ。」

はぁ。

私《わたし》がキョトンとしていると、立《た》ったままだった若武《わかたけ》がテーブルに両手《りょうて》を突《つ》き、上杉君《うえすぎくん》の方《ほう》に身《み》を乗《の》り出《だ》した。

「俺《おれ》たちは数学《すうがく》オタクじゃない。細《こま》かい説明《せつめい》に愛情《あいじょう》は感《かん》じん。ただ退屈《たいくつ》なだけだ。全部《ぜんぶ》飛《と》ばして結論《けつろん》を言《い》うんだ、結論《けつろん》を。」

上杉君《うえすぎくん》は、冷笑《れいしょう》する。

「わからんのなら、素直《すなお》にそう言《い》え。」

それで私《わたし》は思《おも》わず、言《い》ってしまった。

「あの・・・わからん。」

黒木君《くろきくん》がクスクス笑《わら》い、上杉君《うえすぎくん》はガックリと項垂《うなだ》れ、頭《あたま》を抱《かか》えこむ。

「じゃいいよ、もっと簡単《かんたん》な方法《ほうほう》に替《か》える。積集合《せきしゅうごう》だ。」

えっと、さらにわからんかも。

「数学《すうがく》から離《はな》れろっ！」

若武《わかたけ》が上杉君《うえすぎくん》に歩《あゆ》み寄《よ》り、頭《あたま》を小突《こづ》く。

「結論《けつろん》だけでいいって言《い》ってるだろ！」

上杉君《うえすぎくん》は不貞腐《ふてくさ》れ、ムスッとして黙《だま》りこんだ。

代《か》わって翼《たすく》が口《くち》を開《ひら》く。

「上杉《うえすぎ》が数学《すうがく》で証明《しょうめい》しようとしていることを、言葉《ことば》で平《ひら》たく言《い》えば、こうだよ。つまり岩絵具《いわえのぐ》は昔《むかし》から存在《そんざい》していて現在《げんざい》もある。だが新岩絵具《しんいわえのぐ》が発明《はつめい》されたのは第二次大戦以降《だいじたいせんいこう》だ。」

ふむ。

「黒猫姫《くろねこひめ》の絵《え》には、その両方《りょうほう》が使《つか》われている。ところが戦国時代《せんごくじだい》に描《えが》かれた絵《え》だったら、新岩絵《しんいわえの》具《ぐ》が使《つか》われているはずはない。ということは、あの絵《え》が描《えが》かれたのは戦国時代《せんごくじだい》ではなく、新岩絵《しんいわえの》具《ぐ》が発明《はつめい》された第二次大戦以降《だいじたいせんいこう》ってことになる。そうじゃなかったら新岩絵具《しんいわえのぐ》が使《つか》われている理《り》由《ゆう》が説明《せつめい》できないし、そうだとすれば両方《りょうほう》の絵具《えのぐ》が使《つか》われていても不思議《ふしぎ》じゃない。」

上杉君《うえすぎくん》は無言《むごん》のまま、コクコクと何度《なんど》も頷《うなず》く。

でも私《わたし》は全然《ぜんぜん》、納得《なっとく》できなかった。

だってあの絵《え》は、戦国時代《せんごくじだい》に描《えが》かれたって話《はなし》だったんだもの。

「ここに矛盾《むじゅん》が生《しょう》じる。黒猫姫《くろねこひめ》の絵《え》は、戦国時代《せんごくじだい》に描《えが》かれたものと言《い》われているのに、絵具《えのぐ》の観《かん》点《てん》から見《み》ると第《だい》二次大戦後《じたいせんご》に描《えが》かれたとしか思《おも》えない。」

そうだよ。

「この矛盾《むじゅん》を解決《かいけつ》する方法《ほうほう》は、ただ1つだけだ。」

え、解決《かいけつ》できるのっ!?

「つまり、こういう仮説《かせつ》を立《た》てること。」

それは何《なに》!?

「それは、」

そう言《い》いながら翼《たすく》は、悪戯《いたずら》っ子《こ》のような笑《え》みを浮《う》かべた。

「黒猫姫《くろねこひめ》の絵《え》は、実《じつ》は2枚《まい》あるって説《せつ》。」

ええっ!?

19　KZ《カッズ》始動《しどう》！

「1枚《まい》は、戦国時代《せんごくじだい》に描《えが》かれたオリジナル。もう1枚《まい》は、あの美術館《びじゅつかん》に展示《てんじ》されている第二次大《だいじたい》戦以降《せんいこう》に描《えが》かれた贋作《ニセモノ》。」

げっ！

「あれ、贋作《がんさく》なのかっ!?」

声《こえ》を上《あ》げた若武《わかたけ》に、翼《たすく》は軽《かる》く頷《うなず》く。

「俺《おれ》の推理《すいり》ではね。」

若武《わかたけ》は、いかにもうれしそうな表情《ひょうじょう》になった。

「話《はなし》がデカくなってきたじゃん。公《おおやけ》の美術館《びじゅつかん》がニセモノを展示《てんじ》してるってすげぇ事件《じけん》だぜ。美《み》門《かど》、おまえの推理《すいり》を聞《き》こう。話《はな》してみ。」

意気《いき》ごんだ若武《わかたけ》の前《まえ》で、翼《たすく》は甘《あま》い感《かん》じのする唇《くちびる》を静《しず》かに開《ひら》く。

「犯行《はんこう》が行《おこな》われたのは、第二次大戦後《だいじたいせんご》から現在《げんざい》までの間《あいだ》。誰《だれ》かが本物《ほんもの》の黒猫姫《くろねこひめ》を模写《もしゃ》し、岩絵具《いわえのぐ》で色《いろ》を着《つ》けた。その作業中《さぎょうちゅう》に、何《なん》らかの事情《じじょう》で、半襟《はんえり》の部分《ぶぶん》の岩絵具《いわえのぐ》が足《た》りなくなった。」

瞬間《しゅんかん》、私《わたし》の頭《あたま》の中《なか》で、あの光景《こうけい》がよみがえった。

駅《えき》で落《お》ちて割《わ》れた小瓶《こびん》と、その中《なか》から飛《と》び散《ち》った絵具《えのぐ》っ！

それは、あの黒猫姫《くろねこひめ》の半襟《はんえり》の色《いろ》と同《おな》じだったんだ。

「新《あたら》しく買《か》おうとしたものの、店《みせ》に同《おな》じ色《いろ》の岩絵具《いわえのぐ》がなかった。それでやむなく新岩絵具《しんいわえのぐ》で代用《だいよう》した。そして絵《え》を完成《かんせい》させた後《あと》、美術館《びじゅつかん》にあった本物《ほんもの》とすり替《か》えた。」

私《わたし》の中《なか》にあった2つの謎《なぞ》が、一気《いっき》に解《と》ける。

なぜ武石君《たけいしくん》が、美術部《びじゅつぶ》で使《つか》っていないという岩絵具《いわえのぐ》を持《も》っていたのか。

それは部活以外《ぶかついがい》で、個人的《こじんてき》に黒猫姫《くろねこひめ》を描《えが》いていたからだ。

どうして瓶《びん》を落《お》として壊《こわ》したことを、隠《かく》そうとしたのか。

それは、疾《やま》しいことに使《つか》っていたから知《し》られたくなかったんだ。

「はい！」

私《わたし》は手《て》を上《あ》げ、発言《はつげん》の許可《きょか》を求《もと》めた。

「今《いま》の翼《たすく》の話《はなし》を裏付《うらづ》けます。」

で、全部《ぜんぶ》を初《はじ》めから話《はな》したんだ。

でも話《はな》しながら、また別《べつ》の新《あたら》しい謎《なぞ》が生《う》まれてくるのを感《かん》じていた。

武石君《たけいしくん》は、どうして贋作《がんさく》を作《つく》って、すり替《か》えるなんてことをしたんだろう。

だってここは、自分《じぶん》のお父《とう》さんの美術館《びじゅつかん》も同然《どうぜん》なのに。

「それらを総合《そうごう》して考《かんが》えると、やったのは、どうも武石《たけいし》フィスだね。」

黒木君《くろきくん》の言葉《ことば》に、私《わたし》は同意《どうい》しながら、ちょっと笑《わら》った。

フランス語《ご》に堪能《たんのう》な黒木君《くろきくん》らしいなって思《おも》ったから。

フィスというのは、フランス語《ご》で息子《むすこ》という意味《いみ》。

昔《むかし》のヨーロッパの人《ひと》たちは、よく父親《ちちおや》と息子《むすこ》が同《おな》じ名前《なまえ》だったりする。

作曲家《さっきょくか》のヨハン・シュトラウスとか、作家《さっか》のアレクサンドル・デュマとか、画家《がか》のピーテル・

ブリューゲルとか。

それを区別《くべつ》するために、フランスでは息子《むすこ》の名前《なまえ》にフィスをつけて呼《よ》んでるんだ。

アイスランドではソン、クロアチアでは、ッチをつけるんだって。

「黒猫姫《くろねこひめ》の絵《え》はいつも展示《てんじ》されてるわけじゃないだろうし、模写《もしゃ》には時間《じかん》がかかる。人目《ひとめ》を盗《ぬす》んですり替《か》えるのも大変《たいへん》だ。だがフィスなら、それらを簡単《かんたん》にやれる。あの絵《え》は武石家《たけいしけ》から寄贈《きぞう》されたものだから、フィスが見《み》せてほしいとか、貸《か》してほしいと申《もう》し出《で》れば倉庫《そうこ》から出《だ》して渡《わた》すだろうし、それを返《かえ》す時《とき》に、借《か》りた本物《ほんもの》じゃなくて自分《じぶん》が模写《もしゃ》したニセモノを返《かえ》せば、簡単《かんたん》にすり替《か》えが成立《せいりつ》する。」

なるほど！

感心《かんしん》しながら私《わたし》がメモを取《と》っていると、上杉君《うえすぎくん》が溜《た》め息《いき》を漏《も》らした。

「奴《やつ》だっていう直接的《ちょくせつてき》な証拠《しょうこ》がねーよ、今《いま》んとこはな。」

私《わたし》は、メモを取《と》る手《て》を止《と》める。

「美術館《びじゅつかん》の橋田《はしだ》さんか、武石社長《たけいししゃちょう》に話《はな》してみたら？」

上杉君《うえすぎくん》は、信《しん》じられないといったような顔《かお》で私《わたし》を見《み》た。

「おまえ、どーゆー世界《せかい》に生《い》きてんの？」

えっと、ここの世界《せかい》だけど・・・。

「美術館側《びじゅつかんがわ》にとって、これは不都合《ふつごう》な真実《しんじつ》になるだろ。調《しら》べた結果《けっか》、贋作《がんさく》だとはっきりすれば資産価値《しさんかち》が下《さ》がるし、なぜ贋作《がんさく》に気《き》づかなかったのかと突《つ》っこまれる。武石社長《たけいししゃちょう》にしても、一番怪《いちばんあや》しいのが自分《じぶん》の息子《むすこ》なんだから、うれしいはずがない。となったら双方《そうほう》とも、これをはっきりさせない方向《ほうこう》に動《うご》くに決《き》まってるじゃないか。つまり調査《ちょうさ》はしない。俺《おれ》たちの訴《うった》えは、子供《こども》の妄想《もうそう》と片付《かたづ》ける。」

そうかぁ・・・。

「じゃ新聞社《しんぶんしゃ》に訴《うった》えたら、どう？」

忍《しのぶ》の発言《はつげん》に、若武《わかたけ》が血相《けっそう》を変《か》えて叫《さけ》んだ。

「そんなことはさせんっ！　これは我々《われわれ》ＫＺ《カッズ》が解決《かいけつ》して、テレビ局《きょく》に通報《つうほう》するんだ。今度《こんど》こそテレビのワイドショーに出《で》るっ！」

ああ、いつものパターンだぁ・・・。

「とにかく謎《なぞ》を整理《せいり》しようよ。」

翼《たすく》がそう言《い》い、私《わたし》はあわてて記録《きろく》できる体勢《たいせい》を取《と》った。

「俺《おれ》がわかんないのは、犯人《はんにん》の動機《どうき》、そして目的《もくてき》。それから本物《ほんもの》の黒猫姫《くろねこひめ》は、どこにあるのかってこと。」

うーむ、謎《なぞ》は深《ふか》まるっ！

「俺《おれ》が不思議《ふしぎ》なのは、どこでやったのかってこと。」

忍《しのぶ》が首《くび》を傾《かし》げた。

「絵《え》を模写《もしゃ》してる奴《やつ》って、美術館内《びじゅつかんない》にもよくいるし、別《べつ》に怪《あや》しまれないけどさ、その模写《もしゃ》に絵具《えのぐ》を塗《ぬ》って完成《かんせい》させる作業《さぎょう》は、美術館《びじゅつかん》じゃできない。場所《ばしょ》が必要《ひつよう》だ。どこかでやってたとしたら、見《み》かけた奴《やつ》がいるかもしんない。」

若武《わかたけ》が両手《りょうて》を上《あ》げ、落《お》ち着《つ》けといったように皆《みんな》を見回《みまわ》した。

「まず、この絵《え》が贋作《がんさく》だってことを証明《しょうめい》するのが先決《せんけつ》だ。」

トントンとノックの音《おと》が響《ひび》く。

ドアが開《ひら》き、小塚君《こづかくん》が顔《かお》を見《み》せた。

「遅《おく》れてごめんね。」

若武《わかたけ》が即《そく》、突《つ》っこむように言《い》った。

「黒猫姫《くろねこひめ》に使《つか》われている岩絵具《いわえのぐ》の分析《ぶんせき》を頼《たの》む。美術館所蔵《びじゅつかんしょぞう》のあの絵《え》が贋作《がんさく》である可能性《かのうせい》が浮上《ふじょう》したんだ。同《おな》じ岩絵具《いわえのぐ》でも、戦国時代《せんごくじだい》の物《もの》か最近《さいきん》の物《もの》か、分析《ぶんせき》すればわかるだろ。」

小塚君《こづかくん》は、困《こま》ったような顔《かお》になる。

「そりゃわかるけど・・ベリリウム10法《ほう》とか使《つか》えばね。でも時間《じかん》がかかるよ。専門家《せんもんか》が付《つ》きっきりでやっても、2週間《しゅうかん》以上《いじょう》は必要《ひつよう》じゃないかな。」

若武《わかたけ》は肩《かた》を落《お》とし、未練《みれん》がましい目付《めつ》きで小塚君《こづかくん》を見《み》た。

「もっと早《はや》くできねーの。」

そーだよ、合宿《がっしゅく》が終《お》わってしまう。

「たぶん無理《むり》だ。おまけに僕《ぼく》、それは今《いま》までやったことがない。」

ああ、ダメだ。

「贋作《がんさく》かどうかを確《たし》かめるなら、絵具《えのぐ》の分析《ぶんせき》以外《いがい》にも方法《ほうほう》があるよ。使用《しよう》されている紙《かみ》の年代《ねんだい》を調《しら》べるとか。それなら炭素年代測定法《たんそねんだいそくていほう》でできるし、時間《じかん》も放射年代測定《ほうしゃねんだいそくてい》ほどはかからない。僕《ぼく》も何度《なんど》かやったことあるから。」

若武《わかたけ》は、しかたなさそうに頷《うなず》いた。

「よし、それでいこう。七鬼《ななき》、黒猫姫《くろねこひめ》の絵《え》、貸《か》し出《だ》してくれるように交渉《こうしょう》しろよ。」

忍《しのぶ》がスマートフォンを出《だ》し、橋田《はしだ》さんに電話《でんわ》をかける。

それを見《み》ながら私《わたし》は、片手《かたて》を上《あ》げた。

「贋作《がんさく》かもしれないとなったら、事件名《じけんめい》はそれを端的《たんてき》に表《あらわ》すものに変《か》えた方《ほう》がいいと思《おも》います。」

若武《わかたけ》は即座《そくざ》に答《こた》える。

「よし、『ニセモノ黒猫姫事件《くろねこひめじけん》』だ。」

ダサさ、変《か》わらず・・・。

「あの、」

私《わたし》は再《ふたた》び、そっと手《て》を上《あ》げた。

「贋作《がんさく》・黒猫姫事件《くろねこひめじけん》で、どうでしょうか？」

若武《わかたけ》はおもしろくなさそうだったけれど、皆《みんな》が口々《くちぐち》に、

「そりゃ当然《とうぜん》、贋作《がんさく》でしょ。」

「ニセモノって表現《ひょうげん》だと、物《もの》も指《さ》すけど人《ひと》も指《さ》す。範囲《はんい》、広《ひろ》すぎ。」

「後《あと》で並《なら》べてみた時《とき》に、タイトル見《み》ただけで事件《じけん》がわかる方《ほう》がいいよ。」

と圧倒的《あっとうてき》に私《わたし》の意見《いけん》が支持《しじ》され、贋作《がんさく》・黒猫姫事件《くろねこひめじけん》に決定《けってい》した。

やった、ダサさが回避《かいひ》できてよかった！

私《わたし》は、それをノートの最初《さいしょ》の行《ぎょう》に、しっかりと書《か》き付《つ》けた。

忍《しのぶ》が電話《でんわ》を切《き》りながらこっちを見《み》る。

「貸《か》し出《だ》しはできないけど、誰《だれ》かがケースの中《なか》に入《はい》って見《み》る分《ぶん》には構《かま》わないって言《い》ってる。」

若武《わかたけ》が頷《うなず》く。

「よし小塚《こづか》、中《なか》に入《はい》って目《め》ぼしい物《もの》を採取《さいしゅ》してくるんだ。絵《え》の裏《うら》や表装《ひょうそう》の布《ぬの》も調《しら》べろよ。」

そう言《い》ってから私《わたし》を見《み》た。

「アーヤ、事件《じけん》をまとめて発表《はっぴょう》。」

私《わたし》は、大急《おおいそ》ぎでノートを引《ひ》っくり返《かえ》す。

今《いま》まで書《か》き取《と》った意見《いけん》にざっと目《め》を通《とお》し、調査《ちょうさ》しやすいようにまとめてから発表《はっぴょう》した。

「今回《こんかい》は、絵具《えのぐ》から黒猫姫贋作説《くろねこひめがんさくせつ》が浮上《ふじょう》、武石《たけいし》フィスが疑《うたが》わしいということになったものの、確《かく》たる証拠《しょうこ》はまだ出《で》てきていません。謎《なぞ》としては、その1、美術館《びじゅつかん》にある黒猫姫《くろねこひめ》は本当《ほんとう》に贋作《がんさく》なのか。これが最《もっと》も大《おお》きなものです。残《のこ》りの謎《なぞ》は、謎《なぞ》の1が確定《かくてい》したと仮定《かてい》してのもので、その2、誰《だれ》がどこで制作《せいさく》したのか。その3、その人物《じんぶつ》の動機《どうき》と目的《もくてき》。その4、本物《ほんもの》の黒猫姫《くろねこひめ》はどこにあるのか。以上《いじょう》です。」

若武《わかたけ》は頷《うなず》きながら、皆《みんな》に視線《しせん》を配《くば》る。

「まず謎《なぞ》の1は、小塚《こづか》だ。あの絵《え》を徹底的《てっていてき》に調《しら》べろ。贋作《がんさく》の証拠《しょうこ》を挙《あ》げるんだ。その結果《けっか》が出《で》ないと、謎《なぞ》の2、3、4については手《て》が付《つ》けられん。その間《あいだ》、残《のこ》りのメンバーは武石《たけいし》フィスを追《お》う。あいつは超怪《ちょうあや》しい。調《しら》べていけば、必《かなら》ず何《なに》か見《み》えてくるはずだ。チームに分《わ》かれて、それぞれ違《ちが》う角度《かくど》から武石《たけいし》フィスを調査《ちょうさ》する。最終目的《さいしゅうもくてき》は、本物《ほんもの》の黒猫姫《くろねこひめ》を見《み》つけ出《だ》すことだ。えっと美門《みかど》、おまえは秀明《しゅうめい》でもKZ《カッズ》でもないから、授業《じゅぎょう》も練習《れんしゅう》もなくて時間《じかん》たっぷりだよな。開生《かいせい》に行《い》って、武石《たけいし》フィスの所属《しょぞく》する美術部《びじゅつぶ》と寮《りょう》を調《しら》べてこい。」

え・・・学校《がっこう》が違《ちが》うから、美術部《びじゅつぶ》とか寮《りょう》には入《はい》りにくくない？

「開生《かいせい》メンバーの３人《にん》は、美門《みかど》のフォローに付《つ》け。３人《にん》で毎日《まいにち》、交代《こうたい》してやれば、練習《れんしゅう》フケてもさほど目立《めだ》たん。」

黒木君《くろきくん》が、片手《かたて》を上《あ》げた。

「俺《おれ》が１人《ひとり》でやるよ。」

上杉《うえすぎ》がチラッと視線《しせん》を流《なが》す。

「毎日《まいにち》、フケる気《き》か。」

黒木君《くろきくん》は不敵《ふてき》な笑《え》みを浮《う》かべただけで、何《なに》も言《い》わなかった。

上杉君《うえすぎくん》は、諦《あきら》めたような溜《た》め息《いき》をつく。

「ああ得意技《とくいわざ》ね。おまえさぁ、今《いま》に退部勧告《たいぶかんこく》されっぞ。」

黒木君《くろきくん》は、動揺《どうよう》する気配《けはい》もない。

「それならそれでいい。」

声《こえ》は落《お》ち着《つ》いていたけれど、その横顔《よこがお》は、どことなく哀《かな》しげだった。

うーん、どうもよくわからないな黒木君《くろきくん》って・・・。

「謎《なぞ》の1を追《お》う小塚《こづか》が第《だい》1チーム、美門《みかど》と黒木《くろき》を第《だい》2チームとする。俺《おれ》と上杉《うえすぎ》、七鬼《ななき》、アーヤは第《だい》3チーム、武石《たけいし》フィスのプライベートを探《さぐ》る。」

忍《しのぶ》が、思《おも》い出《だ》したように声《こえ》を上《あ》げた。

「俺《おれ》、あの城址公園《じょうしこうえん》を調《しら》べたい。」

眉根《まゆね》を寄《よ》せながら、公園《こうえん》のある方向《ほうこう》の窓《まど》に視線《しせん》を投《な》げる。

「かすかに妖気《ようき》が漂《ただよ》ってたんだ。」

そうだったのっ！

全然《ぜんぜん》わからなかった、早《はや》く言《い》ってよ、恐《こわ》いよっ!!

「まぁ古《ふる》い場所《ばしょ》って、たいていそうなんだけどさ、きっと何《なに》かあるよ。黒猫《くろねこ》が消《き》えたって話《はなし》も気《き》になるし。」

あ、それは私《わたし》も気《き》になってたけど。

でも妖気《ようき》は嫌《いや》だから、忍《しのぶ》1人《ひとり》で頑張《がんば》ってね。

「じゃ七鬼《ななき》は、1人《ひとり》で第《だい》4チームだ。あの公園《こうえん》を調《しら》べ、消《き》えた黒猫《くろねこ》について詳細《しょうさい》を探《さぐ》る。各《かく》チームは、これから調査《ちょうさ》を開始《かいし》し、その結果《けっか》を、夕食後《ゆうしょくご》もしくは就寝前《しゅうしんまえ》にここで報告《ほうこく》する。調査《ちょうさ》が終《お》わったら、チームごとに俺《おれ》に連絡《れんらく》しろ。その状況《じょうきょう》を見《み》て、会議《かいぎ》の時間《じかん》を決《き》める。明日《あす》からは練習《れんしゅう》も授業《じゅぎょう》も始《はじ》まるから、今日中《きょうじゅう》にできるだけ進《すす》めるんだ、いいな。以上《いじょう》。」

若武《わかたけ》は立《た》ち上《あ》がり、リーダーとしての威厳《いげん》をこめて強《つよ》く言《い》った。

「今回《こんかい》は、今《いま》までKZ《カッズ》が出会《であ》ったことのないタイプの事件《じけん》だ。だが我々《われわれ》KZ《カッズ》に不可能《ふかのう》はない。各《かく》自《じ》、奮励努力《ふんれいどりょく》して、必《かなら》ず事件《じけん》を解決《かいけつ》する。いいなっ！」

きれいなその目《め》が、強《つよ》い使命感《しめいかん》を浮《う》かべてきらめく。

その様子《ようす》は、ちょっと感動《かんどう》してしまうくらいカッコよかった。

「じゃ、調査《ちょうさ》にかかれ。」

翼《たすく》と黒木君《くろきくん》が話《はな》しながら出《で》ていき、前後《ぜんご》して小塚君《こづかくん》と忍《しのぶ》も席《せき》を立《た》つ。

後《あと》に残《のこ》ったのは、第《だい》3チームの若武《わかたけ》と上杉君《うえすぎくん》、そして私《わたし》。

「さて、どっから取《と》っかかるよ。」

上杉君《うえすぎくん》に聞《き》かれ、若武《わかたけ》はちょっと考《かんが》えていたけれど、やがて思《おも》い出《だ》したように顔《かお》を輝《かがや》かせた。

「さっき武石社長《たけいししゃちょう》から、会社《かいしゃ》に遊《あそ》びに来《こ》いって言《い》われたじゃん。」

ああ、そうだったね。

「だから、まず会社《かいしゃ》に行《い》くんだ。その後《ご》、なんとかして自宅《じたく》に招待《しょうたい》される。自宅《じたく》にはフィスがいるだろ。お友《とも》だちになって探《さぐ》ろうぜ。名付《なづ》けて、お友《とも》だち作戦《さくせん》だ。」

よしっ！

でも作戦名《さくせんめい》は、かなり残念《ざんねん》・・・。

20　事件《じけん》の卵《たまご》

「上杉《うえすぎ》、住宅地図《じゅうたくちず》、引《ひ》っぱれ。」

若武《わかたけ》に言《い》われて、上杉君《うえすぎくん》がスマートフォンに住宅地図《じゅうたくちず》をダウンロードする。

「株式会社《かぶしきがいしゃ》セミコン、ここだな。」

地図《ちず》に沿《そ》って、私《わたし》たちは城址公園《じょうしこうえん》を左手《ひだりて》に見《み》ながらその下《した》の道《みち》を通《とお》り過《す》ぎた。

私《わたし》は目《め》を上《あ》げ、城址公園《じょうしこうえん》の茂《しげ》みの向《む》こうに神社《じんじゃ》を捜《さが》す。

今頃《いまごろ》は、忍《しのぶ》が調査《ちょうさ》にかかっているはずだった。

「忍《しのぶ》って、どうやって妖気《ようき》の調査《ちょうさ》するのかな。」

そう言《い》うと、上杉君《うえすぎくん》が、ちょっと息《いき》をついた。

「妖気《ようき》ってさぁ・・・それ自体《じたい》、俺《おれ》にはまるっきし理解《りかい》できん。」

あ、私《わたし》は、なんとなくわかるよ。

何《なに》もないのにヒヤッとしたり、ゾクッとすることってあるもの。

それが本当《ほんとう》に妖気《ようき》かどうかは、わからないけどね。

「世《よ》の中《なか》には、理解《りかい》できんことがたくさんある。」

若武《わかたけ》が、いつになくシミジミとつぶやいた。

「七鬼《ななき》の妖気《ようき》もちろんだけど、小塚《こづか》の小動物愛《しょうどうぶつあい》だって、俺《おれ》には理解不能《りかいふのう》だ。この間《あいだ》あいつんちに行《い》ったら、部屋《へや》の床《ゆか》が微妙《びみょう》に動《うご》いてんだよ。なんだっ!? と思《おも》ってよく見《み》たら、蛞蝓《なめくじ》が床《ゆか》を覆《おお》い尽《つ》くしてた。」

ひっ！

「観察《かんさつ》のために必要《ひつよう》だったから、２５００匹《ぴき》ほど繁殖《はんしょく》させたって。」

ひぇ！

「哺乳類《ほにゅうるい》とは脳神経《のうしんけい》の仕組《しく》みが違《ちが》っててておもしろい、蛞蝓《なめくじ》の脳《のう》は損傷《そんしょう》しても回復《かいふく》するし、触角《しょっかく》は切《き》っても切《き》っても元《もと》に戻《もど》る、パンパンに太《ふと》らせるとそれに応《おう》じて神経《しんけい》も大《おお》きくなっていくんだって。」

ひぇぇ・・・。

「かわいいだろって言《い》うから、いちお頷《うなず》いといたけど、あんなもの、どこがかわいいんだ。かわいくなんかねーよっ！」

若武《わかたけ》は今《いま》さらながら怒《いか》りを爆発《ばくはつ》させ、その目《め》を上杉君《うえすぎくん》に向《む》けた。

「おまえの数学脳《すうがくのう》だって、俺《おれ》にはてんでわからん。なんでイチイチ数学《すうがく》なんだ。」

上杉君《うえすぎくん》は、長《なが》い睫《まつげ》をパチパチと動《うご》かす。

「さぁ、自然《しぜん》にそうなる。」

それは、それですごいかも。

「それから黒木《くろき》、あいつに関《かん》してはもう存在自体《そんざいじたい》が不可解《ふかかい》だ。」

へぇ男子《だんし》から見《み》てもそうなんだ。

ほんとに黒木君《くろきくん》は、謎《なぞ》だよね。

「そして一番《いちばん》わからんのは、アーヤ、おまえだ。」

え・・・いつの間《ま》にか、こっち?

「俺《おれ》みたいにカッコいい奴《やつ》がすぐそばにいるのに、なんでいまだにホレないのか、まったく理解《りかい》できん。」

あ、そう。

そういうのって、うるさいから。

私《わたし》は、ツンと横《よこ》を向《む》いた。

「それらを超《こ》える謎《なぞ》は、」

上杉君《うえすぎくん》の皮肉《ひにく》な声《こえ》が聞《き》こえる。

「やっぱ若武先生《わかたけせんせい》だな。いつもいつもどうして目立《めだ》ちたがるのか、なぜトップに立《た》たないと満足《まんぞく》できんのか、解《げ》せん。」

それで私《わたし》は思《おも》わず言《い》った。

「その通《とお》りっ！」

言《い》ってしまってから、あ、マズかった！　と思《おも》った。

今《いま》ここには、３人《にん》しかいない。

そういう状況《じょうきょう》で、２人《ふたり》が意見《いけん》を同《おな》じにして、１人《ひとり》を批判《ひはん》するような雰囲気《ふんいき》を作《つく》ってしまうのはいいことじゃないもの。

若武《わかたけ》はきっと、自分《じぶん》が孤立《こりつ》していると感《かん》じただろう。

心配《しんぱい》しながら様子《ようす》をうかがっていると、若武《わかたけ》は眉《まゆ》を上《あ》げた。

「おまえら、思考力《しこうりょく》ゼロ。」

は？

「俺《おれ》が目立《めだ》ったり、トップに立《た》ったりするのは、俺《おれ》の実力《じつりょく》からすれば当《あ》たり前《まえ》だ。それがそうならない場合《ばあい》、自分《じぶん》の当然《とうぜん》の権利《けんり》を求《もと》めて、俺《おれ》はそれを要求《ようきゅう》すんだ、わかったか。」

はぁ、わかったような、わからないような。

私《わたし》が戸惑《とまど》っていると、上杉君《うえすぎくん》が半《なか》ば感嘆《かんたん》、半《なか》ばあきれて言《い》った。

「さすが詐欺師《さぎし》。人《ひと》を煙《けむ》に巻《ま》く力《ちから》、グンバツ。」

ああこれって、煙《けむ》に巻《ま》かれてるってことなんだ。

「あ！」

若武《わかたけ》が声《こえ》を上《あ》げ、前方《ぜんぽう》を指差《ゆびさ》す。

「なんだろ、あれ。」

どうせ詐欺《さぎ》の続《つづ》きだよね。

そう思《おも》って無視《むし》していると、若武《わかたけ》が肘《ひじ》で突《つつ》いた。

「見《み》てみろよ、こっち来《く》るぞ。」

それで、つい顔《かお》を上《あ》げたんだ。

すると、道《みち》の向《む》こうから、派手《はで》なバスがこちらに向《む》かってくるところだった。

あっという間《ま》に近《ちか》づいてきて、すれ違《ちが》う。

車内《しゃない》には、男性《だんせい》や女性《じょせい》、子供《こども》、年寄《としよ》りの顔《かお》も見《み》え、全部《ぜんぶ》で40〜50人《にん》が乗《の》っていた。

「日本人《にほんじん》じゃないな。」

上杉君《うえすぎくん》が、通《とお》り過《す》ぎたバスを振《ふ》り返《かえ》る。

「観光客《かんこうきゃく》みたいだけど、こんな田舎《いなか》で何《なん》の観光《かんこう》だ？」

若武《わかたけ》がスマートフォンを出《だ》し、何《なに》やら調《しら》べていて、ほっと息《いき》をついた。

「こいつだ。」

差《さ》し出《だ》された画面《がめん》に映《うつ》っていたのは、「格安《かくやす》クルーズ」の文字《もじ》と、房総半島《ぼうそうはんとう》の地図《ちず》。この近《ちか》くの港《みなと》と成田山《なりたさん》、それにディズニーランドが線《せん》で結《むす》ばれている。

「アジア各地《かくち》から船《ふね》でやってきて、港《みなと》でバスに乗《の》りこんで観光地《かんこうち》を回《まわ》るんだ。深夜《しんや》に船《ふね》に帰《かえ》って寝《ね》て、また明《あ》くる日《ひ》に別《べつ》の観光地《かんこうち》に行《い》く。」

ああここは、港《みなと》から観光地《かんこうち》に向《む》かう時《とき》の通過地点《つうかちてん》なんだね。

「格安《かくやす》クルーズって、今《いま》、社会問題《しゃかいもんだい》になってるヤツだろ。」

上杉君《うえすぎくん》が眉《まゆ》をひそめる。

「アジア各地《かくち》から日本《にっぽん》までの船賃《ふなちん》も入《はい》って、たいてい1泊《ぱく》1万円以下《まんえんいか》だ。超安《ちょうやす》い。もちろんそれじゃ旅行会社《りょこうがいしゃ》は儲《もう》けが出《で》ない。それでクルーズ参加者《さんかしゃ》を免税店《めんぜいてん》に連《つ》れこんで、異常《いじょう》に高《たか》い土産物《みやげもの》を買《か》わせるんだ。1個《こ》3、4万円《まんえん》もするような健康食品《けんこうしょくひん》とかサプリ、化粧品《けしょうひん》なんか。そしてその店《みせ》から、キックバックを取《と》る。」

はて、キックバックとは？

「キックバックってのは、謝礼金《しゃれいきん》のこと。」

上杉君《うえすぎくん》、私《わたし》の空気《くうき》、読《よ》んだね・・・。

「店《みせ》の売《う》り上《あ》げの3割《わり》から4割《わり》が、キックバックとして旅行業者《りょこうぎょうしゃ》に支払《しはら》われるらしい。だから店《みせ》では、売《う》る品物《しなもの》にそれを見込《みこ》んだ価格《かかく》をつけてるんだ。」

つまり本当《ほんとう》の価値《かち》より3、4割高《わりたか》くしてるってことだよね、許《ゆる》せん。

「1個《こ》3、4万《まん》で、3、4割《わり》のキックバックなら、」

若武《わかたけ》がその目《め》を空中《くうちゅう》にすえ、何《なに》やら考《かんが》えていたと思《おも》ったら、やがて興奮《こうふん》した声《こえ》を上《あ》げた。

「1個《こ》に付《つ》き9000円《えん》から1万《まん》6000円《えん》だ。バスに40人乗《にんの》っていて、その半数《はんすう》が買《か》ったとしたら、1つのバスで18万《まん》から32万《まん》の儲《もう》けになるじゃん。ボロすぎる。」

そう言《い》ってから唸《うな》るようにつぶやいた。

「俺《おれ》も、格安《かくやす》クルーズやろうかな。」

バカっ！

私《わたし》は、シッカと若武《わかたけ》をにらんだ。

「客《きゃく》は、付《つ》いている値段《ねだん》だけの価値《かち》がないものを買《か》わされるんだよ。そんな健康食品《けんこうしょくひん》やサプリや化粧品《けしょうひん》には、表示《ひょうじ》されてる通《とお》りの効能《こうのう》がないかもしれないじゃない。そんな物《もの》を売《う》ったら、日本《にっぽん》の恥《はじ》だって考《かんが》えないの？」

上杉君《うえすぎくん》が溜《た》め息《いき》をつく。

「そこは、抜《ぬ》け道《みち》を作《つく》ってあるさ。効能《こうのう》を謳《うた》いながら、その下《した》に小《ちい》さな字《じ》で、当社《とうしゃ》の実験《じっけん》による数字《すうじ》とか、誰《だれ》にでも同《おな》じ効果《こうか》があるとは限《かぎ》りませんとか書《か》いてあるんだ。あるいは美容健康食品《びようけんこうしょくひん》とだけ表示《ひょうじ》されていて、口《くち》で、万病《まんびょう》に効《き》くとか、滋養強壮《じようきょうそう》疑《うたが》いなしとか説明《せつめい》する。口頭《こうとう》での説明《せつめい》は証拠《しょうこ》に残《のこ》らないから、後《あと》でどうとでも言《い》い逃《のが》れられるだろ。」

はぁ・・・安心《あんしん》して旅行《りょこう》したり買《か》い物《もの》したりできないと、日本《にっぽん》のイメージ悪《わる》くなるよね、心配《しんぱい》。

「すべての商売《しょうばい》の目的《もくてき》は、利益《りえき》を上《あ》げることだ。商売《しょうばい》って、そのためにやるんだよ。夢《ゆめ》を売《う》ろうとするのも同《おな》じ。夢《ゆめ》を売《う》ることで利益《りえき》を上《あ》げられるからだ。」

上杉君《うえすぎくん》は、冷静《れいせい》で現実的《げんじつてき》でシビア。

「商業活動《しょうぎょうかつどう》にストップをかけられるのは、俺《おれ》たち消費者《しょうひしゃ》だけ。俺《おれ》たちが賢《かしこ》い判断《はんだん》をして、安《やす》さにつられて買《か》うのをやめれば、売《う》れなくなるから商売《しょうばい》が成《な》り立《た》たず、そういう仕事《しごと》をしている会社《かいしゃ》は潰《つぶ》れていく。格安《かくやす》クルーズもそうだ。誰《だれ》も参加《さんか》しなければ、なくなっていく。船賃《ふなちん》も入《はい》って1

泊《ぱく》1万円《まんえん》以下《いか》じゃ、安全《あんぜん》で快適《かいてき》な日本観光《にっぽんかんこう》なんてできないと考《かんが》えるべきだ。安全《あんぜん》と快適《かいてき》さは、ただじゃない。それに対《たい》して正当《せいとう》な代金《だいきん》を支払《しはら》うべきだろ。それをしたくないんだったら自業自得《じごうじとく》だ。危険《きけん》と不快《ふかい》さを覚悟《かくご》するしかねーよ。」

珍《めずら》しく憤慨《ふんがい》しながら上杉君《うえすぎくん》は、キッパリ言《い》い切《き》る。

「俺《おれ》は、正当《せいとう》な代価《だいか》も負担《ふたん》せず、うまくやって得《とく》をしようって奴《やつ》が大《だい》っ嫌《きら》い。そういう精神《せいしん》は醜《みにく》いと思《おも》う。」

私《わたし》は考《かんが》えこみ、若武《わかたけ》はつまらなそうに欠伸《あくび》をしながら黙《だま》りこみ、私《わたし》たちは沈黙《ちんもく》したままで歩《ある》いた。

「お、ここだ。」

若武《わかたけ》が足《あし》を止《と》める。

「ほら、株式会社《かぶしきがいしゃ》セミコンって書《か》いてある。」

道路《どうろ》に面《めん》して作《つく》られた煉瓦《れんが》の門《もん》に社名《しゃめい》のプレートが埋《う》めこまれていて、広《ひろ》い道《みち》が敷地内《しきちない》へと続《つづ》いていた。

脇《わき》には庭《にわ》と池《いけ》が作《つく》られ、後方《こうほう》に建物《たてもの》がいく棟《むね》か建《た》っている。

目《め》を上《あ》げれば、それらの後《うし》ろに、さっき美術館《びじゅつかん》の前《まえ》から見《み》えていた鉄塔《てっとう》が聳《そび》えていた。

「あの、すみません。」

若武《わかたけ》が、門《もん》の脇《わき》にある守衛室《しゅえいしつ》の小窓《こまど》をのぞきこむ。

「社長《しゃちょう》の武石《たけいし》さんに、会社《かいしゃ》に遊《あそ》びに来《こ》いと言《い》われたんですが。僕《ぼく》は若武《わかたけ》と言《い》います。残《のこ》りは上杉《うえすぎ》と立花《たちばな》です。」

私《わたし》の隣《となり》で、上杉君《うえすぎくん》が、ケッと言《い》った。

「俺《おれ》って、残《のこ》りかよ。」

まぁまぁ。

「ちょっと待《ま》ってね。」

中《なか》にいた制服《せいふく》の警備員《けいびいん》さんが立《た》ち上《あ》がり、どこかに電話《でんわ》をかけてから、小窓《こまど》から3枚《まい》のＩＤ《アイディー》カードを差《さ》し出《だ》した。

長《なが》いストラップが付《つ》いていて、首《くび》にかけられるようになっている。

「社長室《しゃちょうしつ》は、あっちの煉瓦色《れんがいろ》の建物《たてもの》の3階《がい》。出入《でい》り口《ぐち》で、これをかざしてね。」

若武《わかたけ》はお礼《れい》を言《い》い、建物《たてもの》に向《む》かって歩《ある》き出《だ》しながらそれを私《わたし》たちに配《くば》った。

「俺《おれ》たち、社長室《しゃちょうしつ》に入《はい》れるんだぜ。」

まるで自分《じぶん》の手柄《てがら》みたいに得意《とくい》げな顔《かお》をしたので、上杉君《うえすぎくん》がまたも、ケッと言《い》った。

そのまま顔《かお》を背《そむ》け、スマートフォンを出《だ》して検索《けんさく》を始《はじ》める。

「何《なに》、調《しら》べてるの？」

私《わたし》が聞《き》くと、上杉君《うえすぎくん》は、画面《がめん》に見入《みい》ったまま口《くち》を開《ひら》いた。

「ここって資本金《しほんきん》、どのくらいなのかって思《おも》って。」

先《さき》に立《た》っていた若武《わかたけ》がすぐ反応《はんのう》し、戻《もど》ってきて上杉君《うえすぎくん》の見《み》ていた画面《がめん》をのぞきこむ。

「おお、結構《けっこう》デカいじゃん。」

ああ男子《だんし》は、お金《かね》と経済《けいざい》の話《はなし》がとっても好《す》き。

あまり興味《きょうみ》が持《も》てなかった私《わたし》は、サッサと煉瓦《れんが》の建物《たてもの》に向《む》かい、カードをかざしてその玄関《げんかん》を入《はい》った。

壁《かべ》に表示《ひょうじ》されている館内図《かんないず》を見《み》て、エレベーターで行《い》こうか階段《かいだん》を上《のぼ》ろうかと考《かんが》えていたその時《とき》だった。

「今《いま》はダメだって言《い》ってるだろっ！」

怒鳴《どな》り声《ごえ》があたりに響《ひび》き渡《わた》り、私《わたし》はびっくり。

「しかし社長《しゃちょう》っ！」

「とにかく今《いま》は、ダメなんだ。」

なんか・・モメてる。

私《わたし》は息《いき》を呑《の》んだ。

「社長《しゃちょう》、聞《き》いてください。我々《われわれ》、電力会社《でんりょくがいしゃ》としては、この状態《じょうたい》をこのまま放置《ほうち》することはできないんです。」

声《こえ》は、廊下《ろうか》の途中《とちゅう》から聞《き》こえてくる。

私《わたし》はその方向《ほうこう》に、そっと近寄《ちかよ》った。

「1日《いちにち》でも早《はや》く何《なん》とかしなければなりません。どうか、ご協力《きょうりょく》ください。」

特別会議室《とくべつかいぎしつ》と書《か》かれた部屋《へや》の前《まえ》で立《た》ち止《ど》まり、ドアの間《あいだ》から漏《も》れてくる声《こえ》に耳《みみ》を澄《す》ませる。

「もちろん当方《とうほう》の責任《せきにん》です。これまで放置《ほうち》したことも重《おも》く受《う》け止《と》めています。前任《ぜんにん》の役員《やくいん》の命令《めいれい》だったとは言《い》え、誠《まこと》に申《もう》し訳《わけ》ないと思《おも》っております。それを改《あらた》めるためにも、社長《しゃちょう》のご協力《きょうりょく》が必要《ひつよう》なんです。」

わずかな物音《ものおと》がし、部屋《へや》の中《なか》で誰《だれ》かがドアに向《む》かって歩《ある》いてくる気配《けはい》がした。

私《わたし》はあわてて辺《あた》りを見回《みまわ》し、隣《となり》の部屋《へや》との間《あいだ》の壁《かべ》の窪《くぼ》みに身《み》を潜《ひそ》める。

「いくら言《い》われても、私《わたし》の答《こた》えは同《おな》じだ。今《いま》、工場《こうじょう》の機械《きかい》を止《と》めることはできない。あと半年《はんとし》待《ま》ってくれ。」

「それじゃ手遅《ておく》れになる危険《きけん》があります。機械《きかい》は止《と》めていただかなくても作業《さぎょう》はできます。社《しゃ》長《ちょう》、どうか、」

「とにかく今《いま》はダメだ。」

ドアが開《ひら》き、そこから武石社長《たけいししゃちょう》が姿《すがた》を見《み》せた。

さっき美術館《びじゅつかん》で会《あ》った時《とき》とはまるで別人《べつじん》のようで、険《けわ》しく暗《くら》い顔《かお》をしている。

それを追《お》って作業服《さぎょうふく》を着《き》た2人《ふたり》の男性《だんせい》が出《で》てきた。

「社長《しゃちょう》、お願《ねが》いします。」

「どうか、ご協力《きょうりょく》を。」

武石社長《たけいししゃちょう》は、立《た》ち止《ど》まりも振《ふ》り返《かえ》りもせず階段《かいだん》を上《のぼ》っていく。

残《のこ》された2人《ふたり》は、困《こま》ったように立《た》ちつくしていたけれど、やがてしかたなさそうに玄関《げんかん》に向《む》かった。

入《はい》ってくる若武《わかたけ》や上杉君《うえすぎくん》と、すれ違《ちが》って外《そと》に出《で》ていく。

「アーヤ、どうした？」

若武《わかたけ》に聞《き》かれ、私《わたし》は今聞《いまき》いたことを整理《せいり》し、漏《も》れがないように気《き》を付《つ》けながら話《はな》した。

「電力会社《でんりょくがいしゃ》の人《ひと》と、武石社長《たけいししゃちょう》がモメてたの。どうも電力会社《でんりょくがいしゃ》が、何《なに》かミスをしていたみたい。前《まえ》の役員《やくいん》の命令《めいれい》で、それを今《いま》まで放置《ほうち》していたらしいよ。」

若武《わかたけ》は、辺《あた》りを見回《みまわ》す。

「これだけ大《おお》きな会社《かいしゃ》で工場《こうじょう》もあるとなると、配電関係《はいでんかんけい》も複雑《ふくざつ》で、使《つか》ってる電気《でんき》もハンパないだろうから、どっかでミスるってこともあるだろうな。」

私《わたし》は、さっき聞《き》いた話《はなし》をもう一度《いちど》頭《あたま》の中《なか》に思《おも》い浮《う》かべ、問題《もんだい》がどこにあるのかをはっきりさせるためにその要素《ようそ》を並《なら》べ直《なお》した。

「電力会社《でんりょくがいしゃ》の方《ほう》は、早《はや》く直《なお》さないと手遅《ておく》れになるって言《い》ってるんだけど、武石社長《たけいししゃちょう》は、工場《こうじょう》の機械《きかい》を止《と》められないから半年待《はんとしま》ってくれって答《こた》えてる。でも電力会社側《でんりょくがいしゃがわ》は、機械《きかい》を止《と》めなくても作業《さぎょう》できるって言《い》ってて、両者《りょうしゃ》は食《く》い違《ちが》ったままなんだ。」

上杉君《うえすぎくん》が、冷《ひ》ややかなその目《め》に鋭《するど》い光《ひかり》を浮《う》かべる。

「それ、キナ臭《くさ》くね？」

キナ臭《くさ》いっていうのは、こげる臭《にお》いがするってこと。

そこから転《てん》じて、今《いま》にも何《なに》かが起《お》こりそうな危険《きけん》な感《かん》じがするって時《とき》に使《つか》うんだ。

同《おな》じような言葉《ことば》に、抹香臭《まっこうくさ》いってのがあって、こちらは仏壇《ぶつだん》に焚《た》くお香《こう》の匂《にお》いがするってことで、お説教《せっきょう》じみているという意味《いみ》。

あと、乳臭《ちちくさ》いってのもあるね。

これは乳《ちち》の匂《にお》いがする、つまり幼稚《ようち》だとか子供《こども》っぽいって意味《いみ》なんだ。

「このまま手遅《ておく》れになれば、なんらかの異常事態《いじょうじたい》が発生《はっせい》するって話《はなし》だろ。」

若武《わかたけ》の顔《かお》が輝《かがや》く。

「おお、これは事件《じけん》の卵《たまご》だっ！」

相変《あいか》わらず、変《へん》なネーミング。

「この会社《かいしゃ》もしくはこの地域《ちいき》で、過去《かこ》に電力会社《でんりょくがいしゃ》が不祥事《ふしょうじ》を起《お》こしたって話《はなし》、報道《ほうどう》されてたか？」

若武《わかたけ》に聞《き》かれて、上杉君《うえすぎくん》が検索《けんさく》した。

「特《とく》に、出《で》てないな。」

若武《わかたけ》は、唸《うな》るようにつぶやく。

「じゃ電力会社《でんりょくがいしゃ》のミスは、まだ表沙汰《おもてざた》になってないんだ。」

上杉君《うえすぎくん》が、薄《うす》いその唇《くちびる》を歪《ゆが》めた。

「隠蔽《いんぺい》してたに決《き》まってんじゃん。電力会社《でんりょくがいしゃ》としては、それがバレないうちに直《なお》してしまって、なかったことにしたいんだ。だが武石社長《たけいししゃちょう》が、工場《こうじょう》の機械《きかい》を止《と》められないという理由《りゆう》で拒《こば》んでいる。さぁ正義《せいぎ》は、どっち？」

う・・・微妙《びみょう》。

「だけどさ、」

若武《わかたけ》は不思議《ふしぎ》そうだった。

「機械《きかい》を止《と》めなくてもミスは直《なお》せるんだろ。だったら武石社長《たけいししゃちょう》には、拒《こば》む理由《りゆう》がないじゃないか。さっさと直《なお》させればいい。」

上杉君《うえすぎくん》が、皮肉《ひにく》な笑《え》みを浮《う》かべる。

「電力会社《でんりょくがいしゃ》は、自社《じしゃ》のミスを隠《かく》し通《とお》すのに必死《ひっし》だ。それで武石社長《たけいししゃちょう》は、彼《かれ》らの話《はなし》を信《しん》じられないんだろ。実際《じっさい》取《と》りかかったら、やっぱり機械《きかい》を止《と》めてもらわないとできないって言《い》い出《だ》すかもしれないし。」

ありそう。

「だけど俺的《おれてき》には、」

そう言《い》いながら腕《うで》を組《く》み、天井《てんじょう》を見上《みあ》げる。

「半年待《はんとしま》ってくれってとこに引《ひ》っかかるな。なんだろ。半年経《はんとした》つと、事態《じたい》が変《か》わるのか？　何《なに》がどう変《か》わるんだ。」

さぁ・・・。

「いずれにせよ、」

若武《わかたけ》がキッパリと言《い》った。

「今後《こんご》、何《なに》かが起《お》こる予感《よかん》がする、いや、起《お》こる予感《よかん》しかしない。」

若武的《わかたけてき》には、起《お》こってほしいんだよね。

事件《じけん》、大好《だいす》きだからな。

「遊《あそ》びに来《き》たふりをして工場内《こうじょうない》を探《さぐ》ろう。機械《きかい》の話《はなし》が出《で》てきてるのは、ミスの場所《ばしょ》が工場内《こうじょうない》にあるってことだ。」

上杉君《うえすぎくん》が眉《まゆ》を上《あ》げる。

「そうとは限《かぎ》らん。ミスを直《なお》す作業《さぎょう》では停電《ていでん》は生《しょう》じないから、機械《きかい》を止《と》めなくていいって言《い》ってるだけかもしれんし。」

若武《わかたけ》は、その目《め》にムッとしたような光《ひかり》を瞬《また》かせた。

「うるさい。リーダーとしての俺《おれ》の、長年《ながねん》の勘《かん》がそう告《つ》げてるんだ。」

あんま長年《ながねん》じゃないよ、探偵《たんてい》チームＫＺ《カッズ》ができたのは、私《わたし》たちが小《しょう》6の時《とき》だもの。

「さ、社長《しゃちょう》に会《あ》いに行《い》くぞ。」

若武《わかたけ》は、サッサと階段《かいだん》を上《のぼ》っていく。

上杉君《うえすぎくん》が、2段飛《だんと》ばしで追《お》いかけた。

「おい、横道《よこみち》に逸《そ》れるなよ。社長《しゃちょう》に会《あ》うのは、贋作《がんさく》・黒猫姫事件《くろねこひめじけん》を探《さぐ》るためだ。忘《わす》れんな。」

「もちろん。だが、せっかく見《み》つけた事件《じけん》の卵《たまご》だ、無駄《むだ》にはせん。KZ《カッズ》は、あらゆる悪《あく》を見逃《みのが》さない正義《せいぎ》のチームなんだ。」

私《わたし》も、2人《ふたり》に続《つづ》こうとして階段《かいだん》に足《あし》をかけた。

あとで事件《じけん》ノートに、このことを書《か》いておかなくっちゃ。

そう思《おも》いながら何気《なにげ》なく出入《でい》り口《ぐち》のガラス扉《とびら》に目《め》をやって、愕然《がくぜん》っ！

一気《いっき》に、体《からだ》が固《かた》まってしまった。

だってガラス戸《ど》の向《む》こうに広《ひろ》がる会社《かいしゃ》の前庭《ぜんてい》を、なんとっ、武石《たけいし》フィスが歩《ある》いていたんだ。

わっ、重要人物《じゅうようじんぶつ》っ！

21 生《う》まれて初《はじ》めての脅迫《きょうはく》

私《わたし》は、すぐ若武《わかたけ》たちに知《し》らせようと、上《うえ》を仰《あお》いだ。

ところが、もう3階《がい》に着《つ》いて廊下《ろうか》に入《はい》ってしまったらしく、姿《すがた》がない。

大声《おおごえ》で武石《たけいし》フィスだと叫《さけ》べば聞《き》こえるだろうけれど、武石社長《たけいししゃちょう》や会社《かいしゃ》の人《ひと》にも聞《き》かれて後々《あとあと》が面倒《めんどう》だし、かといって武石《たけいし》フィスの名前《なまえ》を出《だ》さなければ、若武《わかたけ》たちは緊急性《きんきゅうせい》を感《かん》じず、無視《むし》するか、早《はや》く上《あ》がってこいと言《い》うだけだろう。

そうしている間《あいだ》にも、フィスはどんどん歩《ある》いていく。

このままでは、見失《みうしな》うっ！

えーい、やむを得《え》んっ!!

私《わたし》は思《おも》い切《き》って1人《ひとり》で階段《かいだん》を降《お》り、外《そと》に飛《と》び出《だ》した。

でもフィスの姿《すがた》は、もうどこにもなかったんだ。

素早《すばや》いっ！

私《わたし》は必死《ひっし》で広《ひろ》い会社《かいしゃ》の敷地内《しきちない》を駆《か》けまわり、やがて並木《なみき》の向《む》こうを歩《ある》いている武石《たけいし》フィスを見《み》つけた。

並木《なみき》があったのは敷地《しきち》の端《はし》で、道路沿《どうろぞ》いに作《つく》られたフェンスとの間《あいだ》が小道《こみち》のようになっている。

フィスは、そこを歩《ある》いていた。

目《め》を上《あ》げれば、その突《つ》き当《あ》たりに大《おお》きな和風《わふう》の屋敷《やしき》が見《み》える。

あ、もしかして、あれがフィスの家《いえ》？

よし、このまま後《あと》をつけよう！

私《わたし》は緊張《きんちょう》しながら、5、6メートルほどの間隔《かんかく》を空《あ》けて尾行《びこう》した。

そうしながら、ハッと気《き》づいたんだ。

もし今《いま》、フィスが振《ふ》り返《かえ》ったら、私《わたし》の姿《すがた》は丸見《まるみ》えっ！

こんな所《ところ》じゃ、たまたま出会《であ》ったなんて言《い》い訳《わけ》は通《とお》りっこないし、こりゃマズい、並木《なみき》の幹《みき》に隠《かく》れながら進《すす》もう。

そう思《おも》って並木《なみき》の間《あいだ》に入《はい》りこんだ直後《ちょくご》っ！

「遅《おせ》ぇーんだよっ！」

声《こえ》と共《とも》に足音《あしおと》がし、後《うし》ろから二《に》の腕《うで》を掴《つか》み上《あ》げられた。

振《ふ》り返《かえ》れば、目《め》の前《まえ》にはフィスの醤油顔《しょうゆがお》っ！

「おまえ、ここ、どーやって調《しら》べたんだ。」

にらまれながら私《わたし》は後退《あとずさ》りし、木《き》の幹《みき》に背中《せなか》をぶつけた。

「何考《なにかんが》えてんだよ、えっ⁉」

フィスは、私《わたし》に圧《お》し掛《か》かるように顔《かお》を近《ちか》づける。

「こんなとこまでつけてきて、いったいどうしようってんだっ⁉」

恐《こわ》っ、恐《こわ》いよっ！

息《いき》を呑《の》みながら私《わたし》はフィスを見上《みあ》げ、その瞳《ひとみ》が落《お》ち着《つ》きなく震《ふる》えていることに気《き》づいた。

私《わたし》よりフィスの方《ほう》が、恐《こわ》がっているように見《み》えたんだ。

でも・・・なんでだろ。

不可解《ふかかい》に思《おも》いながら私《わたし》は、素早《すばや》くこの事件全体《じけんぜんたい》を反芻《はんすう》した。

そして気《き》が付《つ》いたんだ。

私《わたし》は、フィスの秘密《ひみつ》を知《し》っている。

フィスは、それを暴露《ばくろ》されるのを恐《おそ》れているんだ。

「何《なに》、企《たくら》んでんだ、吐《は》けっ！」

私《わたし》は、落《お》ち着《つ》け、と自分《じぶん》に言《い》い聞《き》かせた。

とにかく、この場《ば》を切《き》り抜《ぬ》けることだ。

「何《なに》も企《たくら》んでません。」

フィスが恐《おそ》れているのなら、それを利用《りよう》して、逆《ぎゃく》に脅《おど》してしまうのはどうだろう。

バラすぞって言《い》えば、フィスはおそらく言《い》うことを聞《き》くはずだ。

で、犯行《はんこう》の動機《どうき》や目的《もくてき》を話《はな》させる。

人《ひと》を脅《おど》すのは生《う》まれて初《はじ》めてだけど、一生懸命《いっしょうけんめい》やれば、きっとできるはず。

自分《じぶん》を励《はげ》ましながら私《わたし》が脅《おど》しにかかろうとした時《とき》、一瞬早《いっしゅんはや》くフィスが口《くち》を開《ひら》いた。

「だったら、なんでこんなとこにいるんだ。」

私《わたし》は、美術館《びじゅつかん》の特別展示《とくべつてんじ》に出品《しゅっぴん》する友《とも》だちと一緒《いっしょ》に来《き》たこと、たまたま武石社長《たけいししゃちょう》と会《あ》って会社《かいしゃ》に遊《あそ》びに来《き》てもいいと言《い》われたことを話《はな》した。

「ほんとか？」

フィスは、少《すこ》し落《お》ち着《つ》いたようだった。

「じゃおまえ、」

そう言《い》いながら手《て》を伸《の》ばし、私《わたし》の襟元《えりもと》を摑《つか》み上《あ》げる。

「俺《おれ》が駅《えき》で瓶《びん》割《わ》ったこと、誰《だれ》にもしゃべるなよ。しゃべったら殺《ころ》す。」

えっと、脅《おど》すつもりだったんだけど、なんか脅《おど》されてるかも。

「黙《だま》ってろ。そうすりゃ、俺《おれ》もおとなしくしててやる。いいか、誰《だれ》にもしゃべるんじゃないぞ。わかったか！」

私《わたし》が頷《うなず》くと、フィスはようやく手《て》を離《はな》し、忌々《いまいま》しげな息《いき》をついた。

「もう俺《おれ》に近寄《ちかよ》るな。」

強《つよ》い視線《しせん》で、私《わたし》をのぞきこむ。

「このことは全部《ぜんぶ》、忘《わす》れるんだ。いいな!?」

それで、私《わたし》は思《おも》ったんだ。

これが最後《さいご》なら、この際《さい》、今《いま》まで疑問《ぎもん》に思《おも》っていたことを聞《き》いてみようって。

もし返事《へんじ》をもらえれば、調査《ちょうさ》の役《やく》に立《た》つし。

でも本人《ほんにん》に、どこまで知《し》らせていいものだろう。

若武《わかたけ》は、お友《とも》だち作戦《さくせん》を立《た》てている。

警戒《けいかい》されたら、友《とも》だちとして近寄《ちかよ》れないもの。

それで、言葉《ことば》をボカして聞《き》くことにしたんだ。

「あなたの目的《もくてき》は、何《なに》？」

フィスは、ふっと笑《わら》った。

それまでずっと硬《かた》い表情《ひょうじょう》だったのに、その時初《ときはじ》めて、柔《やわ》らかな顔《かお》になったんだ。

それは、どことなく悲《かな》しげで、孤独《こどく》な顔《かお》だった。

え・・・なんだろ、これ。

「おまえに関係《かんけい》ねーし。」

そう言《い》うなりフィスはクルッと背中《せなか》を向《む》け、家《いえ》の方《ほう》に歩《ある》き出《だ》した。

途中《とちゅう》でこちらを振《ふ》り向《む》き、念《ねん》を押《お》す。

「絶対《ぜったい》しゃべるなよ。マジ殺《ころ》すからな。」

その姿《すがた》が家《いえ》の中《なか》に消《き》えてしまうと、私《わたし》は急《きゅう》に気《き》が抜《ぬ》けて、その場《ば》に座《すわ》りこんでしまった。

ああアドレナリン、出《だ》しつくした！

もう1滴《てき》も残《のこ》ってないっ!!

グッタリしながら、なんとか気持《きも》ちを奮《ふる》い起《お》こして今《いま》の話《はなし》を思《おも》い返《かえ》す。

フィスは初《はじ》め、恐《こわ》がっていたけれど、私《わたし》が偶然《ぐうぜん》ここに来《き》たことがわかると、すぐ脅《おど》してきて口《くち》止《ど》めもした。

たかが瓶《びん》を壊《こわ》したのを見《み》られたくらいで、あの反応《はんのう》はありえない。きっとそれが糸口《いとぐち》になって、自分《じぶん》が贋作《がんさく》を作《つく》っていることを知《し》られるかもしれないと恐《おそ》れているからだ。

やっぱ、やってるんだよね。

ああ決定的《けっていてき》な証拠《しょうこ》がないのが、くやしい!

犯行《はんこう》の動機《どうき》と目的《もくてき》は、依然《いぜん》としてわからないし、本物《ほんもの》の黒猫姫《くろねこひめ》はどこにあるのかも不明《ふめい》のままだし・・・。

恨《うら》めしく思《おも》いながら、私《わたし》は砂《すな》を払《はら》って立《た》ち上《あ》がり、さっき出《で》てきた会社《かいしゃ》の玄関《げんかん》の方《ほう》に足《あし》を向《む》けた。

でも、ま、フィスの家《いえ》を突《つ》き止《と》めたんだから、成果《せいか》はあったんだ、そう思《おも》おう、うん。

自分《じぶん》を慰《なぐさ》めながら玄関《げんかん》までたどり着《つ》く。

すると、その透明《とうめい》なドアの向《む》こうに、若武《わかたけ》と上杉君《うえすぎくん》が向《む》かい合《あ》って立《た》っているのが見《み》えた。

「いーから来《こ》いって。せっかく工場見《こうじょうみ》ていいって言《い》われたんだからさ。俺《おれ》の演技力《えんぎりょく》のおかげだぞ。」

「行《い》ってやるよ。ただし贋作事件《がんさくじけん》が片付《かたづ》いたらだ。フィスに接近《せっきん》するのが先《さき》だろうーが。」

ああ、またモメてる。

この2人《ふたり》は、まったくもう！

よし、たまにはお説教《せっきょう》してやろう。

私《わたし》はドアを開《あ》け、2人《ふたり》の前《まえ》に立《た》った。

瞬間《しゅんかん》、2人《ふたり》が同時《どうじ》にこっちを向《む》いて叫《さけ》んだんだ。

「立花《たちばな》っ！　こっそり離脱《りだつ》しやがって、いったいどこにいたんだっ⁉」

「単独行動《たんどくこうどう》は許《ゆる》さんぞ。説教《せっきょう》してやる！」

う・・・。

22 真夜中《まよなか》の訪問者《ほうもんしゃ》

私《わたし》は腹《はら》を立《た》て、2人《ふたり》に背《せ》を向《む》けて、サッサと保養施設《ほようしせつ》まで帰《かえ》ってきた、ふん。

でも自分《じぶん》の部屋《へや》に入《はい》ってから、後悔《こうかい》した。

あんなにツンケンしなければよかったと思《おも》って。

どうして、もっと優《やさ》しくできなかったんだろう。

しかも調査中《ちょうさちゅう》だったのに、勝手《かって》な行動《こうどう》をとるなんて、最低《さいてい》。

考《かんが》えていると、どんどん落《お》ち込《こ》みがひどくなって、夕食時間《ゆうしょくじかん》になった時《とき》には、もう全身《ぜんしん》ドンヨリしてしまっていた。

「夕食《ゆうしょく》の時間《じかん》です。1階《かい》の食堂《しょくどう》にお集《あつ》まりください。」

館内放送《かんないほうそう》が流《なが》れたので、とにかく行《い》かなくちゃと思《おも》って立《た》ち上《あ》がり、部屋《へや》を出《で》た。

1階《かい》に行《い》ってみると、食堂《しょくどう》は広《ひろ》く、出入《でい》り口《ぐち》のすぐそばにトレーと箸《はし》とお皿《さら》が置《お》いてあって、それを持《も》って自分《じぶん》の好《す》きな料理《りょうり》を取《と》っていくバイキング形式《けいしき》だった。

こういうのって、結構難《けっこうむずか》しい。

目《め》で見《み》て、わぁ美味《おい》しそうって思《おも》ってたくさん取《と》ると、その後《あと》からもっと美味《おい》しそうなものが次々《つぎつぎ》と出《で》てきて、それも取《と》らずにいられなくなって、お皿《さら》の上《うえ》がいっぱいになってしまい、結局《けっきょく》食《た》べきれずに残《のこ》すことになるんだ。

バイキングで残《のこ》すのって、いかにも目先《めさき》につられる子供《こども》って感《かん》じで、カッコ悪《わる》い。

私《わたし》は用心《ようじん》し、とにかくちょっとずつ取《と》っていくことにした。

もしもっと食《た》べたいものが出《で》てきたら、後《あと》でもう一度《いちど》取《と》りに行《い》こう。

2、3人《にん》で来《き》ている子《こ》たちもいたけれど、私《わたし》は1人《ひとり》だったので、窓《まど》に面《めん》した1人用《ひとりよう》のテーブルに着《つ》いた。

時々《ときどき》、食堂内《しょくどうない》を見回《みまわ》して小塚君《こづかくん》の姿《すがた》を捜《さが》すものの、見当《みあ》たらない。

きっと、まだ調査《ちょうさ》をしてるんだ。

ああ私《わたし》、1人《ひとり》で帰《かえ》ってくるなんて・・・なんてことをしたんだろう、悪《わる》かった。

でも今《いま》さら会社《かいしゃ》に戻《もど》ってみても、もう2人《ふたり》ともいないだろうし、意味《いみ》がないしなぁ。

私《わたし》、どうすればいいんだろう。

起《お》きてしまったことは、もう変《か》えられない。

でも、少《すこ》しでも挽回《ばんかい》する方法《ほうほう》は、きっとあるはずだ。

それを捜《さが》そう、今《いま》、自分《じぶん》に何《なに》ができるのか。

私《わたし》は考《かんが》えに考《かんが》えを重《かさ》ねた。

けれど思《おも》いついたのは、たった1つだった。

それは、事件《じけん》ノートをきちんと整《ととの》え、今夜《こんや》の会議《かいぎ》で皆《みんな》によくわかるように報告《ほうこく》すること。

だって私《わたし》には、そういう能力《のうりょく》しかないんだもの。

自分《じぶん》にできることを精一杯《せいいっぱい》やるしかない。

それで急《いそ》いで食《た》べ終《お》え、部屋《へや》に戻《もど》ったんだ。

事件《じけん》ノートを開《ひら》き、これまでの経過《けいか》をきちんと書《か》き直《なお》して、そこに自分《じぶん》がフィスに接《せっ》した時《とき》の印象《いんしょう》をつけ加《くわ》える。

さらに株式会社《かぶしきがいしゃ》セミコンで起《お》こったトラブルも追加《ついか》した。

これは贋作事件《がんさくじけん》に関係《かんけい》がなさそうだったので、新《あたら》しく事件名《じけんめい》を付《つ》け、「電力《でんりょく》セミコン事件《じけん》」として概要《がいよう》をまとめたんだ。

謎《なぞ》は、2つ。

その1、隠蔽《いんぺい》されている電力会社《でんりょくがいしゃ》のミスとは何《なん》なのか。その2、武石社長《たけいししゃちょう》はなぜ半年《はんとし》待《ま》てと言《い》っているのか。

う〜む、不思議《ふしぎ》だ。

私《わたし》が首《くび》を捻《ひね》ったその時《とき》っ！　グラッと部屋《へや》が揺《ゆ》れた。

わ・・・これ、地震《じしん》っ!?

私《わたし》は反射的《はんしゃてき》にノートを閉《と》じ、突《つ》っ立《た》ったものの、どうしていいのかわからなくて、ただ息《いき》を詰《つ》めて固《かた》まっていた。

でも1度《ど》揺《ゆ》れただけで、その後《あと》は何《なに》もなかったんだ。

私《わたし》は、大《おお》きな息《いき》をついた。

よかった、大《たい》したことなくて。

そう思《おも》いながら再《ふたた》び机《つくえ》に向《む》かい、ノートを開《ひら》く。

その時《とき》、壁《かべ》に付《つ》けてあるドアフォンが鳴《な》ったんだ。

ピンポンじゃなくて、電話《でんわ》みたいな鳴《な》り方《かた》だった。

きっと内線電話《ないせんでんわ》だろうと思《おも》って、受話器《じゅわき》を取《と》ると、管理人室《かんりにんしつ》からだった。

「あなたに電話《でんわ》がかかってきてるの。部屋《へや》につないでもいいかしら。」

え・・・ママかな。

「かけてきてる子《こ》は、佐田真理子《さたまりこ》って名乗《なの》ってるけど。」

げっ！

学校《がっこう》での出来事《できごと》を思《おも》い出《だ》して、私《わたし》はちょっと青《あお》ざめたけれど、ここで断《ことわ》ったら逃《に》げてると思《おも》われるだろう。

出《で》るしかなかった。

「はい、つないでください。」

そう言《い》って、ドキドキしながら待《ま》った。

何《なに》か聞《き》かれたら、自分《じぶん》の気持《きも》ちをはっきり言《い》って、もし悪《わる》いところを指摘《してき》されたら、その点《てん》に関《かん》しては謝《あやま》るしかないっ！

そう決意《けつい》していると、やがてマリンの声《こえ》がした。

「おまえから言《い》われた通《とお》りにしたよ。」

え？

「翼《ツバサ》に直接《ちょくせつ》、電話《でんわ》かけて告白《こくはく》したんだ。」

ほんとっ？

「信《しん》じてもらえないかもしれないって思《おも》ってたけど、そんなことなかった。ちゃんと真面目《まじめ》に聞《き》いてくれたよ。」

それはよかった。

「やっぱあいつ、優《やさ》しいよな。」

そう言《い》われて、私《わたし》は複雑《ふくざつ》な気持《きも》ちだった。

だって私《わたし》には今《いま》、すっごく冷《つめ》たいんだもの。

「で、付《つ》き合《あ》ってくれって言《い》ったら、それは断《ことわ》られた。もう付《つ》き合《あ》ってる奴《やつ》がいるからって。」

それは、翼《たすく》がいつも使《つか》う口実《こうじつ》だった。

最初《さいしょ》に聞《き》いたのは、確《たし》か、「黄金《おうごん》の雨《あめ》は知《し》っている」の中《なか》。

そういう言《い》い方《かた》をすれば告白《こくはく》した相手《あいて》が傷《きず》つかないから、翼《たすく》はそう言《い》っていた。

「つまりフラれたんだ。すっげぇ悲《かな》しかった。」

そうかぁ。

「でもサッパリした。これで私《わたし》も、翼《ツバサ》を卒業《そつぎょう》できる。次《つぎ》を見《み》つけようって思《おも》えたから。」

それ・・・早《はや》すぎるって気《き》もしないじゃない、けど、ま、引《ひ》きずってるよりは、いいかな。

「で、おまえにも報告《ほうこく》しとこうと思《おも》ってさ。もしかして心配《しんぱい》してるかもしれないと思《おも》ったから。」

心配《しんぱい》っていうより、自己嫌悪《じこけんお》だったんだよ。

「いろいろありがとな。」

私《わたし》は、あわてて言《い》った。

「こちらこそごめんね、役《やく》に立《た》てなくって。」

でも、ほっとした。

翼《たすく》とマリンは最悪《さいあく》の関係《かんけい》だったから、そのまま転校《てんこう》してしまったら、よくない思《おも》い出《で》だけが残《のこ》るもの。

最後《さいご》がいい形《かたち》になって、よかったな。

「そんじゃあ、また学校《がっこう》で会《あ》おう、バイバイ。」

そう言《い》ってマリンは電話《でんわ》を切《き》った。

私《わたし》は、ちょっと溜《た》め息《いき》をつく。

翼《たすく》とマリンの関係《かんけい》は修復《しゅうふく》できたのに、翼《たすく》と私《わたし》の関係《かんけい》は、修復《しゅうふく》できそうもない・・・。

憂鬱《ゆううつ》な気分《きぶん》になりながら机《つくえ》に戻《もど》り、ノートに目《め》を通《とお》す。

すると今度《こんど》は、何《なに》かがポトンと窓《まど》ガラスに当《あ》たった。

あれっ？

そう思《おも》っていると、またもポトンッ！

私《わたし》は立《た》ち上《あ》がり、窓辺《まどべ》に寄《よ》ってサッシを開《あ》けてみた。

闇《やみ》の中《なか》に、水銀灯《すいぎんとう》の青《あお》い光《ひかり》を浴《あ》びて上杉君《うえすぎくん》が立《た》ち、こちらを見上《みあ》げていた。

「よっ！」

「さっき地震《じしん》あったよな。大丈夫《だいじょうぶ》？」

はぁ・・・。

「小塚《こづか》に電話《でんわ》して、部屋《へや》ここだって聞《き》いたから。」

それはいいけど、いきなり、何《なに》？

「さっき悪《わる》かったよ。頭《あたま》ごなしに怒鳴《どな》ったりしてさ。」

そう言《い》いながら片手《かたて》の中《なか》にある小石《こいし》を、弄《もてあそ》ぶように小《ちい》さく投《な》げ上《あ》げる。

「謝《あやま》っておきたかったから。」

薄青《うすあお》の水銀灯《すいぎんとう》に彩《いろど》られたその顔《かお》は、透明感《とうめいかん》があって、きれいで、どことなく寂《さび》しげに見《み》えた。

「そんだけ。じゃな。」

片手《かたて》を上《あ》げ、身《み》をひるがえして合宿所《がっしゅくじょ》の方《ほう》に戻《もど》っていく。

私《わたし》は止《と》めようとしたけれど、なんて言《い》えばいいのかわからず、戸惑《とまど》っているうちに上杉君《うえすぎくん》の姿《すがた》は夜《よる》の中《なか》に呑《の》みこまれてしまった。

はぁ・・・。

溜《た》め息《いき》をつきながら机《つくえ》に戻《もど》り、その時《とき》になってようやく思《おも》いつく。

そうだ、私《わたし》こそツンケンしてごめんねって言《い》えばよかったんだ。

ああ今頃《いまごろ》わかっても、遅《おそ》いって！

そう思《おも》った瞬間《しゅんかん》っ、部屋《へや》のドアフォンが、ピンポン。

もしかして上杉君《うえすぎくん》が戻《もど》ってきたのかもっ！

すっごく期待《きたい》して私《わたし》はドアに走《はし》り寄《よ》り、それを開《あ》けた。

「あ、夜《よる》にごめんね。」

小塚君《こづかくん》だった。

「今《いま》、帰《かえ》ってきたとこ。ようやく調《しら》べ終《お》わったんだ。これから分析《ぶんせき》に入《はい》るよ。」

なんだか疲《つか》れているみたいに見《み》えた。

「で、若武《わかたけ》が、今夜《こんや》の会議《かいぎ》は明日《あす》の朝《あさ》に延期《えんき》だって。5時《じ》に合宿所《がっしゅくじょ》のミーティング室《しつ》に集合《しゅうごう》。ごめんね、僕《ぼく》のせいで早朝《そうちょう》になって。」

気《き》にしないで、大丈夫《だいじょうぶ》だから。

「ご苦労様《くろうさま》、できるだけ早《はや》く休《やす》んでね。」

そう言《い》ってドアを閉《し》めた。

よし、私《わたし》も頑張《がんば》って集中《しゅうちゅう》しよう！

そう思《おも》って取《と》りかかったとたん、窓《まど》にまたもや何《なに》かがポトン！

あ、今度《こんど》こそ上杉君《うえすぎくん》だっ!!

私《わたし》はニッコリし、きちんと謝《あやま》ろうと心《こころ》を決《き》めて窓《まど》を開《あ》けた。

ところがっ！

「オッス！」

下《した》にいたのは、若武《わかたけ》だった。

「おまえ、なんで1人《ひとり》で帰《かえ》ったんだよ。」

えーい、うるさいっ！

私《わたし》は窓《まど》をバタン、カーテンをシャッ！

よく考《かんが》えたら、若武《わかたけ》にも謝《あやま》らなきゃいけなかったんだけれど、次《つぎ》から次《つぎ》と入《い》れ替《か》わり立《た》ち替《か》わりコンタクトされたものだから、ついイラッとしてしまって。

ごめんね、若武《わかたけ》。

＊

保養施設《ほようしせつ》の朝食《ちょうしょく》は朝《あさ》7時《じ》から、合宿所《がっしゅくじょ》では8時《じ》からだったので、朝《あさ》5時《じ》にミーティング室《しつ》に集《あつ》まったKZ《カッズ》メンバーは、全員《ぜんいん》が飢《う》えていた。

もちろん私《わたし》も。

「では会議《かいぎ》を始《はじ》める。サッカーKZ《カッズ》の朝練《あされん》が始《はじ》まるのは、6時《じ》だ。それまでに終《お》わらせるぞ。最《さい》初《しょ》に記録係《きろくがかり》、全体《ぜんたい》の説明《せつめい》を。」

私《わたし》は立《た》ち上《あ》がり、昨日《きのう》しっかりまとめた記録《きろく》を発表《はっぴょう》した。

「贋作《がんさく》・黒猫姫事件《くろねこひめじけん》に関《かん》しては、謎《なぞ》1美術館《びじゅつかん》にある黒猫姫《くろねこひめ》の絵《え》は本当《ほんとう》に贋作《がんさく》なのか、これをチーム1が担当《たんとう》しています。この結果次第《けっかしだい》で、謎《なぞ》2から謎《なぞ》4についての調査《ちょうさ》を進《すす》める予定《よてい》。最終目標《さいしゅうもくひょう》は、本物《ほんもの》の黒猫姫《くろねこひめ》の絵《え》を発見《はっけん》することです。現在《げんざい》はチーム2が開生中学《かいせいちゅうがく》の美術部《びじゅつぶ》と寮《りょう》、チーム3が武石《たけいし》フィスのプライベート、チーム4が城址公園《じょうしこうえん》と消《き》えた黒猫《くろねこ》について調《しら》べています。またこれとは別《べつ》に新《あら》たな事件《じけん》、仮題《かだい》『電力《でんりょく》セミコン事件《じけん》』が浮上《ふじょう》してきました。これは株式会社《かぶしきがいしゃ》セミコンに関係《かんけい》して、電力会社《でんりょくがいしゃ》が何《なん》らかのミスをし、それを隠蔽《いんぺい》している疑《うたが》いのある事件《じけん》です。すぐ直《なお》したいと申《もう》し出《で》ている電力会社《でんりょくがいしゃ》に対《たい》し、セミコンの社長《しゃちょう》は、今《いま》はダメ、半年待《はんとしま》てと回答《かいとう》しています。この事件《じけん》をKZ《カッズ》で取《と》り上《あ》げるかどうか、検討《けんとう》してください。謎《なぞ》は2つ。その1、電力会社《でんりょくがいしゃ》のミスとは何《なん》なのか。その2、セミコンの社長《しゃちょう》はなぜ半年待《はんとしま》てと言《い》っているのか。なおセミコンの社長《しゃちょう》は武石氏《たけいしし》で、フィスの父親《ちちおや》です。以上《いじょう》。」

黒木君《くろきくん》が、こちらを見《み》た。

「よくまとまってるね。」

えっへん！

「セミコン事件《じけん》は、やるしかないでしょ。」

そう言《い》った翼《たすく》は眠《ねむ》そうで、目《め》が半分《はんぶん》くらいしか開《ひら》いていなかった。

「明《あき》らかに事件《じけん》だから見過《みす》ごせないし、贋作《がんさく》・黒猫姫事件《くろねこひめじけん》の有力容疑者《ゆうりょくようぎしゃ》である武石《たけいし》フィスの父親《ちちおや》が絡《から》んでるんだからさ。」

まぁそうだよね。

「この事件《じけん》を取《と》り上《あ》げた方《ほう》がいいと思《おも》う者《もの》、挙手《きょしゅ》を。」

全員《ぜんいん》の手《て》が上《あ》がったので、若武《わかたけ》はすごく満足《まんぞく》そうだった。

「見《み》たか、上杉《うえすぎ》。だから昨日《きのう》、探《さぐ》ろうって言《い》ったじゃないか。」

上杉君《うえすぎくん》は、メガネの向《む》こうの目《め》を冷《ひ》ややかに光《ひか》らせる。

「俺《おれ》、調査《ちょうさ》には反対《はんたい》してねーよ。昨日《きのう》、言《い》ったのは、どっちを優先《ゆうせん》するかって問題《もんだい》だったろーが。」

若武《わかたけ》は、それを無視《むし》してサッサと話《はなし》を進《すす》めた。

「では次《つぎ》。チーム1、報告《ほうこく》を。」

小塚君《こづかくん》が、怠《だる》そうに立《た》ち上《あ》がる。

「えっと結論《けつろん》から言《い》うと、黒猫姫《くろねこひめ》のあの絵《え》は、贋作《がんさく》とは言《い》えない。」

私《わたし》たちの間《あいだ》を、衝撃《しょうげき》が走《はし》り抜《ぬ》けた。

贋作《がんさく》じゃないっ!?

吊《つ》り上《あ》がっている上杉君《うえすぎくん》の目《め》も、半開《はんびら》きだった翼《たすく》の目《め》も、真《ま》ん丸《まる》になった。

「マジかよ。」

だって私《わたし》たちは誰《だれ》もが、贋作《がんさく》に違《ちが》いないと思《おも》っていたんだもの。

23 全滅《ぜんめつ》！

「贋作《がんさく》と言《い》い切《き》るだけの決《き》め手《て》が見《み》つからないんだ。」

小塚君《こづかくん》は、とても残念《ざんねん》そうだった。

「まず絵《え》に傷《きず》を付《つ》けちゃいけないから、絵具《えのぐ》を削《けず》ることも、紙《かみ》を切《き》り取《と》ることもできない。よって、サンプルを取《と》れないから、放射性炭素年代測定法《ほうしゃせいたんそねんだいそくていほう》やその他《ほか》のいろんな検査《けんさ》はできなかった。」

あーあ、致命的《ちめいてき》だぁ・・・。

「できるのは赤外線《せきがいせん》やX線《エックスせん》、走査型電子顕微鏡《そうさがたでんしけんびきょう》を使《つか》っての下絵《したえ》や顔料《がんりょう》、糊《のり》の検査《けんさ》だけど、それらもケースから持《も》ち出《だ》さないと無理《むり》だ。よってこの絵《え》を鑑定《かんてい》する方法《ほうほう》は1つだけ、つまり目《め》で見《み》て判断《はんだん》する、それしかないんだ。」

そっか。

「僕《ぼく》、絵自体《えじたい》には詳《くわ》しくない。でも紙《かみ》に関《かん》しては、ある程度《ていど》わかる。黒猫姫《くろねこひめ》が描《えが》かれているのは、おそらく杉原紙《すぎはらがみ》だ。サイズを考《かんが》えれば、一般《いっぱん》の流通品《りゅうつうひん》じゃなくて特別《とくべつ》に漉《す》いたものだと思《おも》う。杉原紙《すぎはらがみ》って、鎌倉幕府《かまくらばくふ》の公用紙《こうようし》として流通《りゅうつう》していたものだよ。もちろん戦国時代《せんごくじだい》にも使《つか》われていた。」

翼《たすく》が首《くび》を傾《かし》げる。

「見《み》ただけでわかるのは、杉原紙《すぎはらがみ》に特徴《とくちょう》があるから？」

小塚君《こづかくん》は、ちょっと笑《わら》った。

「そうだよ。まず表面《ひょうめん》に皺《しわ》がない。それから虫食《むしく》いの穴《あな》が多数《たすう》ある。」

え・・・そんなことが特徴《とくちょう》になるの？

「杉原紙《すぎはらがみ》は、美濃紙《みのがみ》や他《ほか》の紙《かみ》と比《くら》べて圧倒的《あっとうてき》に虫《むし》に弱《よわ》く、穴《あな》が多《おお》いんだ。その理由《りゆう》は、紙《かみ》を作《つく》る時《とき》に添加物《てんかぶつ》として米粉《こめこ》を使《つか》うから。この米粉《こめこ》を虫《むし》が食《た》べにくるんだよ。」

へぇえ！

「それが災《わざわ》いして、杉原紙《すぎはらがみ》は次第《しだい》に使《つか》われなくなった。大正期《たいしょうき》には製造《せいぞう》が中止《ちゅうし》されたんだ。今《いま》は伝統的工芸品《でんとうてきこうげいひん》として県《けん》の無形文化財《むけいぶんかざい》に指定《してい》され、製造《せいぞう》もされてるけど、昔《むかし》とは製法《せいほう》が違《ちが》う。米粉《こめこ》が入《はい》ってないんだ。それで虫《むし》が寄《よ》らない。ここから考《かんが》えて、あの黒猫姫《くろねこひめ》が描《えが》かれているのは、昔《むかし》の杉原紙《すぎはらがみ》に間違《まちが》いないと思《おも》う。同《おな》じ物《もの》は大正期《たいしょうき》以降《いこう》、作《つく》られてないよ。」

私《わたし》たちは、目《め》を合《あ》わせる。

「ってことは、黒猫姫《くろねこひめ》が描《えが》かれてる紙《かみ》は、現代《げんだい》じゃ買《か》えないってことになるよな。」

「ん、なるね。」

皆《みんな》が、気落《きお》ちしていた。

だって、今《いま》、手《て》に入《はい》らないような紙《かみ》に描《えが》かれているんなら、本物《ほんもの》かもしれない。

そして本物《ほんもの》だったら、事件自体《じけんじたい》が成《な》り立《た》たないんだもの。

若武《わかたけ》は、失意《しつい》も露《あらわ》にテーブルに顔《かお》を伏《ふ》せてしまった。

「でもね、」

小塚君《こづかくん》が、私《わたし》たちを宥《なだ》めるように続《つづ》ける。

「本物《ほんもの》とも言《い》い切《き》れないんだ。」

若武《わかたけ》が、ピョコンと顔《かお》を上《あ》げた。

「なぜなら今《いま》まで起《お》こった贋作事件《がんさくじけん》の中《なか》には、こういうケースもあるからさ。」

小塚君《こづかくん》は床《ゆか》に置《お》いてあったナップザックを持《も》ち上《あ》げ、そこから1冊《さつ》の本《ほん》を取《と》り出《だ》す。

タイトルは、世界《せかい》の贋作事件《がんさくじけん》、だった。

「これ見《み》るとわかると思《おも》うけど、」

そう言《い》いながらページをめくって、私《わたし》たちの前《まえ》に出《だ》す。

「オランダ人《じん》の贋作者《がんさくしゃ》メーヘレンは、贋作《がんさく》を作《つく》る時《とき》、その絵《え》と同時代《どうじだい》の無名《むめい》の画家《がか》のカンバスを手《て》に入《い》れ、絵具《えのぐ》を削《けず》り落《お》として使《つか》っていたんだ。顔料《がんりょう》や絵筆《えふで》も、当時《とうじ》と同《おな》じ物《もの》を使用《しよう》していた。それであらゆるチェックを潜《くぐ》り抜《ぬ》けたんだ。今回《こんかい》の場合《ばあい》も、当時《とうじ》の絵《え》を手《て》に入《い》れ、その絵具《えのぐ》を落《お》として黒猫姫《くろねこひめ》を描《か》き、元《もと》の掛《か》け軸《じく》に嵌《は》めこんだ可能性《かのうせい》があるよ。そうだとすれば紙《かみ》が戦国時代《せんごくじだい》の物《もの》でもおかしくないし、これは贋作《がんさく》だ。」

若武《わかたけ》が、両手《りょうて》を勢《いきお》いよくテーブルに叩《たた》き付《つ》けた。

「絶対《ぜったい》、贋作《がんさく》だ！　フィスなら、自分《じぶん》ちの蔵《くら》を捜《さが》してまだ美術館《びじゅつかん》に寄贈《きぞう》されてない同年代《どうねんだい》の別《べつ》の絵《え》を見《み》つけることもできる。」

あ、そうか！

社長《しゃちょう》が、蔵《くら》の中《なか》にはまだたくさんあるって言《い》ってたものね。

「そもそも贋作《がんさく》でなかったら、新岩絵具《しんいわえのぐ》が塗《ぬ》られているはずがないっ！」

これを事件《じけん》にしたい一心《いっしん》で言《い》い張《は》っているようにも聞《き》こえたけれど、私《わたし》たちは皆《みな》、似《に》たり寄《よ》ったりの気持《きも》ちだったから、誰《だれ》もそこに突《つ》っこまなかった。

「そうかもしれない。」

小塚君《こづかくん》の口調《くちょう》は、慎重《しんちょう》だった。

「ただ僕《ぼく》の調査《ちょうさ》からは、贋作《がんさく》であると証明《しょうめい》できなかった。正《ただ》しく報告《ほうこく》するのが、調査《ちょうさ》をした人間《にんげん》としての義務《ぎむ》だからね。」

そう言《い》いながら私《わたし》たちの間《あいだ》を回《まわ》っていた本《ほん》を回収《かいしゅう》してナップザックに戻《もど》し、代《か》わりに切手《きって》が1枚入《まいはい》るくらいなサイズのビニール袋《ぶくろ》を出《だ》した。

「他《ほか》には、絵《え》と表装《ひょうそう》の布《ぬの》の間《あいだ》に、これが入《はい》ってた。」

小《ちい》さなビニール袋《ぶくろ》の底《そこ》には、わずかに茶色《ちゃいろ》の物《もの》が見《み》える。

何《なに》？

「まだ分析《ぶんせき》できてないんだけど、たぶん土《つち》だと思《おも》う。」

黒猫姫《くろねこひめ》の絵《え》に、なんで土《つち》がついたんだろ。

「これから調《しら》べてみるよ。僕《ぼく》からは、以上《いじょう》。」

小塚君《こづかくん》が座《すわ》り、若武《わかたけ》は残念《ざんねん》そうな顔《かお》でボヤいた。

「つまり贋作《がんさく》かどうかについては進展《しんてん》なし、依然《いぜん》として判別《はんべつ》できないってことだよな、ちきしょう。」

しかたないよ、きちんと検査《けんさ》ができないんだもの。

「じゃ第《だい》2チーム、報告《ほうこく》。」

若武《わかたけ》に言《い》われ、翼《たすく》と黒木君《くろきくん》は顔《かお》を見合《みあ》わせていたけれど、やがて翼《たすく》が立《た》ち上《あ》がった。

「俺《おれ》たちも、成果《せいか》なし。」

若武《わかたけ》は、情《なさ》けなさそうな声《こえ》を上《あ》げる。

「おまえらもかよ。」

黒木君《くろきくん》がスマートフォンを開《ひら》き、画面《がめん》に視線《しせん》を落《お》とした。

「フィスは、美術部《びじゅつぶ》でも寮《りょう》でも特《とく》に目立《めだ》った行動《こうどう》はしておらず、普通《ふつう》の部員《ぶいん》で、普通《ふつう》の寮生《りょうせい》だ。部《ぶ》では皆《みんな》と同《おな》じようにクロッキーをしたり、水彩画《すいさいが》を描《か》いたりしている。寮《りょう》でも皆《みんな》と同《おな》じような生活《せいかつ》をしていて、自室《じしつ》では絵《え》を描《か》いてない。」

翼《たすく》が続《つづ》けた。

「美術部室《びじゅつぶしつ》の中《なか》や、寮《りょう》の部屋《へや》も見《み》せてもらったけど、岩絵具《いわえのぐ》や新岩絵具《しんいわえのぐ》の匂《にお》いはしなかった。きっと置《お》いてないんだ。」

ああ、それじゃどうしようもないね。

若武《わかたけ》が上杉君《うえすぎくん》の方《ほう》を見《み》る。

「じゃ第《だい》3チームの報告《ほうこく》、上杉《うえすぎ》。」

上杉君《うえすぎくん》は立《た》ち上《あ》がり、ちょっと息《いき》をついた。

「俺《おれ》たちも、成果《せいか》なしだ。」

皆《みな》ががっかりしたような顔《かお》をしたので、私《わたし》はあわてて言《い》った。

「でもフィスの家《いえ》は、確《たし》かめました。本人《ほんにん》とも接触《せっしょく》したんですが、何《なに》か屈折《くっせつ》したものを抱《かか》えている感《かん》じでした。岩絵具《いわえのぐ》の瓶《びん》を割《わ》ったことが発覚《はっかく》するのをとても恐《おそ》れているので、そこから考《かんが》えて、フィスが贋作《がんさく》を作《つく》っていたのは間違《まちが》いないと思《おも》います。」

でも皆《みんな》の意気《いき》は、まるっきり上《あ》がらなかったんだ。

「だけど結局《けっきょく》、決定的《けっていてき》な証拠《しょうこ》は、ねーってことなんだろ。」

まぁ、そうだけど・・・。

「じゃ第《だい》4チーム、報告《ほうこく》。」

忍《しのぶ》が立《た》ち上《あ》がる。

「俺《おれ》も、大《たい》した成果《せいか》はない。」

若武《わかたけ》がガックリ項垂《うなだ》れ、上杉君《うえすぎくん》も怠《だる》そうに天井《てんじょう》を仰《あお》ぐ。

「全滅《ぜんめつ》、か・・・」

黒木君《くろきくん》が大《おお》きな息《いき》をついた。

「行《い》き詰《づ》まったね。」

う〜ん・・・。

私《わたし》たちはシーンとして黙《だま》りこみ、誰《だれ》もがどこを見《み》ていていいのかわからないといったようにうつむいたり、そっぽを向《む》いたりしていた。

やがて若武《わかたけ》が、リーダーとしての使命《しめい》に目覚《めざ》めたらしく大《おお》きな声《こえ》を上《あ》げる。

「おまえら、まるっきりダメじゃん。やる気《き》あんのかよっ！」

上杉君《うえすぎくん》がちょっと笑《わら》った。

「その言葉《ことば》、そのまま返《かえ》してやるよ。贋作事件《がんさくじけん》放《ほう》り出《だ》して別《べつ》の方向《ほうこう》に走《はし》ろうとしてたの、おまえじゃん。それ、逃《に》げだろうが。」

「きさまっ、もう1回言《かいい》ってみろっ！」

「おっ、1回《かい》でいいのか。軽《かる》いな。」

2人《ふたり》がにらみ合《あ》ったその時《とき》、チャイムが鳴《な》って、早朝練習開始《そうちょうれんしゅうかいし》のアナウンスが流《なが》れた。

すぐグラウンドに集合《しゅうごう》、と言《い》われて、若武《わかたけ》は、いかにも無念《むねん》そうにギリッと奥歯《おくば》を噛《か》みしめる。

「やむを得《え》ん、続《つづ》きは午後《ごご》だ。昼飯《ひるめし》をサッサと食《く》って、ここに集合《しゅうごう》すること。それまでの間《あいだ》、時間《じかん》のある者《もの》は調査《ちょうさ》を進《すす》め、午後《ごご》の会議《かいぎ》でのリベンジを目指《めざ》せ。じゃ解散《かいさん》！」

サッカーKZ《カッズ》の3人《にん》、若武《わかたけ》、上杉君《うえすぎくん》、黒木君《くろきくん》が相次《あいつ》いで立《た》ち上《あ》がった。

重《おも》い空気《くうき》が漂《ただよ》う部屋《へや》を、慌《あわ》ただしく出《で》ていく。

それを見送《みおく》っていると、一番後《いちばんうし》ろにいた黒木君《くろきくん》が、こちらを振《ふ》り返《かえ》って微笑《ほほえ》んだ。

「電力会社《でんりょくがいしゃ》とセミコン、調《しら》べとくからね。」

そのひと言《こと》で、私《わたし》は、とても励《はげ》まされたんだ。

力《ちから》をもらったような気分《きぶん》になりながら、考《かんが》えた。

たとえ行《い》き詰《づ》まり、方向《ほうこう》を見失《みうしな》ってしまっても、とにかく立《た》ち止《ど》まらないことが大事《だいじ》なんだって。

今《いま》の自分《じぶん》にできることを見《み》つけて、少《すこ》しずつでもいいからやっていく。

うまくいかなくても全力《ぜんりょく》で取《と》り組《く》めば、自分《じぶん》で納得《なっとく》できるし、諦《あきら》めもつく。

最低《さいてい》なのは、今頑張《いまがんば》らず、頑張《がんば》らなかったことを後《あと》になって後悔《こうかい》して、クヨクヨと時間《じかん》を浪費《ろうひ》することだ。

翼《たすく》が、ポツッとつぶやいた。

「部室《ぶしつ》にも、寮《りょう》の部屋《へや》にも証拠《しょうこ》はなかった。フィスが贋作《がんさく》を描《か》いていたと考《かんが》えたのは、間違《まちが》いだったのかもしんないな。贋作自体《がんさくじたい》が存在《そんざい》してないから、どこからも決定的《けっていてき》な証拠《しょうこ》が出《で》てこないのかも。」

私《わたし》は、ノートに視線《しせん》を落《お》とした。

事件《じけん》を初《はじ》めから追《お》って事実《じじつ》を把握《はあく》し、よく考《かんが》えてから言《い》ったんだ。

「フィスは、襟《えり》と同《おな》じ色《いろ》の岩絵具《いわえのぐ》を持《も》っていた。それを落《お》として壊《こわ》したのは、私《わたし》の前《まえ》だったんだ。前《まえ》の会議《かいぎ》の時《とき》にも出《で》ていた通《とお》り、新《あたら》しい絵具《えのぐ》を買《か》おうとしたものの、新岩絵具《しんいわえのぐ》しか手《て》に入《はい》らなかったと想像《そうぞう》すると、美術館《びじゅつかん》にある絵《え》の襟《えり》だけが新岩絵具《しんいわえのぐ》になっていることと辻褄《つじつま》が合《あ》うよ。これらから考《かんが》えて、美術館《びじゅつかん》にあるのは贋作《がんさく》で、フィスがそれを描《か》いたのは間違《まちが》いないと思《おも》う。」

翼《たすく》は首《くび》を傾《かし》げる。

「じゃ、それ、どこで描《か》いたんでしょ?」

そんなふうに話《はな》していると、まるで友《とも》だちだった頃《ころ》に戻《もど》ったみたいだった。

私《わたし》はうれしくなり、思《おも》わずニッコリした。

瞬間《しゅんかん》、翼《たすく》は急《きゅう》に瞳《ひとみ》を翳《かげ》らせ、口《くち》をつぐんで横《よこ》を向《む》いてしまったんだ。

目《め》の前《まえ》で、突然《とつぜん》シャッターを下《お》ろされたような気分《きぶん》だった。

胸《むね》を締《し》め付《つ》けられる思《おも》いで、私《わたし》はシャープペンを握《にぎ》りしめる。

翼《たすく》は、もう私《わたし》に心《こころ》を開《ひら》いてくれないんだね。

私《わたし》たちって、本当《ほんとう》にダメなんだ。

「描《か》いたのは、きっと自分《じぶん》ちだよ。」

小塚君《こづかくん》が言《い》った。

「アーヤが家《いえ》を確《たし》かめてきたんなら、美門《みかど》が行《い》って匂《にお》いを嗅《か》げば、はっきりするはずだ。岩絵具《いわえのぐ》にしても新岩絵具《しんいわえのぐ》にしても、使《つか》う時《とき》には膠《にかわ》を混《ま》ぜるからね。」

え、膠《にかわ》？

私《わたし》がキョトンとすると、小塚君《こづかくん》は急《いそ》いでつけ加《くわ》えた。

「膠《にかわ》っていうのは、牛《うし》や豚《ぶた》、兎《うさぎ》なんかの皮《かわ》や骨《ほね》を煮《に》て乾燥《かんそう》させたものだよ。接着剤《せっちゃくざい》として使《つか》うんだ。」

ありがとう。

「膠《にかわ》は、精製《せいせい》されて純度《じゅんど》が高《たか》くなるにつれて臭《にお》わなくなるけど、岩絵具《いわえのぐ》の接着剤《せっちゃくざい》として使《つか》う時《とき》には、不純物《ふじゅんぶつ》を含《ふく》んだものの方《ほう》が適《てき》しているんだ。煮《に》て水溶液《すいようえき》にするから、壁《かべ》なんかに臭《にお》いが染《し》みついてるはず。美門《みかど》は、今日《きょう》はもう開生《かいせい》には行《い》かないんだろ。だったら、これからフィスんちに行《い》って調《しら》べてくれないかな。」

翼《たすく》は頷《うなず》き、天井《てんじょう》を仰《あお》いでワォ〜ンと犬《いぬ》の遠吠《とおぼ》えをしてみせた。

それで皆《みんな》が笑《わら》い、重《おも》かった空気《くうき》が少《すこ》し和《なご》んだんだ。

私《わたし》も笑《わら》って見《み》せたけど、でも気持《きも》ちは沈《しず》んだままだった。

「僕《ぼく》は、絵《え》と表装《ひょうそう》の布《ぬの》の間《あいだ》から採取《さいしゅ》した土《つち》らしき物質《ぶっしつ》を分析《ぶんせき》するよ。」

そう言《い》った小塚君《こづかくん》に続《つづ》いて、忍《しのぶ》が自分《じぶん》を励《はげ》ますように両手《りょうて》を握《にぎ》りしめた。

「じゃ俺《おれ》、昨日《きのう》の続《つづ》きをやる。今度《こんど》は結果《けっか》を出《だ》してみせっから期待《きたい》しててくれ。アーヤは？」

急《きゅう》に話《はなし》をフられて、私《わたし》はちょっとあせりつつ、もう一度《いちど》ノートを見直《みなお》した。

謎《なぞ》は全部《ぜんぶ》で6つあったから、その中《なか》から自分《じぶん》の力《ちから》で調査《ちょうさ》できるものを選《えら》び出《だ》そうと思《おも》ったんだ。
1、美術館《びじゅつかん》にある黒猫姫《くろねこひめ》は本当《ほんとう》に贋作《がんさく》なのか、これは昨日《きのう》、小塚君《こづかくん》が調《しら》べて行《い》き詰《づ》まっているから、これ以上《いじょう》は手《て》の打《う》ちようがない。小塚君の土の分析を待つのみ。
2、贋作《がんさく》だとすれば誰《だれ》がどこで制作《せいさく》したのか、これは今《いま》のところフィスが家《いえ》で、ということになっていて、これから翼《たすく》が調《しら》べる。
3、贋作《がんさく》を作《つく》った人物《じんぶつ》の動機《どうき》と目的《もくてき》、これはまだ誰《だれ》も手《て》を付《つ》けてない。
4、本物《ほんもの》の黒猫姫《くろねこひめ》はどこにあるのか、これは今《いま》のところは見当《けんとう》もつかない。
電力《でんりょく》セミコン事件《じけん》の謎《なぞ》は2つで、電力会社《でんりょくがいしゃ》のミスとは何《なん》なのか、武石社長《たけいししゃちょう》はなぜ半年《はんとし》待《ま》てと言《い》っているのか、これらは黒木君《くろきくん》が調《しら》べてくれる会社《かいしゃ》の情報《じょうほう》を元《もと》にして考《かんが》えた方《ほう》が効率的《こうりつてき》だった。

となると、今《いま》、私《わたし》にできることは、３の贋作《がんさく》を作《つく》った人物《じんぶつ》の動機《どうき》と目的《もくてき》、を探《さぐ》ること。

よし、もう一度《いちど》フィスに接近《せっきん》してみよう。

恐《こわ》いけど、頑張《がんば》ればできそう。

そう思《おも》いながら、翼《たすく》がフィスの家《いえ》に行《い》くことを考《かんが》えて、ちょっと躊躇《ためら》った。

一緒《いっしょ》に行《い》こうって言《い》っても、きっと断《ことわ》られるだろうし、向《む》こうで突然《とつぜん》、出会《でくわ》しても気《き》まずいから・・・翼《たすく》の調査《ちょうさ》が終《お》わるのを待《ま》って行《い》くしかないよね。

「えっと私《わたし》は、授業《じゅぎょう》の合間《あいま》を見《み》てフィスの周辺《しゅうへん》を探《さぐ》るよ。もう何度《なんど》か会《あ》ってるから、大丈夫《だいじょうぶ》。」

小塚君《こづかくん》がチラッと時計《とけい》を見《み》て、とてもあわてた様子《ようす》で言《い》った。

「もう朝食《ちょうしょく》の時間《じかん》だ。アーヤ、行《い》こう。」

まるで急《いそ》がないと食《た》べられなくなると言《い》わんばかりだったので、皆《みんな》があきれた。

「朝飯《あさめし》は、逃《に》げねーよ。」

忍《しのぶ》に言《い》われて、小塚君《こづかくん》は上《あ》げかけた腰《こし》を下《お》ろしたけれど、どうしても落《お》ち着《つ》かない様子《ようす》だった。

きっとメニューなんかが気《き》になるんだよね。

「じゃ、」

翼《たすく》が立《た》ち上《あ》がる。

「各自《かくじ》、動《うご》いて、午後《ごご》の会議《かいぎ》に結論《けつろん》を発表《はっぴょう》できるようにしよう。若武《わかたけ》の怒《いか》りを鎮《しず》めてやんないと、あいつ、アドレナリン出捲《でまく》りで自律神経《じりつしんけい》がおかしくなるぜ。友情《ゆうじょう》を持《も》って頑張《がんば》ろう！」

わずかな皮肉《ひにく》をこめたその言《い》い方《かた》は、とても翼《たすく》らしくてカッコよかった。

そんな様子《ようす》を見《み》るにつけても、その友情《ゆうじょう》を失《うしな》ったことは私《わたし》にとって大《おお》きな痛手《いたで》だと思《おも》わずにいられなかったんだ、シクシク。

24　リベンジ会議《かいぎ》

保養施設《ほようしせつ》に戻《もど》って確認《かくにん》すると、私《わたし》の今日《きょう》の時間割《じかんわ》りは、午前中《ごぜんちゅう》ビッチリだった。

しかたがない、午後《ごご》の会議《かいぎ》の後《あと》で動《うご》こう。

そう思《おも》ってきちんと授業《じゅぎょう》を受《う》け、授業《じゅぎょう》が終了《しゅうりょう》すると即《そく》、食堂《しょくどう》に行《い》って急《いそ》いでお昼《ひる》を食《た》べ、合宿所《がっしゅくじょ》に飛《と》んでいった。

私《わたし》が、一番早《いちばんはや》かった！

で、事件《じけん》ノートの整理《せいり》をしている間《あいだ》に、ドヤドヤッと皆《みんな》が入《はい》ってきたんだ。

忍《しのぶ》だけがいなかった。

「おアーヤ、妙《みょう》に早《はや》いな、いつもいつも遅《おそ》いのに。」

うるさい、若武《わかたけ》。

「遅《おそ》いのは、若武《わかたけ》、きさまだっ！」

上杉君《うえすぎくん》が、憤慨《ふんがい》した叫《さけ》びを上《あ》げる。

「こいつったら5分休憩《ふんきゅうけい》の後《あと》、集合《しゅうごう》に遅《おく》れやがったんだぜ。おかげで俺《おれ》たちのグループだけグラウンド50周《しゅう》だ。」

若武《わかたけ》は肩《かた》を竦《すく》めた。

「しょうがないじゃん。途中《とちゅう》で止《や》められない対戦型《たいせんがた》ゲームだったんだから。」

休憩中《きゅうけいちゅう》に、ゲームやってたんだ。

「いっぺん死《し》ねっ！」

激怒《げきど》する上杉君《うえすぎくん》を、黒木君《くろきくん》が宥《なだ》めて椅子《いす》に座《すわ》らせる。

「さぁ始《はじ》めるぞ。」

若武《わかたけ》が元気《げんき》よく開会《かいかい》を宣言《せんげん》した。

「俺《おれ》たちサッカーメンバーは、ずううっと練習《れんしゅう》していて調査《ちょうさ》の時間《じかん》が取《と》れなかった。」

隣《となり》で上杉君《うえすぎくん》が、ボソッとつぶやく。

「ゲームの時間《じかん》は、取《と》りやがったよな・・・」

その時《とき》、ガタッとドアが開《ひら》き、忍《しのぶ》が飛《と》びこんできたんだ。

「贋作《がんさく》の証拠《しょうこ》、見《み》つけたぜっ！」

すごいっ！

「消《き》えた黒猫《くろねこ》について調《しら》べるために美術館《びじゅつかん》付属《ふぞく》の民俗資料館《みんぞくしりょうかん》に行《い》こうとしてたら、途中《とちゅう》で橋田《はしだ》さんに会《あ》ってさ、」

両手《りょうて》をテーブルに突《つ》き、私《わたし》たちの方《ほう》に身《み》を乗《の》り出《だ》す。

乱《みだ》れた呼吸《こきゅう》で上下《じょうげ》する大《おお》きな肩《かた》から、長《なが》い髪《かみ》がサラサラと零《こぼ》れ落《お》ちた。

んーっ、きれい！

「真珠姫《しんじゅひめ》の掛《か》け軸《じく》が、どうしてもうまく設置《せっち》できないって困《こま》ってたんだ。で、現場《げんば》を見《み》せてもらったら、なんとっ！」

ゴックン！

「ケースの中《なか》に吊《つ》るした真珠姫《しんじゅひめ》の掛《か》け軸《じく》が少《すこ》しよじれて、真珠姫《しんじゅひめ》が横《よこ》を向《む》いてんだよ。いくら吊《つ》るし方《かた》を変《か》えても全然《ぜんぜん》、ダメ。同《おな》じ方向《ほうこう》によじれる。それでよく見《み》たら、隣《となり》のケースに黒猫姫《くろねこひめ》が入《はい》ってたんだ。真珠姫《しんじゅひめ》の絵《え》は、まるで黒猫姫《くろねこひめ》から顔《かお》を背《そむ》けるようによじれるんだよ。２人《ふたり》は従姉妹同士《いとこどうし》で、たぶん仲《なか》がよかったはずなのにさ。これはおそらく黒猫姫《くろねこひめ》の絵《え》が贋作《がんさく》で、真珠姫《しんじゅひめ》がそれに抗議《こうぎ》してるからだ。」

一気《いっき》に言《い》い切《き》った忍《しのぶ》に、私《わたし》たちは啞然《あぜん》・・・。

それは一般的《いっぱんてき》には通用《つうよう》しない理屈《りくつ》だよ、って言《い》い出《だ》す気《き》にもならないくらいの脱力状態《だつりょくじょうたい》だった。

「そんで、どしたの？」

やっとのことで小塚君《こづかくん》が言《い》い、忍《しのぶ》は自慢《じまん》げに背筋《せすじ》を伸《の》ばす。

「まず真珠姫《しんじゅひめ》を宥《なだ》めて、本物《ほんもの》は捜索中《そうさくちゅう》、ちょっとの我慢《がまん》だからねって言《い》っておいて、2つのケースを離《はな》してもらったんだ。で、まっすぐ向《む》いてくれるようになった。贋作《がんさく》の証拠《しょうこ》としては、充分《じゅうぶん》だろ。」

ああ・・・。

「じゃ会議《かいぎ》を始《はじ》める。」

若武《わかたけ》が、何事《なにごと》もなかったかのように言《い》い、私《わたし》も内心《ないしん》、この場《ば》はそうするしかないと考《かんが》えた。

だって勘《かん》を根拠《こんきょ》にした報告《ほうこく》じゃ取《と》り上《あ》げられないし、話《はな》し合《あ》ってもお互《たが》いの考《かんが》え方《かた》の違《ちが》いが明《あき》らかになるだけだもの。

で、まるで何《なに》も聞《き》かなかったかのように、無視《むし》。

忍《しのぶ》は、目《め》をパチパチしていたけれど、黙《だま》ったままおとなしく座《すわ》り、会議《かいぎ》に参加《さんか》した。

ん、いい子《こ》、いい子《こ》！

「俺《おれ》から報告《ほうこく》。」

真《ま》っ先《さき》にそう言《い》ったのは、翼《たすく》だった。

「フィスの家《いえ》に行《い》ったら、ちょうど出《で》かけようとしてた武石社長《たけいししゃちょう》と出会《でくわ》したんだ。名家《めいか》の中《なか》を見《み》たいって言《い》ったら、オッケイしてくれた。」

お、ラッキー！

「お手伝《てつだ》いさんが案内《あんない》してくれて、広《ひろ》い敷地内《しきちない》を隈《くま》なく見《み》た。フィスの部屋《へや》はもちろん、他《ほか》の部屋《へや》や蔵《くら》、祭《まつ》ってある屋敷神《やしきがみ》の社《やしろ》とかも。」

で・・・結果《けっか》は？

「膠《にかわ》の臭《にお》いは、どこからもしなかった。岩絵具《いわえのぐ》の匂《にお》いもだ。」

そんなっ！

「つまり贋作《がんさく》を描《か》いた場所《ばしょ》は、あそこじゃないってこと。俺《おれ》からは、以上《いじょう》。」

翼《たすく》は腰《こし》を下《お》ろしたけれど、いささか不機嫌《ふきげん》だった。

自分《じぶん》の調査《ちょうさ》の結果《けっか》に、満足《まんぞく》できなかったらしい。

「考《かんが》えられることは、２つだな。」

上杉君《うえすぎくん》が腕《うで》を組《く》み、椅子《いす》の背《せ》に寄《よ》りかかる。

「フィスは、別《べつ》の場所《ばしょ》で贋作《がんさく》を描《か》いた。あるいはフィスは贋作《がんさく》を描《か》いてない。」

若武《わかたけ》が眉根《まゆね》を寄《よ》せた。

「別《べつ》の場所《ばしょ》ってどこだよ。描《か》けそうなとこは、もう全部当《ぜんぶあ》たったじゃん。」

ん、部室《ぶしつ》も寮《りょう》も調《しら》べたし、残《のこ》るのは家《いえ》だけだったんだよね。

「あと考《かんが》えられるのは、街《まち》のネットカフェとかレンタルルームだ。」

あ、そうか。

「けど、そういうとこってたいてい火《ひ》を使《つか》えないだろ。それじゃ膠《にかわ》を溶《と》けない。膠《にかわ》が溶《と》けないと、絵《え》が描《か》けない。」

そう言《い》って若武《わかたけ》が口《くち》をつぐむと、上杉君《うえすぎくん》は、なんでこんな単純《たんじゅん》なことがわからないんだといったような顔《かお》になった。

「あのねぇ、描《か》く場所《ばしょ》がなかったら描《か》けねーだろ。描《か》いた痕跡《こんせき》がどこにもないんだったら、それは描《か》いてないってことだ。」

その意見《いけん》は真《ま》っ当《とう》で、突《つ》っこむ隙《すき》は全然《ぜんぜん》なかった。

でもそうだとすると、贋作《がんさく》は存在《そんざい》しない、つまりあの絵《え》は贋作《がんさく》じゃないってことになってしまうんだ。

私《わたし》たちは、納得《なっとく》できない思《おも》いで顔《かお》を見合《みあ》わせた。

じゃ岩絵具《いわえのぐ》の件《けん》は、どう説明《せつめい》するの。

「絶対《ぜったい》、あれは贋作《がんさく》だ。」

この事件《じけん》を失《うしな》うまいとしている若武《わかたけ》が、まるでしがみ付《つ》くような形相《ぎょうそう》でそう言《い》い、忍《しのぶ》がうれしそうに頷《うなず》いた。

「そりゃそうだよ、真珠姫《しんじゅひめ》にあれほど嫌《きら》われてるんだからさ、ニセモノに決《き》まってる。」

えっと、その件《けん》は、ちょっと置《お》いとこうね。

「フィスじゃなく別《べつ》の人物《じんぶつ》が贋作《がんさく》を描《か》いたとか、アリ？」

翼《たすく》の声《こえ》に、皆《みんな》がハッとした。

それは今《いま》まで、誰《だれ》も考《かんが》えなかったことだったんだ。

「岩絵具《いわえのぐ》の瓶《びん》を割《わ》ったのはフィスだけど、実際《じっさい》の制作者《せいさくしゃ》は別人《べつじん》で、フィスは絵具《えのぐ》を調達《ちょうたつ》しただけだったとか。」

そういう線《せん》、あるかもっ！

「わかった。この件《けん》については、さらに範囲《はんい》を広《ひろ》げて調査《ちょうさ》しよう。」

若武《わかたけ》は、表情《ひょうじょう》を和《やわ》らげてそう言《い》った。

「フィスと関係《かんけい》のある人間《にんげん》を当《あ》たるんだ。」

別人説《べつじんせつ》の浮上《ふじょう》により、この事件《じけん》を諦《あきら》めなくてもよくなって、ホッとしたらしい。

「じゃ次《つぎ》。報告《ほうこく》できる奴《やつ》、いる？」

黒木君《くろきくん》が立《た》ち上《あ》がる。

「株式会社《かぶしきがいしゃ》セミコンについて調《しら》べた。現在《げんざい》、アメリカの大手企業《おおてきぎょう》の子会社《こがいしゃ》になる計画《けいかく》が進《すす》んでいる。」

え・・・それってアメリカの会社《かいしゃ》に吸収《きゅうしゅう》されて、その傘下《さんか》に入《はい》るってこと？

「吸収合併《きゅうしゅうがっぺい》じゃなくて、新設合併《しんせつがっぺい》だ。」

はて？

「セミコンと、アメリカ大手企業《おおてきぎょう》の子会社《こがいしゃ》である半導体会社《はんどうたいがいしゃ》を統合《とうごう》させ、新会社《しんがいしゃ》を発足《ほっそく》させるらしい。これがうまくいけばセミコンは今後《こんご》、飛躍的《ひやくてき》に発展《はってん》できるはずだ。おそらく国内《こくない》ではトップの半導体会社《はんどうたいがいしゃ》になれる。」

わぁ武石社長《たけいししゃちょう》、喜《よろこ》んでるだろうな。

「現在《げんざい》、計画《けいかく》は順調《じゅんちょう》に進行《しんこう》、半年後《はんとしご》のアメリカの株主総会《かぶぬしそうかい》で承認《しょうにん》される予定《よてい》だ。」

株主総会《かぶぬしそうかい》って言葉《ことば》の意味《いみ》がイマイチよくわからず、私《わたし》は首《くび》を傾《かし》げた。

瞬間《しゅんかん》、上杉君《うえすぎくん》が突《つ》っ立《た》ったんだ。

「今《いま》、半年後《はんとしご》って言《い》ったよな。」

吊《つ》り上《あ》がったその目《め》に、冷《つめ》たい光《ひかり》がきらめく。

「社長《しゃちょう》の言《い》ってた、半年《はんとし》待《ま》てって、そのことじゃね？」

え、そこ、つながるの。

「半年後《はんとしご》の株主総会《かぶぬしそうかい》で、会社《かいしゃ》の統合《とうごう》を承認《しょうにん》させたい。そのためには、今《いま》、電力会社《でんりょくがいしゃ》にミスを直《なお》してほしくないんだ。」

なんで？

「隠《かく》しているそのミスを直《なお》すってことになれば、公《おおやけ》にせざるをえないし、世間《せけん》の注目《ちゅうもく》が集《あつ》まる。そうすると株主《かぶぬし》たちが、会社《かいしゃ》の統合《とうごう》に反対《はんたい》する可能性《かのうせい》があると社長《しゃちょう》は考《かんが》えてるんだ。だから機械《きかい》を止《と》められないって口実《こうじつ》を付《つ》けて、ミスを直《なお》させまいとしている。」

私《わたし》も含《ふく》めた皆《みんな》が、首《くび》を傾《かし》げた。

「そのミスって、電力会社《でんりょくがいしゃ》の責任《せきにん》なんだろ。セミコンには関係《かんけい》ないから、それを直《なお》すことでミスが公《おおやけ》になったとしても、統合《とうごう》の話《はなし》はポシャったりしないでしょ。」

「会社内《かいしゃない》にミスを抱《かか》えているのなら早《はや》く直《なお》して、きれいな形《かたち》で株主総会《かぶぬしそうかい》に臨《のぞ》んだ方《ほう》がいいって普《ふ》通《つう》、考《かんが》えないか？」

皆《みんな》の反対《はんたい》を受《う》け、上杉君《うえすぎくん》は大《おお》きな息《いき》をつく。

「細《こま》かなことは、今《いま》の時点《じてん》じゃわからん。けど半年《はんとし》って時期《じき》が一致《いっち》してるんだから、社長《しゃちょう》が考《かんが》えてるのは絶対《ぜったい》、アメリカの大手企業《おおてきぎょう》との会社統合《かいしゃとうごう》のことだ。株主総会《かぶぬしそうかい》でそれが決定《けってい》するまでは、今《いま》の状態《じょうたい》を変《か》えたくないんだ。」

そうかなぁ・・・。

私《わたし》には判断《はんだん》がつかなかった。

そもそも株主総会《かぶぬしそうかい》に対《たい》して、生半可《なまはんか》な知識《ちしき》しかなかったし。

だから賛成《さんせい》も反対《はんたい》もできずに、中途半端《ちゅうとはんぱ》な気持《きも》ちでいたんだ。

でもたった1人《ひとり》、諸手《もろて》を挙《あ》げて賛成《さんせい》したのは、

「おお、きっとそうだっ！　上杉《うえすぎ》の言《い》う通《とお》りに違《ちが》いない!!」

若武《わかたけ》だった。

「この事件《じけん》、どんどん派手《はで》になってくよな。いやぁ結構《けっこう》、結構《けっこう》！」

派手《はで》なの、好《す》きだからなぁ。

「これだけの情報《じょうほう》じゃ、」

立《た》っていた黒木君《くろきくん》が、静《しず》かに皆《みんな》を見回《みまわ》す。

「これ以上《いじょう》、詰《つ》められそうもないね。もっと調《しら》べてみる。データが集《あつ》まった時点《じてん》でもう一度《いちど》検討《けんとう》

しよう。」

若武《わかたけ》が残念《ざんねん》そうに頷《うなず》いた。

「じゃ黒木《くろき》は調査続行《ちょうさぞっこう》だ。」

黒木君《くろきくん》は座《すわ》りながら体《からだ》を傾《かたむ》け、私《わたし》の耳《みみ》にささやく。

「株主総会《かぶぬしそうかい》って、その会社《かいしゃ》の株《かぶ》を持《も》ってる人間《にんげん》が参加《さんか》する会《かい》だよ。会社側《かいしゃがわ》から決算報告《けっさんほうこく》を受《う》けたり、取締役人事《とりしまりやくじんじ》や報酬《ほうしゅう》なんかの説明《せつめい》を聞《き》いて、多数決《たすうけつ》で承認《しょうにん》したり拒否《きょひ》したりするんだ。今回《こんかい》のような合併《がっぺい》も、株主《かぶぬし》の承認《しょうにん》がないと実行《じっこう》できない。」

じゃ半年後《はんとしご》の株主総会《かぶぬしそうかい》には、会社《かいしゃ》の命運《めいうん》がかかってるんだよね。

必死《ひっし》かも。

「アーヤ、何《なに》してんだ。おまえの番《ばん》だぞ。」

若武《わかたけ》に催促《さいそく》されて、私《わたし》はあわてて立《た》ち上《あ》がった。

残念《ざんねん》ながら、報告《ほうこく》することは何《なに》もない。

でもフィスと話《はな》した時《とき》のことを思《おも》い出《だ》して、皆《みんな》の意見《いけん》を聞《き》いておこうと思《おも》ったんだ。

「新《あたら》しい報告《ほうこく》はありません。皆《みんな》の考《かんが》えを聞《き》きたいんですが、今朝《けさ》の会議《かいぎ》で私《わたし》が、フィスは何《なに》か屈《くっ》折《せつ》したものを抱《かか》えていると言《い》ったのは、具体的《ぐたいてき》に言《い》えば、どことなく悲《かな》しそうで孤独《こどく》な感《かん》じがしたからです。なぜフィスは、そんな様子《ようす》だったのでしょうか。贋作《がんさく》を作《つく》ったのが彼《かれ》だとしたら、どうしてそんなことをしたんだと思《おも》いますか。」

小塚君《こづかくん》が、自信《じしん》なげに答《こた》えた。

「さっきの本《ほん》の中《なか》の贋作者《がんさくしゃ》は、画家《がか》になりたかったんだけど世《よ》の中《なか》に認《みと》められず、自分《じぶん》の力《ちから》を知《し》らしめたいと思《おも》ってやったって刑務所《けいむしょ》で回想《かいそう》してたよ。そういう奴《やつ》ばかりじゃないとは思《おも》うけど。」

翼《たすく》がキッパリと言《い》う。

「贋作《がんさく》を作《つく》る目的《もくてき》の多《おお》くは、金《かね》を手《て》に入《い》れるためだろ。」

なるほど、自己顕示《じこけんじ》や金銭《きんせん》が目的《もくてき》なんだ。

じゃフィスの場合《ばあい》も、その2つのうちのどっちかかも。

私《わたし》がそう思《おも》った瞬間《しゅんかん》、上杉君《うえすぎくん》が舌打《したう》ちした。

「それ、違《ちげ》えーよ。」

え？

「金《かね》を手《て》に入《い》れたいなら、盗《ぬす》むだけでいいじゃん。わざわざ時間《じかん》かけて贋作《がんさく》を作《つく》って、すり替《か》える必要《ひつよう》ねーだろ。」

ああ確《たし》かに。

「贋作《がんさく》を作《つく》って本物《ほんもの》とすり替《か》えるのは、盗《ぬす》んだ事実《じじつ》を隠《かく》すためだ。盗難《とうなん》が発覚《はっかく》すると、新聞《しんぶん》やテレビが報道《ほうどう》するから、世《よ》の中《なか》に知《し》れ渡《わた》る。それで本物《ほんもの》を売《う》りにくくなると犯人《はんにん》が考《かんが》えた場合《ばあい》、売《う》れるまで贋作《がんさく》でごまかして、騒《さわ》ぎにならないようにするんだ。」

若武《わかたけ》がつぶやく。

「詳《くわ》しいな。おまえ、1、2度《ど》やったことあるんだろ。」

それで上杉君《うえすぎくん》はすっかり怒《おこ》ってしまい、ツンと横《よこ》を向《む》いて、二度《にど》と口《くち》を開《ひら》こうとしなかった。

あーあ・・・。

「じゃ、この贋作《がんさく》ってさ、」

悪《わる》くなったその場《ば》の空気《くうき》を気《き》にもせず、忍《しのぶ》が陽気《ようき》に話《はなし》を進《すす》める。

「盗難《とうなん》がバレたら、本物《ほんもの》が売《う》れなくなるって判断《はんだん》した奴《やつ》がやったんだ。いったいどこに、いつ売《う》るつもりなんだろ。」

若武《わかたけ》が私《わたし》を見《み》た。

「その疑問《ぎもん》、書《か》いとけ。」

私《わたし》は、急《いそ》いでそれを書《か》き留《と》める。

「じゃ次行《つぎい》くぞ。小塚《こづか》。」

小塚君《こづかくん》は、椅子《いす》の下《した》に置《お》いたナップザックからファイルを取《と》り出《だ》し、立《た》ち上《あ》がった。

「黒猫姫《くろねこひめ》の絵《え》と表装《ひょうそう》の布《ぬの》の間《あいだ》に入《はい》っていたこれ、」

そう言《い》いながら、小《ちい》さなビニール袋《ぶくろ》を掲《かか》げて見《み》せる。

「やっぱり土《つち》だった。でもただの土《つち》じゃない。泥炭《でいたん》の乾《かわ》いたものだ。この辺《あた》り一帯《いったい》が同《おな》じ地質《ちしつ》だから、まだ地域《ちいき》の特定《とくてい》はできてないけどね。中《なか》には泥炭地《でいたんち》にしか生《は》えない植物《しょくぶつ》の根《ね》の一部《いちぶ》が混《ま》ざっていた。その状態《じょうたい》から見《み》て、この泥炭《でいたん》は地上《ちじょう》のものじゃなくて地中《ちちゅう》のものだと思《おも》う。」

誰《だれ》かが穴《あな》でも掘《ほ》って、その中《なか》に黒猫姫《くろねこひめ》の絵《え》を置《お》いておいたってこと？

「昨日《きのう》、ピートサンプラーで、この辺《あた》りの土地《とち》のサンプルをいくつか集《あつ》めたんだ。泥炭地《でいたんち》を分析《ぶんせき》したかったからだけど、それと比較《ひかく》すれば、どこのものかわかるかもしれない。」

若武《わかたけ》が力《ちから》を入《い》れた拳《こぶし》をテーブルに押《お》し当《あ》てる。

「おしっ、小塚《こづか》、おまえに期待《きたい》するっ！　黒猫姫《くろねこひめ》が置《お》かれていた場所《ばしょ》が特定《とくてい》できれば、大《おお》きな進展《しんてん》だ。そこが贋作《がんさく》を描《か》いた場所《ばしょ》かもしんないからな。」

機嫌《きげん》よく言《い》いながら、忍《しのぶ》に目《め》を向《む》ける。

「おまえは、さっきのことの他《ほか》に、報告《ほうこく》できることある？」

ほとんど頼《たの》みにしてないといった感《かん》じの軽《かる》い言《い》い方《かた》だったけれど、忍《しのぶ》は真剣《しんけん》な表情《ひょうじょう》で答《こた》えた。

「あの城址公園《じょうしこうえん》には、戦国時代末期《せんごくじだいまっき》の家老《かろう》の霊《れい》が彷徨《さまよ》ってる。」

ひっ！

「千葉氏《ちばし》の記録《きろく》を調《しら》べたら、黒猫《くろねこ》が消《き》えた日《ひ》から姫《ひめ》が出発《しゅっぱつ》するまでの間《あいだ》に、5人《にん》の家老《かろう》のうちの1人《ひとり》が病死《びょうし》してるから、そいつの霊《れい》なんじゃないかな。この時期《じき》に死《し》んでる家老《かろう》って、他《ほか》にいないから。」

でも死《し》んだ人《ひと》って、お葬式《そうしき》してもらうんでしょ。

そしたら彷徨《さまよ》わずに、成仏《じょうぶつ》するんじゃないの？

「何《なに》か心残《こころのこ》りがあったとかさ。」

あ、そうか。

「どうも黒猫《くろねこ》が消《き》えたことと関係《かんけい》がありそうな気《き》がするんだ。」

忍《しのぶ》の勘《かん》は、たいてい当《あ》たるからなぁ。

「もっと調《しら》べてはっきりさせたいんだけど、戦国時代《せんごくじだい》の記録《きろく》だから筆文字《ふでもじ》だろ。漢文《かんぶん》で読《よ》みにくい。武石氏《たけいしし》がどういう統治組織《とうちそしき》を作《つく》ってたのかってこと自体《じたい》もよくわからないしさ。超進《ちょうすす》まないんだ。誰《だれ》か手伝《てつだ》ってくれないかな。」

若武《わかたけ》が、その目《め》を厳《きび》しくした。

「甘《あま》えてんじゃない。皆《みんな》それぞれ忙《いそが》しいだろ。割《わ》り当《あ》てられた仕事《しごと》は、自分《じぶん》で全力《ぜんりょく》を尽《つ》くす、それがKZ《カッズ》なんだ。」

忍《しのぶ》は、ちょっとヘコんだ様子《ようす》を見《み》せる。

KZ《カッズ》に入《はい》ってまだ日《ひ》が浅《あさ》いから、メンバーはそれぞれが自立《じりつ》して自分《じぶん》の仕事《しごと》をこなすのが普通《ふつう》だってことが、よくわかってないんだ。

冷《つめ》たくされたって感《かん》じて、ショックを受《う》けているのに違《ちが》いない。

どう説明《せつめい》すればいいのか私《わたし》が考《かんが》えていると、上杉君《うえすぎくん》が言《い》った。

「金《かね》、当《あ》たれよ。」

忍《しのぶ》は、ピクンと背筋《せすじ》を伸《の》ばす。

「組織《そしき》のことは、金《かね》の流《なが》れを押《お》さえればわかってくる。収支《しゅうし》を付《つ》けている帳簿《ちょうぼ》があるはずだ。大《だい》福帳《ふくちょう》っていうのか、まずそれを当《あ》たれ。そうすれば組織《そしき》の背骨《せぼね》が見《み》えてくる。」

忍《しのぶ》はちょっと笑《わら》った。

「大福帳《だいふくちょう》は、商家《しょうか》の元帳《もとちょう》のことだろ。武家《ぶけ》は違《ちが》うよ。」

その抗議《こうぎ》を、上杉君《うえすぎくん》は無表情《むひょうじょう》のまま、あっさりスルー。

「あとは上級武士《じょうきゅうぶし》が残《のこ》した私的記録《してききろく》、覚《おぼ》え書《が》きとか日記《にっき》なんか。公《おおやけ》の文書《ぶんしょ》と違《ちが》って意外《いがい》な発見《はっけん》があるはずだ。」

忍《しのぶ》は頷《うなず》く。

「わかった、ありがと。」

その顔《かお》は、すっかり元気《げんき》を取《と》り戻《もど》していた。

ほっとしている私《わたし》に、若武《わかたけ》が目《め》を向《む》ける。

「アーヤ、これまでの話《はなし》、今後《こんご》の調査項目《ちょうさこうもく》に直《なお》して、列挙《れっきょ》。」

私《わたし》は急《いそ》いでノートを引《ひ》っくり返《かえ》し、メモした部分《ぶぶん》に目《め》を通《とお》しながらまとめた。

「今後《こんご》の調査項目《ちょうさこうもく》を発表《はっぴょう》します。贋作《がんさく》・黒猫姫事件《くろねこひめじけん》については、その1、贋作《がんさく》を描《か》いた人間《にんげん》をフィスに限定《げんてい》せず、関係者《かんけいしゃ》を含《ふく》めて調《しら》べる。その2、犯人《はんにん》が贋作《がんさく》を作《つく》った目的《もくてき》と、それをどこに、いつ売《う》ろうとしているのかを調《しら》べる。その3、黒猫姫《くろねこひめ》の絵《え》に付《つ》いていた泥炭《でいたん》から地域《ちいき》を特定《とくてい》する。その4、消《き》えた黒猫《くろねこ》に関《かん》して調査《ちょうさ》する。」

そう言《い》いながら、彷徨《さまよ》う家老《かろう》の霊《れい》についての調査《ちょうさ》も、と言《い》いかけて、私《わたし》は皆《みんな》を見《み》た。

すると若武《わかたけ》を始《はじ》めとするメンバーが皆《みんな》、プルプルと首《くび》を横《よこ》に振《ふ》っていたんだ。

それで言《い》うのを止《や》め、すかさず次《つぎ》に移《うつ》った。

「電力《でんりょく》セミコン事件《じけん》については、その1、武石社長《たけいししゃちょう》が半年《はんとし》待《ま》てと言《い》っている理由《りゆう》をはっきりさせる。その2、電力会社《でんりょくがいしゃ》のミスを特定《とくてい》する、以上《いじょう》。」

若武《わかたけ》が、大《おお》きく頷《うなず》く。

「その1は広範囲《こうはんい》だから、美門《みかど》と俺《おれ》、上杉《うえすぎ》でやる。2は、アーヤ。」

うっ、1人《ひとり》かぁ。

「3は小塚《こづか》、4は七鬼《ななき》、セミコン関係《かんけい》は黒木《くろき》だ。」

でも今回《こんかい》、1人《ひとり》のチームが多《おお》いからな、しかたがない、頑張《がんば》ろう！

「結果報告《けっかほうこく》は今日《きょう》の夜《よる》だ。夕食後《ゆうしょくご》にここに集《あつ》まれ。解散《かいさん》っ！」

その時《とき》、いきなり床《ゆか》が揺《ゆ》れた。

「お、地震《じしん》だっ！」

皆《みんな》がとっさに立《た》ち上《あ》がり、若武《わかたけ》が走《はし》り出《だ》して部屋《へや》のドアを開《あ》ける。

「アーヤ、後《うし》ろにロッカーあるから、こっちに！」

黒木君《くろきくん》に言《い》われ、私《わたし》が移動《いどう》している間《あいだ》に、揺《ゆ》れは収《おさ》まった。

「終《お》わった、みたいだな。」

上杉君《うえすぎくん》が天井《てんじょう》を仰《あお》ぐ。

「震度《しんど》は、おそらく3くらいだ。」

翼《たすく》が大《おお》きな息《いき》をついた。

「ここに来《き》て、2度目《どめ》でしょ。」

ん、九十九里沖《くじゅうくりおき》のプレートが動《うご》いてるってママが言《い》ってたよ。

「じゃ諸君《しょくん》、今度《こんど》こそ解散《かいさん》だ。健闘《けんとう》を祈《いの》る。解散《かいさん》っ！」

25　意外《いがい》な言葉《ことば》

フィスが贋作《がんさく》を作《つく》ったとすれば、なぜなのか。

それは私《わたし》の、当初《とうしょ》からの疑問《ぎもん》だった。

これを解決《かいけつ》するためには、どうすればいい？

私《わたし》は頭《あたま》を捻《ひね》ったけれど、フィスを訪《たず》ねて直接《ちょくせつ》、話《はなし》を聞《き》くこと以外思《いがいおも》いつかなかった。

やむを得《え》ん、家《いえ》に行《い》ってみよう。

普通《ふつう》に聞《き》いても、昨日《きのう》と同《おな》じで拒否《きょひ》られそうだったから、私《わたし》は、今度《こんど》は頭《あたま》っから贋作者《がんさくしゃ》と決《き》めつけ、怒《おこ》らせて本音《ほんね》を聞《き》き出《だ》そうと考《かんが》えた。


よし、やるぞ！


それで午後《ごご》の授業《じゅぎょう》が終《お》わってから、武石家《たけいしけ》に向《む》かったんだ。

道路《どうろ》に面《めん》して大《おお》きな長屋門《ながやもん》を持《も》つ立派《りっぱ》な家《いえ》で、その門扉《もんぴ》をそっと開《あ》けると、向《む》こうに和風庭園《わふうていえん》があり、見栄《みば》えのする玄関口《げんかんぐち》が見《み》えた。

前《まえ》に私《わたし》がセミコンの敷地内《しきちない》から見《み》たのは、方向《ほうこう》から考《かんが》えて、脇《わき》の玄関口《げんかんぐち》だったらしい。

一軒家《いっけんや》ならたいてい、裏口《うらぐち》や台所口《だいどころぐち》があるけれど、脇玄関《わきげんかん》ってなかなかないよね、すごいかも。

「あの、今胤君《いまたねくん》いらっしゃいますか？」

門《もん》のドアフォンを押《お》して自分《じぶん》の名前《なまえ》を名乗《なの》り、会《あ》いたいと告《つ》げる。

応対《おうたい》に出《で》た若《わか》い女性《じょせい》はすぐ引《ひ》っこみ、しばらくして本人《ほんにん》が玄関《げんかん》の引《ひ》き戸《ど》を開《あ》けて姿《すがた》を現《あらわ》した。

庭《にわ》の飛《と》び石《いし》を踏《ふ》んで、こっちに歩《ある》いてくる。

私《わたし》が門《もん》からのぞきこんでいると、それに気《き》づいて、ギョッとしたように足《あし》を止《と》めた。

「おまえだったのかよ。」

あ、名前《なまえ》を言《い》うの初《はじ》めてだったかも。

「しつけーな。忘《わす》れろって言《い》っただろーが。」

そう言《い》うなり一気《いっき》に引《ひ》きかえしていこうとしたので、私《わたし》はあわてて走《はし》り寄《よ》った。

「黒猫姫《くろねこひめ》の贋作《がんさく》を描《か》いて、本物《ほんもの》とすり替《か》えたのは、あなただよね。」

フィスの体《からだ》が竦《すく》み上《あ》がる。

「何言《なにい》ってんだ、知《し》らねーよっ！」

その怯《おび》え方《かた》を見《み》て、私《わたし》は確信《かくしん》した、フィスがやったんだって！

「本物《ほんもの》は、どこに隠《かく》したの。」

フィスは、ひたすら首《くび》を横《よこ》に振《ふ》る。

私《わたし》は、逃《に》がすもんかと思《おも》って詰《つ》め寄《よ》った。

「あの美術館《びじゅつかん》は、あなたのお父《とう》さんのものも同然《どうぜん》なのに、そんなことするなんてお父《とう》さんがかわいそうじゃないの。会社《かいしゃ》の命運《めいうん》がかかってる大事《だいじ》な時期《じき》でしょう。」

フィスの目《め》に突然《とつぜん》、攻撃的《こうげきてき》な光《ひかり》が瞬《またた》く。

「父《ちち》のやってることは、ごまかしだ。」

意外《いがい》な言葉《ことば》だった。

「ずうっとごまかし続《つづ》けてきたんだ。その息子《むすこ》も親《おや》に相応《ふさわ》しく、同《おな》じことをやってるってだけさ。」

父親《ちちおや》に対《たい》する敵意《てきい》と、悲《かな》しみの入《い》り交《ま》じった眼差《まなざし》だった。

「今胤《いまたね》、」

玄関《げんかん》から年配《ねんぱい》の女性《じょせい》が顔《かお》を出《だ》す。

「お友《とも》だちなの？　上《あ》がってもらったらどう。」

フィスは振《ふ》り返《かえ》り、声《こえ》を上《あ》げた。

「いいよ、もう帰《かえ》るから。」

私《わたし》の手首《てくび》を摑《つか》み、引《ひ》きずるようにして門《もん》の所《ところ》まで歩《ある》くと、背中《せなか》を押《お》して外《そと》に突《つ》き出《だ》す。

「二度《にど》と来《く》るなよ。来《き》たらブっ殺《ころ》すかんな。」

私《わたし》をにらんで、門扉《もんぴ》をピシャッ！

すごい勢《いきお》いだったので、私《わたし》が思《おも》わず目《め》をつぶった直後《ちょくご》、門扉《もんぴ》の向《む》こうでスマートフォンの呼《よ》び出《だ》し音《おん》が響《ひび》いた。

「はい、」

フィスの声《こえ》が聞《き》こえる。

「出航《しゅっこう》の日程《にってい》はランオペから聞《き》いてますから、それまでに間《ま》に合《あ》わせます。」

声《こえ》は次第《しだい》に遠《とお》くなっていき、やがて玄関《げんかん》の閉《し》まる音《おと》がした。

はて、ランオペってなんだろう。

私《わたし》は首《くび》を傾《かし》げながら、自分《じぶん》の目《め》の前《まえ》にある門扉《もんぴ》を見《み》つめた。

鍵《かぎ》はかかっていないから、それを開《あ》けて、もう一度《いちど》、中《なか》に入《はい》ることはできる。

でもこれ以上《いじょう》、本人《ほんにん》に迫《せま》っても、何《なに》も聞《き》き出《だ》せないような気《き》がしたんだ。

それよりは、あの意味深《いみしん》な言葉《ことば》と表情《ひょうじょう》を分析《ぶんせき》した方《ほう》が、早《はや》く真実《しんじつ》にたどり着《つ》けそう。

それでダメだったら、また来《く》ればいいんだもの。

私《わたし》は引《ひ》き上《あ》げることにし、道路《どうろ》に出《で》て歩《ある》き出《だ》しながら、フィスの言葉《ことば》を反芻《はんすう》し、その眼差《まなざし》を思《おも》い浮《う》かべた。

父《ちち》はずっとごまかし続《つづ》けてきた、その息子《むすこ》も親《おや》に相応《ふさわ》しく同《おな》じことをやっているだけ。

つまり武石社長《たけいししゃちょう》は、長《なが》い間《あいだ》、何《なに》か、正《ただ》しくないことを続《つづ》け、それを隠《かく》してきたんだ。

フィスは事実《じじつ》を知《し》っていて怒《いか》りと悲《かな》しみを感《かん》じているけれど、どうすることもできない。

だから自分《じぶん》に絶望《ぜつぼう》し、自暴自棄《じぼうじき》になってしまったんだ。

ごまかしている父親《ちちおや》と血《ち》がつながっている自分《じぶん》の価値《かち》を信《しん》じることができず、荒《あ》れる気持《きも》ちに任《まか》せて贋作《がんさく》という犯罪《はんざい》に手《て》を出《だ》し、自分《じぶん》をこんな道《みち》に走《はし》らせた父親《ちちおや》の美術館《びじゅつかん》に被害《ひがい》を与《あた》えようとしているのかもしれない。

「アーヤったら！」

大《おお》きな声《こえ》に驚《おどろ》いて振《ふ》り向《む》くと、息《いき》を切《き》らした小塚君《こづかくん》が追《お》いかけてきていた。

片腕《かたうで》に、ピートサンプラーを抱《かか》えている。

「何度《なんど》呼《よ》んでも、どんどん歩《ある》いてっちゃうんだもの。」

ごめん、聞《き》こえなかったんだ。

でもなんで、ここで会《あ》うんだろ。

「小塚君《こづかくん》は、黒猫姫《くろねこひめ》の絵《え》に付《つ》いていた泥炭《でいたん》と、この辺《あた》りの泥炭《でいたん》を比《くら》べてたんでしょ。それ、自分《じぶん》の部屋《へや》でやってたんじゃないの。」

小塚君《こづかくん》はようやく落《お》ち着《つ》いてきた息《いき》を大《おお》きく吐《は》き出《だ》した。

「そうなんだけどね。昨日《きのう》、採取《さいしゅ》した泥炭《でいたん》の成分《せいぶん》を分析《ぶんせき》してる最中《さいちゅう》に、すごく気《き》になることが出《で》てきたんだ。それでもう一度《いちど》、地面《じめん》の土《つち》を採取《さいしゅ》してはっきりさせようと思《おも》って、今《いま》、サンプルを取《と》りにきたとこだよ。」

そっか。

その探究心《たんきゅうしん》は、すごいかも。

「気《き》になることって、何《なに》？」

私《わたし》が聞《き》くと、小塚君《こづかくん》はいつになくきっぱりと答《こた》えた。

「はっきり結果《けっか》が出《で》たら、話《はな》すよ。」

いい加減《かげん》なことは言《い》わないんだね、感心《かんしん》。

「それより、大変《たいへん》なんだよ。」

え？

「黒猫姫《くろねこひめ》の絵《え》に付《つ》いていた泥炭《でいたん》の成分《せいぶん》と、そこに入《はい》ってた植物《しょくぶつ》の根《ね》から判断《はんだん》して、どうも美術館《びじゅつかん》近《ちか》くの土地《とち》らしかったから、さっき橋田《はしだ》さんに電話《でんわ》で聞《き》いてみたんだ。美術館《びじゅつかん》のあたりに工事《こうじ》で掘削《くっさく》したような穴《あな》がそのままになってる所《ところ》ってありますかって。絵《え》に付《つ》いてた泥炭《でいたん》は、地表《ちひょう》じゃなくて地中《ちちゅう》のものらしかったからさ。そしたらすごいことがわかった。」

え、何《なに》、何《なに》っ!?

「橋田《はしだ》さんが言《い》うには、この辺《あた》りで掘削《くっさく》の跡《あと》は見《み》たことがないけど、穴《あな》って言《い》えば、美術館《びじゅつかん》の地《ち》下《か》もそうかもしれない、コンクリートで固《かた》めず、土《つち》をそのまま露出《ろしゅつ》させて木《き》の根《ね》に似《に》せたネットで覆《おお》うデザインで、町民《ちょうみん》からは穴《あな》みたいだと言《い》われてるって。」

美術館《びじゅつかん》の地下《ちか》っ!?

「そこには美術品修復室《びじゅつひんしゅうふくしつ》と、町民《ちょうみん》が自由《じゆう》に使《つか》える個室《こしつ》があるらしい。どんな人《ひと》が出入《ではい》りしてるんですかって聞《き》いたら、修復室《しゅうふくしつ》の方《ほう》では専門家《せんもんか》が修復《しゅうふく》をしている、個室《こしつ》の方《ほう》は町《まち》に申《もう》しこめば誰《だれ》でも一定期間利用《いっていきかんりよう》できて、絵《え》を描《か》くのに使《つか》ってる人《ひと》がほとんど、鍵《かぎ》もかかるから自分《じぶん》の画材《がざい》も置《お》いておける、ああ武石《たけいし》さんの息子《むすこ》さんなんか、ほとんど入《い》り浸《びた》ってるよって。」

突然《とつぜん》、目《め》の前《まえ》に光《ひかり》が射《さ》しこんできた気《き》がした。

わかったつ、フィスは、そこで贋作《がんさく》を描《か》いたんだっ!

「個室《こしつ》には、火《ひ》が使《つか》えるような設備《せつび》はないって話《はなし》だったけど、修復室《しゅうふくしつ》の方《ほう》で岩絵具《いわえのぐ》や膠《にかわ》を使《つか》ってるはずだから、修復家《しゅうふくか》に頼《たの》んで膠液《にかわえき》を分《わ》けてもらうことはできると思《おも》うんだ。フィスがそこで贋作《がんさく》を描《か》いたことはほぼ間違《まちが》いないと思《おも》って、僕《ぼく》、さっき行《い》ってみた。」

行動力《こうどうりょく》、すごいっ！

「いくつかの個室《こしつ》は、鍵《かぎ》が掛《か》かっていて入《はい》れなかったけど、空《あ》いてる個室《こしつ》もあったからそこに入《はい》って、壁《かべ》の土《つち》を採取《さいしゅ》した。黒猫姫《くろねこひめ》の表装《ひょうそう》の布《ぬの》に付《つ》いていたものと同《おな》じだったよ。」

よくやったっ！

「黒木《くろき》も言《い》ってた通《とお》り、黒猫姫《くろねこひめ》の絵《え》は武石家《たけいしけ》の所有物《しょゆうぶつ》なんだから、美術館側《びじゅつかんがわ》に見《み》せてほしいって言《い》えば、いつでも出《だ》してくれるだろうし。それを返《かえ》す時《とき》にニセモノを渡《わた》せば、入《い》れ替《か》えは成功《せいこう》だ。本物《ほんもの》は、地下《ちか》の個室《こしつ》に隠《かく》してあるんだよ、きっと。」

私《わたし》は小塚君《こづかくん》の手《て》を取《と》り、握《にぎ》りしめて大《おお》きく揺《ゆ》さぶった。

「すごい成果《せいか》だねっ！」

小塚君《こづかくん》は、ポッと頬《ほお》を染《そ》める。

「アーヤ、このこと報告《ほうこく》しといてくれる？　僕《ぼく》、夕食後《ゆうしょくご》のKZ会議《カッズかいぎ》に出《で》られないかもしれないんだ。さっき言《い》った気《き》になる泥炭《でいたん》の分析《ぶんせき》に取《と》りかかるから。」

私《わたし》は、もちろんオーケイだった。

でも、これは小塚君《こづかくん》のお手柄《てがら》なんだから、本人《ほんにん》が報告《ほうこく》する方《ほう》がいいよ。

きっと皆《みんな》、感動《かんどう》して、小塚君《こづかくん》のこと尊敬《そんけい》するだろうし。

「なんとかして出席《しゅっせき》できない？」

そう聞《き》くと、小塚君《こづかくん》は真剣《しんけん》な表情《ひょうじょう》になった。

「この分析次第《ぶんせきしだい》では、新《あたら》しい事件《じけん》が発覚《はっかく》するかもしれないんだ。」

え、そうなのっ⁉

「間違《まちが》わないようにしたいから、時間《じかん》をかけたい。」

わかった。私《わたし》がやるから心配《しんぱい》しないで。

「それからもう1つ、報告《ほうこく》しておいてほしいことがあるんだけど、いい？」

もちろんだよ。

「その泥炭《でいたん》の採取《さいしゅ》をしたのは、武石社長《たけいししゃちょう》の工場《こうじょう》のすぐ隣《となり》なんだ。空《あ》き地《ち》みたいだったけど、バラ線《せん》が張《は》ってあって、株式会社《かぶしきがいしゃ》セミコンっていう看板《かんばん》が立《た》ってたから武石《たけいし》さんの土地《とち》だと思《おも》う。あそこに鉄塔《てっとう》があるだろ。」

そう言《い》いながら、会社《かいしゃ》のすぐ裏手《うらて》にある鉄塔《てっとう》を指差《ゆびさ》す。

それは武石《たけいし》さんと最初《さいしょ》に会《あ》った時《とき》、会社《かいしゃ》の目印《めじるし》として教《おし》えてもらったものだった。

「あのすぐ下《した》で採取《さいしゅ》してたんだ。そしたら妙《みょう》なことに気《き》づいた。」

妙《みょう》なこと？

「あの鉄塔《てっとう》の脚《あし》の基礎部分《きそぶぶん》が、おかしいんだよ。」

おかしいって、どういうふうに？

「間隔《かんかく》が離《はな》れすぎてるような気《き》がしたんだ。それで若武《わかたけ》に電話《でんわ》をかけて聞《き》いたら、鉄塔《てっとう》の脚《あし》の間《かん》隔《かく》は、社内規定《しゃないきてい》で決《き》まってるはずだって。」

ああ若武《わかたけ》は、法律関係《ほうりつかんけい》のエキスパートだからな。

「で、適正《てきせい》な間隔《かんかく》を教《おし》えてもらった。設計図《せっけいず》との若干《じゃっかん》の誤差《ごさ》は許《ゆる》されてるって言《い》ってたけど、あの鉄塔《てっとう》は、若武《わかたけ》の言《い》ってた数字《すうじ》から6センチ以上《いじょう》もずれてるんだ。さすがにアウトだと思《おも》うよ。脚《あし》があの状態《じょうたい》だと、その上《うえ》に立《た》ってる鉄塔《てっとう》は歪《ゆが》んでいくはずだ。大事故《だいじこ》につながるかもしれない。」

大変《たいへん》だっ！

「鉄塔《てっとう》にもいろいろあるけど、」

小塚君《こづかくん》は、真剣《しんけん》な声《こえ》になる。

「あの鉄塔《てっとう》は、送電鉄塔《そうでんてっとう》。つまり電力会社《でんりょくがいしゃ》が建《た》てたものなんだ。」

瞬間《しゅんかん》、私《わたし》は、昨日《きのう》聞《き》いた電力会社《でんりょくがいしゃ》の社員《しゃいん》の言葉《ことば》を思《おも》い出《だ》した。

この状態《じょうたい》をこのまま放置《ほうち》することはできない、1日《いちにち》でも早《はや》く何《なん》とかしなければ、手遅《ておく》れになる危険《きけん》がある。

「それだよっ！」

私《わたし》は、思《おも》わず叫《さけ》んだ。

「電力会社《でんりょくがいしゃ》のミスって、鉄塔《てっとう》の基礎《きそ》の間隔《かんかく》を規定通《きていどお》りにしなかったことだっ！　で、今《いま》までそれを隠蔽《いんぺい》してきた。小塚君《こづかくん》、すごいっ！」

小塚君《こづかくん》は、またも頬《ほお》を赤《あか》らめ、恥《は》ずかしそうにモジモジしていたけれど、やがてハッと自分《じぶん》の使命《しめい》に目覚《めざ》めたらしく、その頬《ほお》を緊張《きんちょう》させた。

「じゃ報告《ほうこく》、頼《たの》むね。僕《ぼく》は急《いそ》いで分析《ぶんせき》にかかるよ。」

そう言《い》うなり、ピートサンプラーを抱《かか》え直《なお》して走《はし》り出《だ》す。

小塚君《こづかくん》が走《はし》ってる姿《すがた》なんてあまり見《み》かけないものだったから、私《わたし》は一瞬《いっしゅん》、目《め》を奪《うば》われ、その直後《ちょくご》にハッと気《き》づいて声《こえ》を上《あ》げた。

「あの、聞《き》きたいんだけど、ランオペって何《なに》？」

小塚君《こづかくん》は走《はし》りながらこちらを振《ふ》り返《かえ》る。

「たぶんランドオペレーターの略《りゃく》だよ。旅行業者《りょこうぎょうしゃ》で、クルーズ船《せん》の寄港地《きこうち》でのスケジュールを仕《し》切《き》る仕事《しごと》。」

私《わたし》は、ここに来《き》た時《とき》に見《み》かけたクルーズ船旅行《せんりょこう》の客《きゃく》たちを思《おも》い出《だ》した。

でも、その人《ひと》がフィスに出航《しゅっこう》の日程《にってい》を知《し》らせるって・・・どうして？

間《ま》に合《あ》わせるって言《い》ってたけど、なんのことだろう。

26　急《いそ》げっ！

疑問《ぎもん》はあったものの、小塚君《こづかくん》のすごい調査結果《ちょうさけっか》2つと、自分《じぶん》がやっとたどり着《つ》いたフィスの動機《どうき》と目的《もくてき》の分析《ぶんせき》を、私《わたし》はかなり自慢《じまん》に思《おも》っていた。

それで意気揚々《いきようよう》と保養施設《ほようしせつ》に戻《もど》ったんだ。

夕食《ゆうしょく》の時間《じかん》を待《ま》ちながら事件《じけん》ノートを整理《せいり》し、アナウンスがあると食堂《しょくどう》に飛《と》んでいって、今《いま》で食《た》べたこともないほどの速《はや》さで食《た》べ、部屋《へや》に戻《もど》って手洗《てあら》いとか歯磨《はみが》きをして、合宿所《がっしゅくじょ》に駆《か》けつけた。

ミーティング室《しつ》のドアを開《あ》けると、中《なか》には、若武《わかたけ》と上杉君《うえすぎくん》、翼《たすく》、それに黒木君《くろきくん》がいた。

黒木君《くろきくん》だけはいつもと変《か》わらない様子《ようす》だったけれど、他《ほか》の3人《にん》はグッタリし、テーブルに顔《かお》を伏《ふ》せたり、力《ちから》なく天井《てんじょう》を仰《あお》いでいる。

「どうしたの？」

腰《こし》を下《お》ろしながら聞《き》くと、若武《わかたけ》がこちらを見《み》た。

いつもきれいなその目《め》が、朦朧《もうろう》としている。

「まるっきり成果《せいか》なし。」

上杉君《うえすぎくん》も、無念《むねん》そうに頬《ほお》を歪《ゆが》めた。

「ただ無駄《むだ》に走《はし》り回《まわ》っただけ。」

続《つづ》いて翼《たすく》が、消《き》え入《い》りそうな声《こえ》でつぶやく。

「俺《おれ》、死《し》んでる・・・。」

黒木君《くろきくん》がスマートフォンの画面《がめん》を見《み》つめたままで言《い》った。

「こっちも今《いま》のところ成果《せいか》なし。連絡待《れんらくま》ちなんだけど、来《こ》ないな。」

私《わたし》は、大《おお》きく息《いき》を吸《す》いこむ。

大丈夫《だいじょうぶ》、今《いま》、元気《げんき》をあげるからね。

急《いそ》いで事件《じけん》ノートを広《ひろ》げ、４人《にん》を見回《みまわ》した。

「小塚君《こづかくん》から頼《たの》まれた素晴《すば》らしい報告《ほうこく》があるんだ。」

その時《とき》、バタンとドアが開《ひら》く。

「見《み》っけたぜっ！」

走《はし》ってきたらしい忍《しのぶ》が、乱《みだ》れた髪《かみ》を肩《かた》にまといつかせながら風《かぜ》のように入《はい》ってきた。

神秘的《しんぴてき》な光《ひかり》を放《はな》つ紫《むらさき》の目《め》を、キラキラ輝《かがや》かせている。

うーん、美《うつく》しいっ！

「戦国時代《せんごくじだい》の武石家《たけいしけ》は、経済的《けいざいてき》に困窮《こんきゅう》していたんだ。」

えっ、名家《めいか》なのにっ!?

「武石家《たけいしけ》だけじゃなくて、千葉一族全体《ちばいちぞくぜんたい》がそうだったらしい。月姫《つきひめ》が秀次《ひでつぐ》に差《さ》し出《だ》されたのも、武石家《たけいしけ》の窮乏《きゅうぼう》を見《み》た秀次《ひでつぐ》が援助《えんじょ》を申《もう》し出《で》て、そのバーターってことだったみたいだ。」

家《いえ》の犠牲《ぎせい》になるとこだったのかぁ。

「千葉一族《ちばいちぞく》、なんでそんな困《こま》ってたの？」

翼《たすく》が無邪気《むじゃき》な顔《かお》で聞《き》くと、忍《しのぶ》はなんとも言《い》えない複雑《ふくざつ》な表情《ひょうじょう》になった。

「それが、所領《しょりょう》が広《ひろ》すぎたせいみたいなんだ。」

へ？

「頼朝《よりとも》の信頼《しんらい》が厚《あつ》くて日本各地《にっぽんかくち》に多《おお》くの所領《しょりょう》を与《あた》えられてたって話《はなし》は、前《まえ》に出《で》てただろ。それが北《きた》は岩手《いわて》から宮城《みやぎ》、福島《ふくしま》、都内足立区《とないあだちく》、板橋区《いたばしく》、岐阜《ぎふ》、そして九州《きゅうしゅう》の佐賀県《さがけん》にまで広《ひろ》がってたんだ。」

わぁ、ほとんど日本縦断《にっぽんじゅうだん》だね。

「その管理《かんり》をするのに、ハンパない金《かね》がかかったらしい。」

そっか、メールも新幹線《しんかんせん》もなかった時代《じだい》だから、広《ひろ》い所領《しょりょう》を支配《しはい》するのはすごく大変《たいへん》だったんだ。

「デカいことはいいことだとは、」

若武《わかたけ》が再《ふたた》びグッタリと顔《かお》を伏《ふ》せる。

「一概《いちがい》に言《い》えんな。」

私《わたし》たちは目《め》を合《あ》わせ、クスクス笑《わら》った。

だって若武《わかたけ》は、KZ《カッズ》の中《なか》でも特出《とくしゅつ》した、デカいこと大好《だいす》き男子《だんし》だったんだもの。

「財政《ざいせい》の管理《かんり》は金融業者《きんゆうぎょうしゃ》に任《まか》せていたらしいけど、月姫《つきひめ》の時代《じだい》になってから、こいつが家老《かろう》の1人《ひとり》と組《く》んで、公金横領《こうきんおうりょう》を始《はじ》めた。」

げっ！

「で、武石家《たけいしけ》はますます傾《かたむ》いていったんだ。この家老《かろう》が突然《とつぜん》、病死《びょうし》して、仕事《しごと》を引《ひ》き継《つ》いだ後任《こうにん》者《しゃ》がそれに気《き》づき、金融業者《きんゆうぎょうしゃ》は逮捕《たいほ》された。それ以降《いこう》は、なんとか財政再建《ざいせいさいけん》ができたみたい。でも横領《おうりょう》された金《かね》のうち、家老《かろう》の手《て》に渡《わた》った分《ぶん》は見《み》つからなかったんだ。いまだに発見《はっけん》されてないらしい。」

若武《わかたけ》が、ムクッと顔《かお》を上《あ》げた。

「埋蔵金《まいぞうきん》じゃん。それ捜《さが》したら、半分《はんぶん》は発見者《はっけんしゃ》のもんだぜ。」

上杉君《うえすぎくん》が、ダルそうに体《からだ》を起《お》こす。

「使《つか》っちまったんじゃねーの。」

忍《しのぶ》が首《くび》を傾《かし》げた。

「公園《こうえん》に彷徨《さまよ》ってるのは、その家老《かろう》の霊《れい》なんだ。どこかに金《かね》を隠《かく》してて、それを捜《さが》しに出《で》てきてるのかもしれない。」

私《わたし》は、ついつい笑《わら》ってしまった。

だって、何《なん》とかの亡者《もうじゃ》って言葉《ことば》があるんだけど、それは死《し》んだ人《ひと》のことじゃなくて、ある物《もの》への執念《しゅうねん》に取《と》り憑《つ》かれて生《い》きている人《ひと》のことを指《さ》すんだ。

たとえば、すごくお金《かね》をほしがる人《ひと》のことを、「金《かね》の亡者《もうじゃ》」なんて言《い》う。

その家老《かろう》が、死《し》んで本物《ほんもの》の亡者《もうじゃ》になってからも、まだお金《かね》を捜《さが》しているんだったら、正真正銘《しょうしんしょうめい》の「金《かね》の亡者《もうじゃ》」だって思《おも》ったら、なんだかおかしくなってしまった。

「アーヤ、意味《いみ》なく笑《わら》うな。」

若武《わかたけ》は怒《おこ》ったけれど、いや、意味《いみ》はあるんだけどな。

「これから霊《れい》と交信《こうしん》して、原因《げんいん》を探《さぐ》ってみるよ。俺《おれ》からは以上《いじょう》。」

満足《まんぞく》そうに微笑《ほほえ》んだ忍《しのぶ》に、上杉君《うえすぎくん》が突《つ》っこんだ。

「消《き》えた黒猫《くろねこ》については？」

忍《しのぶ》は、ハッとしたような顔《かお》になる。

「あ、忘《わす》れてた。」

あーあ。

「家老《かろう》の霊《れい》に聞《き》いてみるよ。きっと何《なに》か知《し》ってるんじゃないかな。」

呑気《のんき》な答《こた》えに、上杉君《うえすぎくん》はイラッとした様子《ようす》を見《み》せる。

それで私《わたし》が、あわてて言《い》った。

「発表《はっぴょう》します。小塚君《こづかくん》がすごい発見《はっけん》を2つもしました。1つはフィスが贋作《がんさく》を描《か》いていた場所《ばしょ》を特定《とくてい》したこと。」

おーっ！という声《こえ》が上《あ》がる。

「もう1つは、電力会社《でんりょくがいしゃ》が隠蔽《いんぺい》していたミスを発見《はっけん》したこと。」

皆《みんな》が、目《め》を真《ま》ん丸《まる》にした。

「マジかっ!?」

「すげぇじゃん、小塚《こづか》。」

「俺《おれ》ら、全力《ぜんりょく》カラ振《ぶ》りしてんのにさ。」

「なんか憑《つ》いてるんだ、きっと。」

私《わたし》は、フィスが贋作《がんさく》を制作《せいさく》していたのは美術館《びじゅつかん》の地下《ちか》の個室《こしつ》であると思《おも》われること、その根拠《こんきょ》は、絵《え》と表装《ひょうそう》の布《ぬの》の間《あいだ》に個室《こしつ》の壁《かべ》の土《つち》が入《はい》っていたこと、その場所《ばしょ》なら膠《にかわ》も使《つか》えるし、描《か》きかけの贋作《がんさく》を置《お》いてもおけるし、黒猫姫《くろねこひめ》の絵《え》の模写《もしゃ》やすり替《か》えにも便利《べんり》なこと、そしてすり替《か》えた後《あと》では本物《ほんもの》を隠《かく》しておけること等《とう》を説明《せつめい》した。

その次《つぎ》に、武石社長《たけいししゃちょう》の土地《とち》に建《た》っている鉄塔《てっとう》の脚《あし》の間隔《かんかく》が規定通《きていどお》りになっておらず、電力会社《でんりょくがいしゃ》のミスとはそれを指《さ》しているのではないかとの小塚君《こづかくん》の考《かんが》えを発表《はっぴょう》したんだ。

「あ、小塚《こづか》からの電話《でんわ》って、それだったのか。」

若武《わかたけ》が、片手《かたて》でクチャクチャッと髪《かみ》をかき上《あ》げる。

「いきなり鉄塔《てっとう》の脚《あし》の間隔《かんかく》は？　って言《い》われてさ、とりあえずサイズを調《しら》べて教《おし》えたんだけど、意味《いみ》わかんなかったんだ。」

半《なか》ば感心《かんしん》したような顔《かお》だった。

「だけど鉄塔《てっとう》の脚《あし》の基礎部分《きそぶぶん》って、野晒《のざら》しだろ。今《いま》までよく誰《だれ》にも見《み》つからなかったよな。」

隣《となり》で上杉君《うえすぎくん》が、あきれたようにつぶやく。

「鉄塔《てっとう》の脚《あし》なんか、誰《だれ》がマジで見《み》るんだ。普通《ふつう》スルーだって。真面《まとも》に注目《ちゅうもく》する奴《やつ》なんて、オタクだけだ。」

黒木君《くろきくん》がちょっと笑《わら》った。

「会社《かいしゃ》の土地《とち》なら、関係者以外《かんけいしゃいがい》は足《あし》を踏《ふ》み入《い》れないだろうしね。」

翼《たすく》が、考《かんが》え深《ぶか》げな顔《かお》で皆《みんな》を見回《みまわ》す。

「俺《おれ》たちって常識《じょうしき》でものを見《み》てるでしょ。だから時々《ときどき》、本当《ほんとう》のところを見落《みお》とす。小塚《こづか》は、いつだってそうじゃないよ。動物《どうぶつ》や昆虫《こんちゅう》なみの注意力《ちゅういりょく》で微細《びさい》な部分《ぶぶん》まで見《み》るし、知識《ちしき》も多《おお》いからさ。」

真面目《まじめ》な小塚君《こづかくん》の勝利《しょうり》だよね。

そう思《おも》いながら私《わたし》は、フィスに関《かん》しての自分《じぶん》の調査《ちょうさ》と考察《こうさつ》を発表《はっぴょう》した。

フィスが贋作《がんさく》を描《か》いたのは、不正《ふせい》を行《おこな》っている父親《ちちおや》への反発《はんぱつ》と、それをどうすることもできない自分《じぶん》への絶望《ぜつぼう》からであり、父親《ちちおや》の所蔵品《しょぞうひん》を展示《てんじ》している美術館《びじゅつかん》に被害《ひがい》を与《あた》えたいと思《おも》ってのこと、そう結論付《けつろんづ》けてからつけ加《くわ》えた。

「フィスが本物《ほんもの》をどこに売《う》ろうとしているのか、この点《てん》に関《かん》してはまだ調査《ちょうさ》できていません。以上《いじょう》です。」

皆《みんな》が身《み》を乗《の》り出《だ》して聞《き》いていて、私《わたし》の話《はなし》が終《お》わると、感嘆《かんたん》したように唸《うな》った。

「そういうことか。」

「長年《ながねん》、親《おや》の不正《ふせい》を見《み》せつけられてると、確《たし》かに屈折《くっせつ》するかもな。」

「まぁ気持《きも》ちはわかるけど。」

「ちょっと方法《ほうほう》を間違《まちが》えたね。」

皆《みんな》の意見《いけん》を聞《き》きながら私《わたし》は、さっきの忍《しのぶ》の報告《ほうこく》を書《か》き留《と》めた。

彷徨《さまよ》っているのは、公金《こうきん》を横領《おうりょう》して病死《びょうし》した家老《かろう》の霊《れい》で、その横領金《おうりょうきん》は見《み》つかっておらず、黒《くろ》猫《ねこ》がなぜ消《き》えたのかも不明《ふめい》。

これらについては今後《こんご》、忍《しのぶ》が独自《どくじ》の方法《ほうほう》で調査《ちょうさ》をする。

書《か》き終《お》えてノートをながめると、すでに4つの謎《なぞ》が明《あき》らかになっていた。

謎《なぞ》の2、贋作《がんさく》は誰《だれ》がどこで制作《せいさく》したのか。謎《なぞ》の3、その人物《じんぶつ》の動機《どうき》と目的《もくてき》、謎《なぞ》の4、本物《ほんもの》の黒《くろ》猫姫《ねこひめ》はどこにあるのか、そしてセミコン事件《じけん》の謎《なぞ》1、電力会社《でんりょくがいしゃ》のミスとは何《なん》なのか。

残《のこ》っている謎《なぞ》の1、美術館《びじゅつかん》にある黒猫姫《くろねこひめ》の絵《え》は本当《ほんとう》に贋作《がんさく》なのか、については、地下《ちか》の個室《こしつ》に隠《かく》してあると思《おも》われる黒猫姫《くろねこひめ》を見《み》つけ出《だ》し、2枚《まい》を比《くら》べてみれば結論《けつろん》が出《で》るから、あと1歩《ぽ》で解《かい》決《けつ》する。

明《あき》らかになっていないのは、謎《なぞ》3に付随《ふずい》していた、フィスは黒猫姫《くろねこひめ》の絵《え》をどこに売《う》ろうとしているのか、そして武石社長《たけいししゃちょう》が半年待《はんとしま》てと言《い》っていたのはなぜか、消《き》えたと言《い》われている黒猫《くろねこ》はどこに行《い》ったのか、の3点《てん》だった。

その他《ほか》に、家老《かろう》がなぜ彷徨《さまよ》ってるのか、発見《はっけん》されなかった横領金《おうりょうきん》はどこにあるのか、の2つも謎《なぞ》と言《い》えば謎《なぞ》だけど、今回《こんかい》の事件《じけん》から外《はず》れていたから取《と》り上《あ》げるのはやめることにした。

「よし諸君《しょくん》、」

若武《わかたけ》が、さっきとは打《う》って変《か》わった余裕《よゆう》ある態度《たいど》で口《くち》を開《ひら》く。

「本物《ほんもの》の黒猫姫《くろねこひめ》は、美術館《びじゅつかん》の地下《ちか》にある。フィスがそいつをどこかに売《う》り飛《と》ばす前《まえ》に捜《さが》し出《だ》し、ゲットするんだ。さぁ出《で》かけるぞ、美術館《びじゅつかん》へっ！」

皆《みんな》が力《ちから》のこもった表情《ひょうじょう》で、一気《いっき》に立《た》ち上《あ》がった。

ドアに殺到《さっとう》し、それを開《あ》けて飛《と》び出《だ》そうとしたとたん、その向《む》こうから小塚君《こづかくん》がヒョイと姿《すがた》を現《あらわ》す。

「お、小塚《こづか》、緊急事態《きんきゅうじたい》だぜ、一緒《いっしょ》に来《こ》い。」

若武《わかたけ》の言葉《ことば》に、小塚君《こづかくん》はコクンと息《いき》を呑《の》んだ。

「こっちも緊急事態《きんきゅうじたい》なんだ。武石社長《たけいししゃちょう》の工場近《こうじょうちか》くの土壌《どじょう》を分析《ぶんせき》してたんだけど、有機溶剤《ゆうきようざい》のトリクロロエチレンを検出《けんしゅつ》した。環境基準《かんきょうきじゅん》の5000倍以上《ばいいじょう》だ。」

え！

「あと鉛《なまり》も出《で》たよ、こっちは標準値《ひょうじゅんち》の50倍《ばい》。半導体《はんどうたい》の工場《こうじょう》って話《はなし》だったから、たぶんＩＣ《アイシー》関連《かんれん》の部品《ぶひん》の洗浄《せんじょう》に使《つか》ってたんだと思《おも》う。トリクロロエチレンは、発《はつ》ガン性《せい》を持《も》つ物質《ぶっしつ》だ。」

若武《わかたけ》が唸《うな》るような声《こえ》を上《あ》げる。

「労働安全衛生法施行令《ろうどうあんぜんえいせいほうしこうれい》の第《だい》二類物質特別有機溶剤等《るいぶっしつとくべつゆうきようざいとう》に指定《してい》されてるヤツだ。体内《たいない》に入《はい》ると中枢《ちゅうすう》神経《しんけい》に作用《さよう》し、様々《さまざま》な症状《しょうじょう》を呈《てい》して最後《さいご》は死《し》に至《いた》ることもある。」

小塚君《こづかくん》が強《つよ》く頷《うなず》いた。

「なんとかしないと、汚染《おせん》はどんどん広《ひろ》がっていくよ。」

若武《わかたけ》は、頬《ほお》を強張《こわば》らせる。

「土壌汚染対策法違反《どじょうおせんたいさくほういはん》だな。早《はや》く要措置区域《ようそちくいき》に指定《してい》して、土地《とち》を使《つか》えないようにしないとマズい。」

上杉君《うえすぎくん》が、ふっと笑《わら》った。

「ようやく読《よ》めたぜ、鉄塔工事《てっとうこうじ》との関連《かんれん》。」

え？

「電力会社《でんりょくがいしゃ》のミス、つまり鉄塔《てっとう》の脚《あし》の間隔《かんかく》だけど、これを直《なお》す工事《こうじ》をする時《とき》には、現在《げんざい》の地質《ちしつ》の調査《ちょうさ》から始《はじ》めるんだ。それをされると、セミコンの土壌汚染《どじょうおせん》が明《あき》らかになるだろ。」

あっ！

「そしたらアメリカの株主《かぶぬし》は、そんな会社《かいしゃ》との統合《とうごう》に反対《はんたい》する。それで武石社長《たけいししゃちょう》は、株主総会《かぶぬしそうかい》で統合《とうごう》が決《き》まってしまうまで、電力会社《でんりょくがいしゃ》に工事《こうじ》をさせたくなかったんだ。」

そうか！

「そんな社長《しゃちょう》を、フィスは許《ゆる》せなかったんだろうな。」

私《わたし》たちは顔《かお》を見合《みあ》わせ、頷《うなず》き合《あ》う。

若武《わかたけ》がカッコを付《つ》けて声《こえ》を張《は》り上《あ》げた。

「勇者諸君《ゆうしゃしょくん》、さぁ急《いそ》ごうっ！」

27　想定外《そうていがい》

私《わたし》たちは一丸《いちがん》となって、美術館《びじゅつかん》に駆《か》けつけた。

で、それぞれのＩＤ《アイディー》カードで出入《でい》り口《ぐち》を入《はい》り、地下《ちか》に降《お》りたんだ。

そこは中央《ちゅうおう》にモニュメントが置《お》かれた円形《えんけい》の空間《くうかん》で、階段《かいだん》の近《ちか》くに修復室《しゅうふくしつ》と書《か》かれた大《おお》きなドアがあり、それ以外《いがい》は小《ちい》さな個室《こしつ》のドアがズラッと並《なら》んでいた。

「これじゃ、フィスがどの部屋《へや》を使《つか》ってるのかわからないね。」

困《こま》ったように言《い》った小塚君《こづかくん》を、若武《わかたけ》が小突《こづ》く。

「わからなくてもやるんだよ。アーヤっ！」

はいっ!?

「フィスの声《こえ》、知《し》ってんだろ。片《かた》っ端《ぱし》からノックして返事《へんじ》を聞《き》くんだ。静《しず》かにやれよ。かかれっ！」

追《お》い立《た》てるように言《い》われて、私《わたし》は一番端《いちばんはし》にあるドアをそっとノックした。

「はい？」

年配《ねんぱい》の男性《だんせい》の声《こえ》がしたので、あわててドアの隙間《すきま》に顔《かお》を近《ちか》づける。

「すみません、間違《まちが》えました。」

中《なか》から人《ひと》が出《で》てきて怒《おこ》られるかもしれないと思《おも》って、ドキドキだった。

次《つぎ》の部屋《へや》も年配《ねんぱい》の男《おとこ》の人《ひと》の声《こえ》がし、それから女性《じょせい》の声《こえ》が続《つづ》き、そのうちに返事《へんじ》の返《かえ》ってこない部屋《へや》も出《で》てきた。

私《わたし》はそっとドアを開《あ》け、人《ひと》がいないことを確認《かくにん》する。

「ここ、無人《むじん》。」

ドッと皆《みんな》が入《はい》りこみ、黒猫姫《くろねこひめ》の絵《え》を捜《さが》した。

その間《あいだ》にも私《わたし》は部屋《へや》をノックし続《つづ》け、ついに全室《ぜんしつ》のチェックを完了《かんりょう》、ほっ！

でもフィスの声《こえ》は、どこからも聞《き》こえなかったんだ。

今《いま》、ここにはいないらしい。

黒猫姫《くろねこひめ》が見《み》つかれば、それでいいんだけど。

そう思《おも》いながら私《わたし》は、慌《あわ》ただしく部屋《へや》を出入《ではい》りする皆《みんな》の後《うし》ろでウロウロしていた。

「ここ、ねーし。」

部屋《へや》には、ライトの置《お》かれた机《つくえ》と椅子《いす》、テーブルが作《つく》り付《つ》けになっていて、壁《かべ》は、細《こま》かなネットで覆《おお》われたむき出《だ》しの土《つち》。

確《たし》かに穴《あな》の中《なか》にいる感《かん》じだった。

う〜ん、シュールかも。

「こっち、画材《がざい》がゴチャゴチャ置《お》いてある。手《て》の空《あ》いてる奴《やつ》、手伝《てつだ》って。」

その部屋《へや》に入《はい》って、皆《みんな》で黒猫姫《くろねこひめ》を捜《さが》す。

「ねーな。」

「次《つぎ》、行《い》け。」

やがて若武《わかたけ》が、一番端《いちばんはし》の部屋《へや》から出《で》てきてつぶやいた。

「どこにも、ねぇーじゃんよ。」

そんなはずはっ！

「誰《だれ》だ、ここにあるって言《い》ったのはっ!?」

だって、ここ以外《いがい》に考《かんが》えられないんだもの。

「あのさぁ、」

上杉君《うえすぎくん》が腕《うで》を組《く》みながら壁《かべ》にもたれかかる。

「フィスがすでに持《も》ち出《だ》しちまったとか？」

その時《とき》、私《わたし》はハッと思《おも》い出《だ》したんだ、間《ま》に合《あ》わせるって言《い》っていたフィスの言葉《ことば》。

間《ま》に合《あ》わせるって、時間《じかん》に遅《おく》れないようにするって意味《いみ》だよね。

もしかして誰《だれ》かと会《あ》う約束《やくそく》をしてたのかもしれない。

「あの・・・」

そう言《い》うと、皆《みんな》がこっちを見《み》た。

誰《だれ》の顔《かお》にも苛立《いらだ》ちが浮《う》かんでいたので、私《わたし》は、ここで間違《まちが》えたらすごく怒《おこ》られるに違《ちが》いないと思《おも》って、身《み》が竦《すく》んだ。

「何《なに》、アーヤ、いいから言《い》って。」

黒木君《くろきくん》にそう言《い》われて、ようやく言《い》う気《き》になれたんだ。

「フィスは、クルーズ船《せん》のランドオペレーターと連絡《れんらく》を取《と》っているみたいで、出航《しゅっこう》の日程《にってい》は聞《き》いてますからそれまでに間《ま》に合《あ》わせます、って言《い》っていました。」

皆《みんな》が顔《かお》を見合《みあ》わせる。

「え、なんでしょ。」

「さぁ・・・」

直後《ちょくご》、上杉君《うえすぎくん》が叫《さけ》んだ。

「そいつだっ！」

え？

「黒猫姫《くろねこひめ》をクルーズ船《せん》に持《も》ちこみ、国外《こくがい》に出《だ》して売《う》る気《き》なんだ。」

ええっ!?

「本物《ほんもの》が盗《ぬす》まれたというニュースが流《なが》れると、税関《ぜいかん》で厳《きび》しいチェックを受《う》け、見《み》つかる可能性《かのうせい》がある。だが贋作《がんさく》を美術館《びじゅつかん》に置《お》いておけば盗難騒《とうなんさわ》ぎは起《お》きず、警戒《けいかい》されずにすむ。」

そうかっ！

「黒木《くろき》、今《いま》ここの港《みなと》に入《はい》ってるクルーズ船《せん》の出航予定《しゅっこうよてい》調《しら》べろっ！」

黒木君《くろきくん》が両手《りょうて》でスマートフォンを打《う》ち、検索《けんさく》した。

「今夜《こんや》8時《じ》だ。」

皆《みんな》がいっせいに自分《じぶん》の腕時計《うでどけい》に目《め》をやる。

「あと1時間《じかん》もないじゃん。」

「急《いそ》ごう！　停泊《ていはく》してる港《みなと》に行《い》って、船《ふね》を止《と》めるんだ。」

「よし、黒猫姫《くろねこひめ》の海外流出《かいがいりゅうしゅつ》を防《ふせ》ぐぞっ！」

皆《みんな》が階段《かいだん》に殺到《さっとう》、駆《か》け上《のぼ》り始《はじ》める。

私《わたし》も、後《あと》を追《お》いかけた。

その時《とき》、床《ゆか》が一瞬《いっしゅん》、持《も》ち上《あ》がったんだ。

え？

そう思《おも》った瞬間《しゅんかん》、ものすごく強《つよ》い揺《ゆ》れに襲《おそ》われた。

あたりが、グラグラと何度《なんど》も激《はげ》しく揺《ゆ》れ動《うご》く。

私《わたし》はあわてて階段《かいだん》の手《て》すりに摑《つか》まろうとし、それができずに数段《すうだん》落《お》ち、尻餅《しりもち》をついた。

「立花《たちばな》っ！」

階段《かいだん》の上《うえ》でこちらを振《ふ》り返《かえ》った上杉君《うえすぎくん》が、一気《いっき》に空中《くうちゅう》に身《み》を躍《おど》らせ、私《わたし》の前《まえ》に飛《と》び降《お》りてくる。

「大丈夫《だいじょうぶ》かっ⁉」

私《わたし》が頷《うなず》くのと、階段《かいだん》に亀裂《きれつ》が入《はい》り、私《わたし》たちの上《うえ》に次々《つぎつぎ》と雪崩《なだれ》落《お》ちてくるのが同時《どうじ》だった。

「こっちっ！」

上杉君《うえすぎくん》に腕《うで》を引《ひ》っぱられ、部屋《へや》の方《ほう》まで走《はし》る。

すると今度《こんど》は目《め》の前《まえ》に、モニュメントが倒《たお》れてきたんだ。

わっ！

私《わたし》はそれに足《あし》を取《と》られて転《ころ》び、揺《ゆ》れはまだ収《おさ》まらず、天井《てんじょう》からはバラバラとコンクリートが落《らっ》下《か》してくる。

泣《な》きそうになっていると、上杉君《うえすぎくん》が私《わたし》の顔《かお》をのぞきこんだ。

「心配《しんぱい》しなくていい、俺《おれ》がいるじゃん。」

そのとたん、またも大《おお》きな揺《ゆ》れがきて、上杉君《うえすぎくん》は私《わたし》を抱《だ》き寄《よ》せた。

「目《め》つぶってろ。」

上杉君《うえすぎくん》の胸《むね》の中《なか》に庇《かば》われ、その体《からだ》の下《した》に引《ひ》きこまれて、私《わたし》は息《いき》を詰《つ》めた。

あたりは、コンクリートの粉《こな》や埃《ほこり》で真《ま》っ白《しろ》、何《なに》も見《み》えない。

私《わたし》はギュッと上杉君《うえすぎくん》に摑《つか》まり、この揺《ゆ》れが早《はや》く収《おさ》まってくれるように祈《いの》った。

「大丈夫《だいじょうぶ》だから、心配《しんぱい》すんな。」

耳元《みみもと》で上杉君《うえすぎくん》の声《こえ》がする。

「絶対《ぜったい》、俺《おれ》が守《まも》ってやる！」

それはすごく長《なが》い時間《じかん》のようにも、また一瞬《いっしゅん》のことのようにも思《おも》えた。

やがて、崩落《ほうらく》の音《おと》が止《や》む。

まるで雨《あめ》が止《や》む時《とき》みたいに、落《お》ちる音《おと》が次第《しだい》に少《すく》なくなっていって、静《しず》かになった。

目《め》を開《あ》けると階段《かいだん》は完全《かんぜん》に崩《くず》れ落《お》ち、その瓦礫《がれき》が、さっき私《わたし》がいた場所《ばしょ》に積《つ》み重《かさ》なっていたんだ。

あのままあそこにいたら、きっとペシャンコだったたと思《おも》うと、ゾッとした。

「上杉《うえすぎ》、アーヤ、大丈夫《だいじょうぶ》かっ!?」

上《うえ》から若武《わかたけ》の声《こえ》が降《ふ》ってきた。

「今《いま》、救急車《きゅうきゅうしゃ》に連絡《れんらく》したから、ちょっとの我慢《がまん》だぞ。」

上杉君《うえすぎくん》が私《わたし》の上《うえ》から身《み》を起《お》こし、切《き》れた唇《くちびる》を拳《こぶし》で拭《ぬぐ》いながら私《わたし》を見下《みお》ろした。

「どっか痛《いた》めてない？」

私《わたし》はあちこち動《うご》かしてみて大丈夫《だいじょうぶ》であることを確認《かくにん》した。

「ん、平気《へいき》みたい。」

起《お》き上《あ》がると、体中《からだじゅう》からコンクリートの欠片《かけら》がすべり落《お》ちる。

「こっちは、2人《ふたり》とも無事《ぶじ》。」

上杉君《うえすぎくん》は、階段《かいだん》の瓦礫《がれき》のそばまで行《い》ってそう言《い》い、苦《くる》しげな息《いき》をついて髪《かみ》をかき上《あ》げた。

「問題《もんだい》は、ここから出《で》られないってことだけだな。階段《かいだん》がなくなってる。」

私《わたし》も、急《いそ》いでそこまで行《い》ってみた。

見上《みあ》げれば、はるか遠《とお》い所《ところ》に1階《かい》の床《ゆか》があり、そこから若武《わかたけ》の顔《かお》が見《み》えている。

停電《ていでん》にはなっておらず、あたりは蛍光灯《けいこうとう》の光《ひかり》で照《て》らされていた。

それにしても階段《かいだん》がある時《とき》は何気《なにげ》なく降《お》りてきたこの部分《ぶぶん》が、こんなに地下深《ちかふか》いなんて思《おも》わなかった。

「レスキューも呼《よ》んだよ。」

小塚君《こづかくん》の顔《かお》も見《み》える。

「美術館関係者《びじゅつかんかんけいしゃ》にも連絡《れんらく》したしね。」

上杉君《うえすぎくん》は、ちょっと笑《わら》って私《わたし》に目《め》を向《む》けた。

「時間《じかん》の問題《もんだい》で脱出《だっしゅつ》できそうだぜ。おまえ、泣《な》くなよ。」

いつになく優《やさ》しくて、私《わたし》は本当《ほんとう》に泣《な》きそうになる。

「あの、上杉《うえすぎ》、」

若武《わかたけ》の、戸惑《とまど》ったような声《こえ》が聞《き》こえた。

「こんな時《とき》に言《い》いにくいんだけどさ、俺《おれ》たち、黒猫姫《くろねこひめ》を奪還《だっかん》しに行《い》ってもいいか？　ここにいても何《なん》の役《やく》にもたたねーしさ。」

上杉君《うえすぎくん》は、溜《た》め息《いき》をつく。

「ああ船《ふね》が出《で》ちまったら困《こま》る。行《い》けよ。」

勢《いきお》いのいい返事《へんじ》が聞《き》こえた。

「ラジャ。小塚《こづか》だけ残《のこ》しとくからさ。」

上杉君《うえすぎくん》が、ボソッとつぶやく。

「いらねーし。」

私《わたし》が思《おも》わず笑《わら》うと、上杉君《うえすぎくん》は、うれしそうな笑《え》みを浮《う》かべた。

「お、笑《わら》った。よかった！」

心配《しんぱい》してたんだ、私《わたし》が笑《わら》わないってだけで・・・。

ごめんね、私《わたし》これからは、できるだけ笑顔《えがお》でいるよ。

と、そう思《おも》ったその時《とき》っ！

「おい・・・」

上杉君《うえすぎくん》が、私《わたし》の背中《せなか》の後方《こうほう》を指差《ゆびさ》した。

「あれ・・・」

私《わたし》は振《ふ》り返《かえ》る。

崩《くず》れた壁《かべ》の間《あいだ》から、金色《きんいろ》に光《ひか》る何《なに》かが床《ゆか》に零《こぼ》れ出《で》てきていた。

「なんだ？」

私《わたし》は引《ひ》きかえし、そのそばに寄《よ》る。

それは楕円形《だえんけい》の金属《きんぞく》で、いくつかは床《ゆか》に落《お》ち、壁《かべ》の中《なか》にもまだたくさんあって、どれもが金色《きんいろ》に輝《かがや》いていた。

上杉君《うえすぎくん》もやってきて、それを摑《つか》み上《あ》げる。

「これ・・・小判《こばん》じゃね？」

小判《こばん》って・・・江戸《えど》時代《じだい》に流通《りゅうつう》してた金貨《きんか》だよね。

「あ、小判《こばん》より大《おお》きいか。じゃ大判《おおばん》だな。」

薄《うす》くて楕円形《だえんけい》のその表《おもて》には、短《みじか》い筋《すじ》がいく本《ほん》も横《よこ》に入《はい》り、墨《すみ》で字《じ》が書《か》いてあった。

私《わたし》に読《よ》めたのは、天正《てんしょう》十九って部分《ぶぶん》だけ。

天正《てんしょう》の正《しょう》は、今《いま》、普通《ふつう》に使《つか》っている字《じ》じゃなかったけれど、よくお正月《しょうがつ》なんかに見《み》かける筆文《ふでも》字《じ》で、正《せい》って字《じ》と同《おな》じなんだってことを覚《おぼ》えてたから、すぐわかった。

「小塚《こづか》さぁ。」

それを持《も》った上杉君《うえすぎくん》が、崩《くず》れ落《お》ちた階段《かいだん》の方《ほう》まで歩《ある》いていく。

「天正《てんしょう》十九って、年号《ねんごう》だよな。西暦《せいれき》にすると、１５９１年《ねん》だろ。」

さすが、数《かず》には強《つよ》い！

「その頃《ころ》、大判《おおばん》なんて存在《そんざい》してた？　今《いま》の地震《じしん》で崩《くず》れた壁《かべ》の中《なか》から出《で》てきたんだけどさ。」

小塚君《こづかくん》は、とても信《しん》じられないといったような声《こえ》を出《だ》した。

「あるにはあったよ。それにここは城《しろ》の跡地《あとち》だから出《で》てもおかしくはないけど、当時《とうじ》の大判《おおばん》ってすごく数《かず》が少《すく》ないんだ。ちょっと表面《ひょうめん》を見《み》てみて。当時《とうじ》のものなら、作《つく》ったのは豊臣家《とよとみけ》の金細工《きんざいく》師《し》と言《い》われてた後藤家《ごとうけ》だから、後藤《ごとう》って名前《なまえ》とその花押《かおう》が墨《すみ》で書《か》いてあるはず。あと大判《おおばん》1枚《まい》は10両《りょう》だから、その数字《すうじ》も書《か》いてあるし、上部《じょうぶ》に菱《ひし》の刻印《こくいん》1個《こ》、同《おな》じ物《もの》が下部《かぶ》に2個《こ》、ある？」

上杉君《うえすぎくん》が、全部《ぜんぶ》にYES《イエス》と答《こた》えると、小塚君《こづかくん》は、感極《かんきわ》まった声《こえ》を出《だ》した。

「それ、天正菱大判《てんしょうひしおおばん》だよ、間違《まちが》いない。1588年《ねん》から流通《りゅうつう》し始《はじ》めたんだけど、ほとんど残《のこ》ってない超《ちょう》レアものなんだ。すごい発見《はっけん》だよ！」

上杉君《うえすぎくん》は、皮肉《ひにく》な笑《え》みを浮《う》かべた。

「ザクザクあるぜ。」

ん、確《たし》かにある。

「でも、」

小塚君《こづかくん》は不審《ふしん》げな声《こえ》になった。

「武石家《たけいしけ》は、窮乏《きゅうぼう》してたって話《はなし》、七鬼《ななき》から聞《き》いたよ。そんなたくさんの金《かね》が出《で》てくるって、おかしくない？」

上杉君《うえすぎくん》は、事《こと》もなげに言《い》い放《はな》つ。

「家老《かろう》が横領《おうりょう》し、いまだに発見《はっけん》されてないって金《かね》に決《き》まってってつだろ。」

じゃ、埋蔵金《まいぞうきん》だっ！

「位置《いち》から考《かんが》えて、俺《おれ》が今《いま》いるあたりは、当時《とうじ》の城《しろ》の床下《ゆかした》だ。おそらく家老《かろう》は、畳《たたみ》の床板《ゆかいた》の下《した》に金庫《きんこ》を隠《かく》し、そこに横領金《おうりょうきん》をしまってたんだ。立花《たちばな》、壁《かべ》の中《なか》から全部《ぜんぶ》出《だ》して、何枚《なんまい》あるか数《かぞ》えてみろ。」

私《わたし》は崩《くず》れた壁《かべ》に歩《あゆ》み寄《よ》り、大判《おおばん》が見《み》えている亀裂《きれつ》の中《なか》をのぞきこむ。

すると、中《なか》に金庫《きんこ》みたいな大《おお》きな箱《はこ》が置《お》かれているのがわかった。

所々《ところどころ》が金属《きんぞく》で補強《ほきょう》されていたけれど、扉《とびら》は壊《こわ》れて開《ひら》き、全体《ぜんたい》も大《おお》きく拉《ひしゃ》げて、中《なか》に土《つち》が雪崩《なだ》れこんでいる。

ああ、ここから零《こぼ》れ出《だ》したんだ。

そう思《おも》いながら中《なか》に手《て》を突《つ》っこむと、ヌルッとしたものに触《さわ》った。

え、なんだろ、金《きん》って腐《くさ》るのかな。

それとも、土《つち》と一緒《いっしょ》に雪崩《なだ》れこんできた木《き》の根《ね》とか？

「さっさとしろよ。」

急《せ》き立《た》てられてしかたなく、私《わたし》は手《て》に触《さわ》っていたものを摑《つか》み出《だ》した。

瞬間《しゅんかん》っ！　天《てん》にも届《とど》くような大悲鳴《だいひめい》を上《あ》げてしまった。

だってそれは大判《おおばん》じゃなくて、黒《くろ》い猫《ねこ》の首《くび》だったんだもの。

しかも口《くち》には、しっかと大判《おおばん》を銜《くわ》えていた、ぎゃあぁぁっ！

「どしたっ!?」

上杉君《うえすぎくん》が駆《か》け寄《よ》ってきて、私《わたし》が放《ほう》り出《だ》したそれを摑《つか》み上《あ》げる。

「おお切《き》り口《くち》スッパリ、一刀両断《いっとうりょうだん》。相当切《そうとうき》れる刃物《はもの》でやったな。首《くび》から下《した》はどうしたんだろ。」

そう言《い》いながら崩《くず》れた壁《かべ》の中《なか》に手《て》を入《い》れ、そこを探《さぐ》っていて、やがて猫《ねこ》の体《からだ》を引《ひ》っぱり出《だ》した。

「あった。」

ニッコリ笑《わら》ってこちらを向《む》き、２つに分《わ》かれた猫《ねこ》を差《さ》し出《だ》す。

「ほら、そろったぞ。」

見《み》せなくていいっ！

「それにしても、こんなとこから出《で》てくるって妙《みょう》だな。しっかり大判銜《おおばんくわ》えてて、離《はな》さねーし。もしかして、こいつ、この金《かね》が貯《た》めこまれた当時《とうじ》の猫《ねこ》か？　死《し》んでから大判銜《おおばんくわ》えさせても、こんなしっかり噛《か》まないだろうしさ。

それはそうだけど・・・当時《とうじ》の猫《ねこ》だったら、もう骨《ほね》になってるんじゃないの？　現代《げんだい》の猫《ねこ》がこんな地中《ちちゅう》に潜《もぐ》りこんで大判《おおばん》を銜《くわ》えるはずもないし。」

「おい、もしかして、これ、」

上杉君《うえすぎくん》が、その目《め》に冷《ひ》ややかな光《ひかり》を瞬《また》かせる。

「消《き》えた黒猫《くろねこ》かもしんないぜ。」

え？

「ま、当時《とうじ》のものにしちゃ、この首《くび》、生《なま》っぽすぎるけど。」

こっちに向《む》けるなっ！

「戦国時代《せんごくじだい》の猫《ねこ》なら、今頃《いまごろ》とっくに骨《ほね》だよなぁ。」

上杉君《うえすぎくん》は首《くび》を傾《かし》げながら、それを持《も》ったまま再《ふたた》び階段《かいだん》の方《ほう》に歩《ある》いていく。

「小塚《こづか》さぁ、猫《ねこ》って死《し》んだら腐《くさ》るよな。土《つち》に埋《う》めたら微生物《びせいぶつ》で分解《ぶんかい》されて、数《すう》か月後《げつご》には骨《ほね》くらいしか残《のこ》らんだろ。」

穴《あな》の上《うえ》にいた小塚君《こづかくん》は、こちらに飛《と》び降《お》りてきそうなほど身《み》を乗《の》り出《だ》した。

「普通《ふつう》はそうなんだけど、でも砂漠《さばく》みたいに水《みず》の少《すく》ない所《ところ》では、乾燥《かんそう》が進《すす》むからミイラ化《か》してそのまま残《のこ》るし、ここみたいな泥炭地《でいたんち》では空気《くうき》が不足《ふそく》してるから、微生物《びせいぶつ》の分解作用《ぶんかいさよう》が妨《さまた》げられて、数百年《すうひゃくねん》経《た》っても、生《い》きてるままの形《かたち》を保《たも》つんだ。」

そうかっ！

じゃやっぱりこれは、消《き》えた黒猫《くろねこ》？

どこを捜《さが》しても見《み》つからなかったのは、ここに埋《う》められてたからなんだ。

「天正大判《てんしょうおおばん》を銜《くわ》えてる猫《ねこ》の首《くび》がここにあるんだけどさ。」

小塚君《こづかくん》のあわてた声《こえ》が響《ひび》く。

「空気《くうき》に触《ふ》れると、急速《きゅうそく》に分解《ぶんかい》してくよ。」

見《み》れば、上杉君《うえすぎくん》の手《て》の中《なか》で、猫《ねこ》の首《くび》はゆっくり変形《へんけい》していくところだった。

「やっべ！　とりあえず、も1回《かい》埋《う》めとこう。」

上杉君《うえすぎくん》は、猫《ねこ》を崩《くず》れた壁《かべ》の中《なか》に押《お》しこみ、床《ゆか》に散《ち》っていた土《つち》や破《やぶ》れたネットを突《つ》っこんでその穴《あな》を埋《う》め始《はじ》める。

その瓦礫《がれき》の中《なか》から、コトンと何《なに》かが零《こぼ》れ落《お》ちた。

私《わたし》が歩《あゆ》み寄《よ》り、拾《ひろ》い上《あ》げると、それは漆塗《うるしぬ》りの細長《ほそなが》い箱《はこ》だった。

ちょうどお弁当《べんとう》の箸入《はしい》れみたい。

でもベッタリと何《なに》かが付《つ》いて汚《よご》れていた。

「これ、なんだろ？」

上杉君《うえすぎくん》は、セッセと作業《さぎょう》をしながらこっちを見《み》る。

「矢立《やたて》じゃねーの。」

矢立《やたて》というのは、昔《むかし》の携帯用《けいたいよう》のペンケースで、中《なか》に筆《ふで》を入《い》れて持《も》ち運《はこ》ぶものだった。

「どっかに家紋《かもん》が入《はい》ってっだろ。それで持《も》ち主《ぬし》がわかる。」

後《うし》ろを見《み》れば、その中央部《ちゅうおうぶ》に家紋《かもん》が鍍金《めっき》されていた。

黒《くろ》い丸《まる》を、小《ちい》さな8つの黒《くろ》い丸《まる》が取《と》り巻《ま》いている図案《ずあん》だった。

「小塚《こづか》に聞《き》いてみ。」

そう言《い》って上杉君《うえすぎくん》は自分《じぶん》の作業《さぎょう》に戻《もど》りながら、ポロッと言《い》った。

「その汚《よご》れは、血《ち》だな。」

げっ！

「ああ落《お》とすな。壊《こわ》れたらどうする。こっちに寄越《よこ》せ。一緒《いっしょ》にしとく。」

私《わたし》は、ものすごく気持《きも》ち悪《わる》く思《おも》いながらそれを上杉君《うえすぎくん》に渡《わた》し、その家紋《かもん》の形《かたち》を小塚君《こづかくん》に聞《き》いてみた。

「ああ、それなら九曜紋《くようもん》だ。千葉氏《ちばし》の血縁者《けつえんしゃ》がよく使《つか》ってる紋《もん》だよ。ちょっと待《ま》って、七鬼《なき》に聞《き》いてみるから。」

小塚君《こづかくん》は穴《あな》の出入《でい》り口《ぐち》から引《ひ》っこみ、しばらくして再《ふたた》び顔《かお》を出《だ》す。

「公金横領《こうきんおうりょう》したっていう家老《かろう》が千葉氏《ちばし》の血縁《けつえん》で、その紋《もん》を使《つか》ってたって。」

たくさんの大判《おおばん》と、首《くび》を切《き》られた黒猫《くろねこ》と、公金横領《こうきんおうりょう》をした家老《かろう》の矢立《やた》て。

それらが一度《いちど》に出《で》てきたとなると、考《かんが》えられるストーリーは、ただ1つだけだった。

家老《かろう》は、床下《ゆかした》に隠《かく》した金庫《きんこ》を開《あ》け、横領《おうりょう》した公金《こうきん》を入《い》れようとしていた。

そこに黒猫《くろねこ》が忍《しの》びこんできて、大判《おおばん》を銜《くわ》えて逃《に》げようとする。

家老《かろう》は、それを阻止《そし》しようとしたものの抵抗《ていこう》され、切《き》り殺《ころ》した。

猫《ねこ》の口《くち》から大判《おおばん》を引《ひ》き抜《ぬ》こうとしたが、しっかり銜《くわ》えていて放《はな》さない。

腰《こし》に付《つ》けていた矢立《やた》てにも猫《ねこ》の血《ち》が飛《と》んでいて、このままにしておけなかった。

そこに、緊急事態《きんきゅうじたい》が起《お》きる。

誰《だれ》かが部屋《へや》の中《なか》に入《はい》ってこようとしたとか、殿様《とのさま》から呼《よ》び出《だ》されてすぐ行《い》かなければならなくなったとか、あるいはさっきみたいな地震《じしん》とか。

それでとっさに金庫《きんこ》を閉《し》め、猫《ねこ》の遺骸《いがい》と矢立《やた》てもそばに放《ほう》りこんでおいて、あとで片付《かたづ》けにくるつもりだった。

ところが、その後《ご》、急《きゅう》に体調《たいちょう》が悪《わる》くなり、動《うご》けなくなって、そのまま死《し》んでしまった。

そう考《かんが》えれば、すべての謎《なぞ》が解《と》ける。

でも、疑問《ぎもん》が1つ。

黒猫《くろねこ》が消《き》えたのは、月姫《つきひめ》が出発《しゅっぱつ》する数日前《すうじつまえ》。

それから姫《ひめ》が出発《しゅっぱつ》するまでの間《あいだ》に、家老《かろう》は病死《びょうし》した。

数日《すうじつ》で死亡《しぼう》するほどの病気《びょうき》だったんだから、黒猫《くろねこ》を切《き》った時《とき》には、相当具合《そうとうぐあい》が悪《わる》かったはず。

そんな状態《じょうたい》で、スッパリと猫《ねこ》の首《くび》を切《き》り落《お》とせるんだろうか。

それを聞《き》いてみようとして、私《わたし》は上杉君《うえすぎくん》の方《ほう》を向《む》いた。

「あの、教《おし》えてほしいんだけど、」

上杉君《うえすぎくん》は、こちらを振《ふ》り向《む》く。

そのまま動《うご》きを止《と》め、しばし静止《せいし》していて、やがて苦《くる》しげに胸《むね》を押《お》さえると、大《おお》きな息《いき》をつくようにあえぎ、身《み》をよじってその場《ば》に倒《たお》れてしまったんだ。

きゃあっ！

28　悲《かな》しまずにすむように

私《わたし》は、さっき猫《ねこ》の首《くび》を発見《はっけん》した時《とき》よりももっと大《おお》きな声《こえ》で叫《さけ》んだ。

「小塚君《こづかくん》、小塚君《こづかくん》っ！」

すごく恐《こわ》くて足《あし》がすくんでしまって、上杉君《うえすぎくん》のそばに近寄《ちかよ》ることもできなかった。

「上杉君《うえすぎくん》が倒《たお》れたの、どーしよっ!?」

小塚君《こづかくん》の、溜《た》め息《いき》が聞《き》こえた。

「だから言《い》ったんだよ、猫《ねこ》は危《あぶ》ないって。」

え？

「猫《ねこ》は、コリネバクテリウム・ウルセランスっていう細菌《さいきん》を持《も》ってるんだ。これが人間《にんげん》に感染《かんせん》すると、呼吸困難《こきゅうこんなん》を引《ひ》き起《お》こす。日本《にっぽん》では死亡例《しぼうれい》もあるよ。」

大変《たいへん》っ！

「落《お》ち着《つ》いて、アーヤ。すぐ救急車《きゅうきゅうしゃ》に連絡《れんらく》して、抗生剤《こうせいざい》を持《も》ってきてくれるように言《い》うから大丈夫《だいじょうぶ》だよ。たぶんそんなひどいことにはならないと思《おも》う。」

ほんと？

「それにしても倒《たお》れるまで黙《だま》ってるなんて、上杉《うえすぎ》はカッコつけすぎだよ。喉《のど》から肺《はい》をやられるから、相当苦《そうとうくる》しかったはずなのに。あ、レスキューが来《き》たっ！　じゃね、ちょっとの我慢《がまん》だから頑《がん》張《ば》っててね。」

車《くるま》の音《おと》や人《ひと》の声《こえ》で、地上《ちじょう》は騒《さわ》がしくなっていく。

私《わたし》は、そっと上杉君《うえすぎくん》に歩《あゆ》み寄《よ》り、その脇《わき》にかがみこんだ。

「もうすぐ助《たす》けが来《く》るから、ちょっとの我慢《がまん》だよ。苦《くる》しい？」

そう聞《き》くと、大《おお》きな息《いき》をつきながら、こちらに目《め》を上《あ》げる。

「なんてことねーよ。」

額《ひたい》には冷《ひ》や汗《あせ》が浮《う》かび、顔《かお》は蒼白《そうはく》、肩《かた》は大《おお》きく上下《じょうげ》していた。

つらいとか苦《くる》しいなんて、絶対言《ぜったいい》わないんだよね、強《つよ》がりだから。

「猫《ねこ》から感染《かんせん》したんだって？　ごめんね。」

上杉君《うえすぎくん》は、クスッと笑《わら》った。

「きっと横領家老《おうりょうかろう》と同《おな》じだぜ。」

え？

「おそらく家老《かろう》は、猫《ねこ》が銜《くわ》えていた大判《おおばん》を奪《うば》おうとして争《あらそ》っていて、感染《かんせん》したんだ。」

あ、そうか。

「戦国時代《せんごくじだい》じゃ抗生剤《こうせいざい》もないし、猫《ねこ》からの感染《かんせん》なんて思《おも》いもしなかっただろうし、不審《ふしん》な病《やまい》ってことになって占《うらな》い師《し》が祈禱《きとう》してたかもしれないな。」

その様子《ようす》を想像《そうぞう》して、私《わたし》は、自分《じぶん》が抗生剤《こうせいざい》を持《も》ってそこにタイムスリップしていきたいような気持《きも》ちになった。

そりゃ家老《かろう》は犯罪者《はんざいしゃ》だけど、誰《だれ》の命《いのち》だって大事《だいじ》だもの。

「俺《おれ》が不思議《ふしぎ》なのはさ、月姫《つきひめ》も同《おな》じ猫《ねこ》に接《せっ》してたはずなのに、どうして感染《かんせん》しなかったのかってこと。女《おんな》って、男《おとこ》より強《つよ》いのか？」

猫《ねこ》に関《かん》して免疫力《めんえきりょく》あるとか、かなぁ。

そう思《おも》いながら私《わたし》は、黒猫《くろねこ》の遺体《いたい》が出《で》てきた壁《かべ》を振《ふ》り返《かえ》った。

「黒猫《くろねこ》は、きっとすべてを知《し》ってたんだね。家老《かろう》が隠《かく》していた大判《おおばん》のことも、姫《ひめ》の出発《しゅっぱつ》が遅《おく》れれば命《いのち》が助《たす》かるってことも。だから大好《だいす》きな姫《ひめ》のために、家老《かろう》の横領《おうりょう》を暴《あば》いたり、自分《じぶん》を犠牲《ぎせい》にして姫《ひめ》の命《いのち》を救《すく》ったりしたんだ。」

上杉君《うえすぎくん》は、軽《かる》く眉《まゆ》を上《あ》げる。

「なんだ、その根拠《こんきょ》のない説《せつ》。まぁ床下《ゆかした》の隠《かく》し金庫《きんこ》は、鼠《ねずみ》でも追《お》いかけてた時《とき》に見《み》かけたのかもしれんが、未来《みらい》のことが猫《ねこ》にわかるはずねーだろ。」

出《で》た、シビア上杉《うえすぎ》！

「第一《だいいち》、猫《ねこ》が姫《ひめ》を好《す》きって、逆《ぎゃく》じゃね。姫《ひめ》が猫《ねこ》を好《す》きなんだ。猫《ねこ》なんてのは、飯《めし》さえくれりゃ横領《おうりょう》した家老《かろう》にだって懐《なつ》く。」

上杉君《うえすぎくん》の頭《あたま》の中《なか》には、ロマンって文字《もじ》がないんだ、きっと。

私《わたし》が言葉《ことば》を失《うしな》い、口《くち》をつぐんでいると、上杉君《うえすぎくん》はこっちを見上《みあ》げ、片目《かため》だけをわずかに細《ほそ》めた。

「とにかく、謎《なぞ》は全部《ぜんぶ》解《と》けたな。」

細《ほそ》めた方《ほう》の目《め》が潤《うる》んで見《み》えて、そのアンバランスが上杉君《うえすぎくん》の顔《かお》を不思議《ふしぎ》な魅力《みりょく》で彩《いろど》っていた。

私《わたし》は、ちょっと見惚《みと》れながら思《おも》ったんだ、上杉君《うえすぎくん》って時々《ときどき》、素敵《すてき》だなって。

「なんだよ。」

そう言《い》われて、あわてて横《よこ》を向《む》く。

「なんでもない。」

上杉君《うえすぎくん》の溜《た》め息《いき》が聞《き》こえた。

「まだ家老《かろう》の霊《れい》の件《けん》が残《のこ》ってるけどさ、あれは事件《じけん》というより七鬼《ななき》のメンタルの問題《もんだい》だからな。」

へえ、そういう解釈《かいしゃく》なんだ。

「上杉君《うえすぎくん》って、霊《れい》とか信《しん》じないの？」

私《わたし》が聞《き》くと、上杉君《うえすぎくん》はあっさり答《こた》えた。

「マジ、信《しん》じない。」

ああ簡潔《かんけつ》な回答《かいとう》。

「おまえ、信《しん》じんの？」

私《わたし》は自分《じぶん》の気持《きも》ちを正確《せいかく》に伝《つた》えるために、ちょっと考《かんが》えてから言《い》った。

「私《わたし》は、その時次第《ときしだい》かな。家老《かろう》の霊《れい》に関《かん》しては、ＫＺ《カッズ》の事件《じけん》として取《と》り上《あ》げられてたわけじゃないし、謎《なぞ》として事件《じけん》ノートに記録《きろく》したわけでもないから問題外《もんだいがい》だと思《おも》う。放置《ほうち》しても構《かま》わないんじゃないかな。」

上杉君《うえすぎくん》は、啞然《あぜん》とした顔《かお》になった。

「恐《おそ》ろしくビジネスライクな回答《かいとう》だな。まぁ記録係《きろくがかり》らしいって言《い》えば、らしいけど。」

そう言《い》ってから、私《わたし》が困《こま》ってしまうほどじっとこちらを見《み》つめていて、やがてゆっくりと口《くち》を開《ひら》いた。

「あのさ、」

苦《くる》しげな息《いき》をしながら目《め》を閉《と》じる。

「おまえに言《い》っときたいこと、あったんだ。」

え？

「おまえが、悲《かな》しまなくてもすむようにさ。」

え、え？

「美門《みかど》のことだよ。おまえさぁ、あれ、あんま悩《なや》まなくていいから。」

意味《いみ》がわからず戸惑《とまど》っていると、上杉君《うえすぎくん》は苦《くる》しげに小《ちい》さく笑《わら》った。

「美門《みかど》に内緒《ないしょ》だぜ。約束守《やくそくまも》れる？」

私《わたし》が頷《うなず》くと、上杉君《うえすぎくん》は小指《こゆび》を立《た》てた。

「じゃ指切《ゆびき》り。」

目《め》の前《まえ》に差《さ》し出《だ》されたその指《ゆび》を、私《わたし》はマジマジと見《み》つめてしまった。

だって上杉君《うえすぎくん》は、指切《ゆびき》りなんてバカにしそうなタイプなんだもの。

「なんだよ、その顔《かお》。嫌《いや》なのか？」

私《わたし》はあわてて自分《じぶん》の小指《こゆび》を出《だ》し、上杉君《うえすぎくん》の小指《こゆび》に絡《から》めた。

すごく冷《つめ》たくて、細《ほそ》い指《ゆび》だった。

「初《はじ》めっからのことを考《かんが》えれば、」

上杉君《うえすぎくん》は、溶《と》けるように優《やさ》しく微笑《ほほえ》む。

「美門《みかど》の、あれはさ・・・」

そう言《い》ったその顔《かお》から、すうっと表情《ひょうじょう》が引《ひ》いていった。

声《こえ》も細《ほそ》くなり、ふっと途切《とぎ》れる。

「上杉君《うえすぎくん》？　上杉君《うえすぎくん》っ！」

私《わたし》は連呼《れんこ》したけれど、上杉君《うえすぎくん》はそのまま意識《いしき》を失《うしな》い、グッタリと首《くび》を垂《た》れてしまったんだ。

きゃぁ、死《し》んだっ！

私《わたし》は立《た》ち上《あ》がり、崩《くず》れ落《お》ちた階段《かいだん》のそばまで走《はし》り寄《よ》った。

「小塚君《こづかくん》、小塚君《こづかくん》、大変《たいへん》っ！」

その目《め》の前《まえ》に、銀色《ぎんいろ》の梯子《はしご》が下《さ》がってくる。

レスキュー服《ふく》を着《き》た隊員《たいいん》たちが2人《ふたり》、ゆっくりと降《お》りてきた。

私《わたし》は、しがみ付《つ》きたい思《おも》いで叫《さけ》んだ。

「あそこです。早《はや》く運《はこ》んでくださいっ！」

＊

上杉君《うえすぎくん》はすぐ病院《びょういん》に運《はこ》ばれていき、小塚君《こづかくん》が付《つ》き添《そ》った。

私《わたし》は心配《しんぱい》しながらその夜《よる》を過《す》ごし、明《あ》くる日《ひ》は講座《こうざ》に出席《しゅっせき》していたけれど、お昼時間《ひるじかん》に食堂《しょくどう》で小塚君《こづかくん》と遭遇《そうぐう》した。

「さっき病院《びょういん》から戻《もど》ったとこだよ。3、4日《か》で退院《たいいん》できるってさ。」

よかった！

テレビのニュースによれば、震源《しんげん》は、九十九里浜《くじゅうくりはま》の東方沖《とうほうおき》。

その深《ふか》さは66キロ、地震《じしん》の規模《きぼ》はマグニチュード6・0。

被害《ひがい》は房総《ぼうそう》のいろんな場所《ばしょ》と、都内《となない》の東部《とうぶ》で出《で》ていたけれど津波《つなみ》も火事《かじ》もなく、死者《ししゃ》もゼロ、一番《いちばん》ひどくやられたのは、私《わたし》たちがいたあの美術館《びじゅつかん》あたりみたいだった。

若武《わかたけ》が電話《でんわ》をかけてきたのは、その夜《よる》のこと。

「黒猫姫《くろねこひめ》は無事《ぶじ》取《と》り戻《もど》したぞ。」

やったね！

「今朝《けさ》、美術館《びじゅつかん》に返納《へんのう》した。」

その声《こえ》に被《かぶ》せるように、忍《しのぶ》の声《こえ》が聞《き》こえてくる。

「真珠姫《しんじゅひめ》のそばに持《も》ってってたら、真珠姫《しんじゅひめ》すごく喜《よろこ》んでたよ。」

あの絵《え》・・・どうやって喜《よろこ》んだんだろ。

「七鬼《なゝき》、さっさとスマホ返《かえ》せっ！　えっと、その経過《けいか》を説明《せつめい》するから、今《いま》すぐミーティング室《しつ》に来《こ》い。」

私《わたし》は事件《じけん》ノートを掴《つか》み、急《いそ》いで飛《と》んでいった。

ノックをし、ミーティング室《しつ》のドアを開《あ》けると、中《なか》には上杉君《うえすぎくん》を除《のぞ》く全員《ぜんいん》がそろっていた。

誰《だれ》もがリラックスした様子《ようす》で、和《なご》やかだったから、私《わたし》はなんとなくホッとした。

「アーヤ、席《せき》に着《つ》け。」

若武《わかたけ》が重々《おもおも》しく口《くち》を開《ひら》く。

「KZ《カッズ》会議《かいぎ》を開会《かいかい》する。これはおそらくこの贋作《がんさく》・黒猫姫事件《くろねこひめじけん》の最終会議《さいしゅうかいぎ》になるだろう。」

私《わたし》はノートを開《ひら》き、メモを取《と》る用意《ようい》をした。

「昨夜《さくや》、俺《おれ》を始《はじ》めとするメンバー4人《にん》は、出航間際《しゅっこうまぎわ》だったクルーズ船《せん》に駆《か》けつけた。」

若武《わかたけ》の口調《くちょう》は、背後《はいご》に応援歌《おうえんか》でもかかっているかのように勇《いさ》ましかった。

「そして船長室《せんちょうしつ》に押《お》し入《い》ったんだ。リーダーの俺《おれ》は、こう言《い》った。この船《ふね》の中《なか》に、美術品《びじゅつひん》の密輸《みつゆ》を企《たくら》んでいる人物《じんぶつ》がいることは、わかっています。」

おお、ここはハイライトだ。

きっと若武《わかたけ》は、ものすごくカッコを付《つ》けたに違《ちが》いない。

「船長《せんちょう》は、片言《かたこと》の日本語《にほんご》でトボけようとした。俺《おれ》たちが子供《こども》だと思《おも》って、バカにしている感《かん》じでもあった。だから俺《おれ》は、ビシッと言《い》ってやったんだ。船長《せんちょう》あなたがやってるとは言《い》っていない。この船《ふね》の中《なか》の誰《だれ》かがやってるんだ。でもそれは船長《せんちょう》の責任《せきにん》だろって。積《つ》みこまれているのは千葉《ちば》美術館所蔵《びじゅつかんしょぞう》の絵画《かいが》、タイトルは黒猫姫《くろねこひめ》。戦国時代《せんごくじだい》の作品《さくひん》で、持《も》ちこんだのは美術館名誉館長《びじゅつかんめいよかんちょう》の息子《むす こ》、武石今胤《たけいしいまたね》。仲介《ちゅうかい》をしたのは、貴船《きせん》が契約《けいやく》しているランドオペレーター。そこまで話《はな》した時《とき》、船内《せんない》を見回《みまわ》っていた黒木《くろき》と七鬼《ななき》が、フィスを見《み》つけて連《つ》れてきたんだ。」

いたんだねっ！

「だが、出航準備《しゅっこうじゅんび》はどんどん進《すす》んでいた。船《ふね》は今《いま》にも港《みなと》から出《で》ていこうとしていたんだ。」

ハラハラ、ドキドキ。

「俺《おれ》はとにかく船《ふね》を止《と》めなきゃならんと思《おも》い、こう言《い》った。あなたが認《みと》めないなら、今《いま》すぐ海上《かいじょう》保安庁《ほあんちょう》に電話《でんわ》をする。そしたら船《ふね》は出港停止《しゅっこうていし》になり、検査官《けんさかん》が乗《の》りこんできて捜索《そうさく》が始《はじ》まるだろう。」

おお、それで船長《せんちょう》は、なんとっ!?

「そしたら急《きゅう》に弱腰《よわごし》になりやがってさ、逮捕《たいほ》されたら今後《こんご》の仕事《しごと》ができなくなる。海上保安庁《かいじょうほあんちょう》への連絡《れんらく》だけは勘弁《かんべん》してくれって言《い》うんだ。そしたら黒木《くろき》が、」

そう言《い》いながら黒木君《くろきくん》の方《ほう》をにらむ。

「余計《よけい》な口《くち》、出《だ》しやがってさ。」

え、なんだろ。

若武《わかたけ》はムスッとして黙《だま》りこみ、黒木君《くろきくん》が笑《わら》いながら話《はなし》を引《ひ》き継《つ》いだ。

「黒猫姫《くろねこひめ》の絵《え》を返《かえ》せば、すべてをなかったことにしてやってもいいって言《い》ったんだ。それで、黒猫姫《ねこひめ》は無事《ぶじ》に戻《もど》ってきた。」

わーい、パチパチ!

「クルーズ船《せん》は時間通《じかんどお》りに出《で》ていき、贋作事件《がんさくじけん》はなかったことになって、若武先生《わかたけせんせい》はテレビ局《きょく》に売《う》りこめなかった。」

あ、それで不機嫌《ふきげん》なんだね。

「他《ほか》に方法《ほうほう》は、なかったよ。」

翼《たすく》がそう言《い》った。

「若武《わかたけ》は、現実《げんじつ》を無視《むし》して強気《つよき》に出《で》すぎてた。」

若武《わかたけ》は、今度《こんど》は翼《たすく》をにらむ。

「船長《せんちょう》の協力《きょうりょく》がなかったら、あの広《ひろ》い船《ふね》の中《なか》を俺《おれ》らだけで捜《さが》さなけりゃならなかったんだ。そんなこと絶対《ぜったい》、無理《むり》だったし、向《む》こうとしては俺《おれ》たちを乗《の》せたまま出航《しゅっこう》して、公海《こうかい》に出《で》た所《ところ》で、海《うみ》に投《な》げこむこともできたんだ。」

ゾッ！

「全員無事《ぜんいんぶじ》で帰《かえ》ってこられて、しかも黒猫姫《くろねこひめ》もちゃんと取《と》り戻《もど》せたんだから、ベストだったと思《おも》うべきでしょ。」

そうだよね。

「でも、全員無事《ぜんいんぶじ》じゃないいんじゃね？」

忍《しのぶ》がそう言《い》い、若武《わかたけ》を見《み》た。

「あの後《あと》、若武《わかたけ》はものすごい勢《いきお》いで歯《は》ぎしりしっ放《ぱな》しだった。絶対《ぜったい》、奥歯《おくば》の1本《ぽん》や2本《ほん》は折《お》れてるに違《ちが》いない。」

皆《みな》が笑《わら》った、若武《わかたけ》を除《のぞ》いて。

「あ七鬼《なき》、彷徨《さまよ》ってた家老《かろう》の霊《れい》と交信《こうしん》できたの？」

小塚君《こづかくん》に聞《き》かれ、忍《しのぶ》は、きれいな菫色《すみれいろ》をした2つの瞳《ひとみ》を瞬《また》かせた。

「昨日《きのう》の夜《よる》、ようやくできた。本人《ほんにん》が言《い》うには、突然《とつぜん》、病気《びょうき》で死《し》ぬなんて思《おも》ってなかったから、隠《かく》した金《かね》がどうなってるのか気《き》になって、心配《しんぱい》でしかたがなかったんだって。」

家老《かろう》・・・横領《おうりょう》なんて大胆《だいたん》なことした割《わり》には、気《き》が小《ち》さかったんだね。

「なにしろ城《しろ》がなくなっちまってるから、隠《かく》し場所《ばしょ》がわからなくなって、城址公園内《じょうしこうえんない》をウロウロしてたらしい。方向音痴《ほうこうおんち》なんだって。」

へぇ、霊《れい》って霊感《れいかん》ないんだ。

あったら、すぐたどり着《つ》けるはずだものね。

「俺《おれ》らが発見《はっけん》したって言《い》ったら、自分《じぶん》のやったことを反省《はんせい》してて、この町《まち》の人々《ひとびと》のために役立《やくだ》ててほしいってさ。」

へぇ、死《し》んでから心《こころ》を入《い》れ替《か》えたんだね。

「で、俺《おれ》、それ約束《やくそく》した。だから、あの埋蔵金《まいぞうきん》は坂井町《さかいまち》に寄付《きふ》するってことで。」

若武《わかたけ》が大声《おおごえ》を上《あ》げる。

「勝手《かって》に約束《やくそく》するなっ！　俺《おれ》は認《みと》めんぞっ‼」

翼《たすく》が、素早《すばや》く言《い》った。

「埋蔵金《まいぞうきん》に関《かん》して俺《おれ》たちの権利《けんり》は、町《まち》に寄付《きふ》するってことに賛成《さんせい》な人《ひと》、挙手《きょしゅ》を。」

若武《わかたけ》以外《いがい》の全員《ぜんいん》の手《て》が上《あ》がり、あっという間《ま》に可決《かけつ》。

「くそっ！」

若武《わかたけ》は、重《かさ》ね重《がさ》ね残念《ざんねん》そうだった。

「俺《おれ》、埋蔵金《まいぞうきん》ほしかったっ！　新《あたら》しいゲーム買《か》いたかったんだっ!!」

お気《き》の毒《どく》。

「土壌汚染《どじょうおせん》については、今朝《けさ》、町《まち》に分析結果《ぶんせきけっか》を持《も》ちこんだよ。」

小塚君《こづかくん》がそう報告《ほうこく》した。

「鉄塔《てっとう》の方《ほう》は、経済産業省《けいざいさんぎょうしょう》に連絡《れんらく》した。それぞれの官公庁《かんこうちょう》で、きっとすぐ対策《たいさく》が練《ね》られるよ。」

小塚君《こづかくん》の言葉《ことば》がまだ終《お》わらないうちに、若武《わかたけ》が突《つ》っ立《た》つ。

「その2つ、俺《おれ》がテレビに持《も》ってこうと思《おも》ってたんだぞ。なんで勝手《かって》にそんなことやったんだっ！」

小塚君《こづかくん》は困《こま》ったように身《み》を竦《すく》める。

「だって急《いそ》がないと被害《ひがい》が広《ひろ》がるから。」

私《わたし》は大急《おおいそ》ぎで言《い》った。

「土壌汚染《どじょうおせん》と鉄塔《てっとう》に関《かん》して、小塚君《こづかくん》の考《かんが》えを支持《しじ》します！」

いっせいに賛成《さんせい》の手《て》が上《あ》がり、若武《わかたけ》はまたもや敗北《はいぼく》。

「ちっきしょうっ！」

ふっふっふ。

「今回《こんかい》の事件《じけん》は、すっごく派手《はで》でテレビが飛《と》び付《つ》きそうなとこがいっぱいあったんだぞ。贋作《がんさく》だろ、埋蔵金《まいぞうきん》だろ、土壌汚染《どじょうおせん》だろ、企業《きぎょう》の隠蔽《いんぺい》だろ。それなのに、」

そう言《い》いながら私《わたし》たちを見回《みまわ》した。

「全部《ぜんぶ》、パアかよっ！」

私《わたし》たちは、口《くち》をそろえて答《こた》えた。

「その通《とお》りっ！」

若武《わかたけ》は、ガックリと頭《あたま》を抱《かか》えこむ。

それを見《み》ながら皆《みんな》が笑《わら》った。

黒木君《くろきくん》が大《おお》きな息《いき》をつく。

「これから武石社長《たけいししゃちょう》は、いろいろ大変《たいへん》だと思《おも》うけど、すべてに対《たい》して誠実《せいじつ》に対応《たいおう》してくれるといいね。社長《しゃちょう》がきちんとした態度《たいど》を見《み》せれば、フィスもきっと考《かんが》え直《なお》すよ。」

ん、私《わたし》、そうなると信《しん》じてる。

「ああ、ようやくすべてカタが付《つ》いたって感《かん》じだな。」

忍《しのぶ》が言《い》い、翼《たすく》が頷《うなず》いた。

「事件《じけん》は、終《お》わったんだ。」

私《わたし》も深《ふか》く頷《うなず》き、今《いま》ここにいない上杉君《うえすぎくん》のことを思《おも》った。

最後《さいご》に言《い》っていた、あの言葉《ことば》の続《つづ》きはなんだったんだろう。

それを聞《き》きたい！

そう考《かんが》えながら、そっと翼《たすく》に目《め》を向《む》けた。

きれいなその顔《かお》が見《み》えたとたん、胸《むね》がズキンと痛《いた》かった。

でも上杉君《うえすぎくん》が気《き》にしなくていいって言《い》ってくれたから、できるだけ普通《ふつう》にしていようと自分《じぶん》に言《い》いきかせたんだ。

上杉君《うえすぎくん》、早《はや》くよくなってね。

そしていつもの上杉君《うえすぎくん》に戻《もど》って、私《わたし》に続《つづ》きを話《はな》して！

ハワイで、お土産《みやげ》買《か》ってくるからね。

《完《かん》》

あとがき

皆様《みなさま》、いつも読《よ》んでくださって、ありがとう！

この事件《じけん》ノートシリーズは、KZ《カッズ》、G《ジエニ》、KZD《カッズディー》、KZU《カッズユー》の、4つの物語《ものがたり》に分《わ》かれて、同時《どうじ》に進《しん》行《こう》しています。

これらの違《ちが》いをひと言《こと》でいうと、彩《あや》の妹《いもうと》が主人公《しゅじんこう》になっているのがG《ジエニ》、KZ《カッズ》を深《ふか》めてキャラクターの心《こころ》の深層《しんそう》を追求《ついきゅう》しているのがKZD《カッズディー》、高校生《こうこうせい》になったKZ《カッズ》メンバーの恋《こい》や活動《かつどう》、その心《しん》理《り》と現実《げんじつ》を描写《びょうしゃ》しているのがKZU《カッズユー》です。

本屋《ほんや》さんでは、KZ《カッズ》とG《ジエニ》は青《あお》い鳥文庫《とりぶんこ》の棚《たな》にありますが、KZD《カッズディー》とKZU《カッズユー》は、一般文芸書《いっぱんぶんげいしょ》の棚《たな》に置《お》かれています。

またこれらに共通《きょうつう》した特徴《とくちょう》は、そのつど新《あたら》しい事件《じけん》を扱《あつか》い、謎《なぞ》を解決《かいけつ》して終《お》わるので、どこからでも読《よ》めることです。

冊数《さっすう》も多《おお》くなってきたので、ここでご紹介《しょうかい》しますね。

《青《あお》い鳥文庫《とりぶんこ》の棚《たな》にある作品《さくひん》》　（※タイトルの一部《いちぶ》を省略《しょうりゃく》）

KZ《カッズ》

「消《き》えた自転車《じてんしゃ》」人間《にんげん》とは思《おも》えない怪力《かいりき》で壊《こわ》されたチェーン。若武《わかたけ》の自転車《じてんしゃ》はどこへ!?

「切《き》られたページ」図書館《としょかん》の、貸《か》し出《だ》されたことのない本《ほん》のページが切《き》り取《と》られた。なぜ!?

「キーホルダー」謎《なぞ》の少年《しょうねん》が落《お》としたキーホルダーの中《なか》には、とんでもない物《もの》が！

「卵《たまご》ハンバーグ」あのハンバーグには、何《なに》かある！　大騒《おおさわ》ぎする若武《わかたけ》と初登場《はつとうじょう》の砂原《すなはら》。

「緑《みどり》の桜《さくら》」　1人《ひとり》暮《ぐ》らしの老婦人《ろうふじん》が消《き》えたと言《い》う黒木《くろき》。KZ《カッズ》はその家《いえ》の調査《ちょうさ》を始《はじ》めるが・・・。

「シンデレラ特急《とっきゅう》」KZ《カッズ》初《はつ》の海外遠征《かいがいえんせい》。フランス人《じん》の少女《しょうじょ》に雇《やと》われて有名《ゆうめい》な芸術家《げいじゅつか》の家《いえ》へ！

「シンデレラの城《しろ》」謎《なぞ》の事故死《じこし》に遭遇《そうぐう》するKZ《カッズ》。ピンチに次《つ》ぐピンチで、この先《さき》どうなる!?

「クリスマス」不可解《ふかかい》で恐《おそ》ろしい事件《じけん》に見舞《みま》われる砂原《すなはら》。ピュアな心《こころ》は、ついに折《お》れるのか!?

「裏庭《うらにわ》」学校《がっこう》の裏庭《うらにわ》で、いったい何《なに》が起《お》こったのか。彩《あや》を励《はげ》ます上杉《うえすぎ》のKZ《カッズ》脱退宣言《だったいせんげん》の意味《いみ》は？

「初恋《はつこい》　若武編《わかたけへん》」若武《わかたけ》の初恋《はつこい》の相手《あいて》は、彩《あや》のライバル！　純粋《じゅんすい》な恋《こい》が、いつの間《ま》にか大事件《だいじけん》に。

「天使《てんし》が」スイスに渡《わた》った上杉《うえすぎ》。そこで出会《であ》った1人《ひとり》の少女《しょうじょ》は、国際《こくさい》テロの関係者《かんけいしゃ》!?

「バレンタイン」誰《だれ》にチョコを渡《わた》すか悩《なや》む彩《あや》。そんな時《とき》、不良《ふりょう》グループの中《なか》に砂原《すなはら》の姿《すがた》を発見《はっけん》。

「ハート虫《むし》」事件《じけん》がないので探偵《たんてい》チームKZ《カッズ》は方向転換《ほうこうてんかん》。だがそれが怪事件《かいじけん》の発端《ほったん》となる。

「お姫《ひめ》さまドレス」密《ひそ》かに進行《しんこう》していく恐怖《きょうふ》の事態《じたい》。それは捨《す》て猫《ねこ》から始《はじ》まった。

「青《あお》いダイヤが」小塚《こづか》に大《おお》きな影響《えいきょう》を与《あた》えた美青年早川《びせいねんはやかわ》。燕《つばめ》とダイヤ盗難《とうなん》に絡《から》む事件《じけん》の行方《ゆくえ》は。

「赤《あか》い仮面《かめん》」翼《たすく》が襲撃《しゅうげき》される。それが砂原《すなはら》に繋《つな》がるKZ最大《カッズさいだい》の事件《じけん》に発展《はってん》するとは！

「黄金《おうごん》の雨《あめ》」彩《あや》が翼《たすく》と急接近《きゅうせっきん》。あせるKZ《カッズ》メンバーが遭遇《そうぐう》したのは、黄金《おうごん》の雨《あめ》？

「七夕姫《たなばたひめ》」妖怪《ようかい》が住《す》むという噂《うわさ》の屋敷《やしき》を調査《ちょうさ》するKZ《カッズ》。そのフンから始《はじ》まる驚《おどろ》きの事件《じけん》とは。

「消《き》えた美少女《びしょうじょ》」KZ名簿《カッズめいぼ》を調《しら》べる謎《なぞ》の少女《しょうじょ》。それを知《し》った上杉《うえすぎ》の動揺《どうよう》。2人《ふたり》の関係《かんけい》は!?

「妖怪《ようかい》パソコン」上杉《うえすぎ》のパソコンにウィルスが侵入《しんにゅう》。KZ《カッズ》は泊《と》まり込《こ》みで格闘《かくとう》する。七鬼登場《なきとうじょう》。

「本格《ほんかく》ハロウィン」ハロウィンパーティを企画《きかく》したKZ《カッズ》が出会《であ》った事件《じけん》とは。感涙《かんるい》の1冊《さつ》。

「アイドル王子《おうじ》」KZ《カッズ》がアイドルデビューすることに？　芸能界《げいのうかい》を舞台《ぶたい》に事件《じけん》が発生《はっせい》。

「学校《がっこう》の都市伝説《としでんせつ》」学校《がっこう》に伝《つた》わる都市伝説《としでんせつ》の真相《しんそう》を探《さぐ》るうちに、いつの間《ま》にやら大事件《だいじけん》に！

「危《あぶ》ない誕生日《たんじょうび》ブルー」忍《しのぶ》がサッカーゴールの下敷《したじ》きに。これは事故《じこ》か事件《じけん》か。

「コンビニ仮面《かめん》」いつも同《おな》じ場所《ばしょ》に停《と》まっている車《くるま》。中《なか》には、マニキュアを塗《ぬ》る不審《ふしん》な男《おとこ》が。

「ブラック教室《きょうしつ》」担任《たんにん》の教師《きょうし》が次々倒《つぎつぎたお》れるブラック教室《きょうしつ》。その真相《しんそう》は!? 謎《なぞ》また謎《なぞ》の1冊《さつ》。

「恋《こい》する図書館《としょかん》」図書館《としょかん》の本《ほん》が大量《たいりょう》に盗《ぬす》まれる。その調査中《ちょうさちゅう》に若武《わかたけ》が倒《たお》れる緊急事態《きんきゅうじたい》に！

G《ジェニ》

「クリスマスケーキ」彩《あや》の妹《いもうと》で超天然《ちょうてんねん》の奈子《なこ》が、天才《てんさい》たちとケーキを作《つく》りつつ、事件《じけん》を解決《かいけつ》。

「星形《ほしがた》クッキー」送別会《そうべつかい》に使《つか》う星形《ほしがた》クッキーを作《つく》るよう命《めい》じられたその時《とき》、新《あら》たな事件《じけん》が。

「5月《がつ》ドーナツ」今度《こんど》の使命《しめい》はドーナツ作《づく》り。そんな折《おり》、奈子《なこ》はコンビニで謎《なぞ》の少年《しょうねん》と出会《であ》う。

《一般文芸書《いっぱんぶんげいしょ》の棚《たな》にある作品《さくひん》》

KZD《カッズディー》

「青《あお》い真珠《しんじゅ》は知《し》っている」伊勢志摩《いせしま》で起《お》こった怪事件《かいじけん》。消《き》えた真珠《しんじゅ》の謎《なぞ》に挑《いど》む小塚《こづか》とKZ《カッズ》。

「桜坂《さくらざか》は罪《つみ》をかかえる」北海道函館《ほっかいどうはこだて》に姿《すがた》を消《け》した若武《わかたけ》。その行方《ゆくえ》を追《お》う上杉《うえすぎ》たちがたどり着《つ》く真実《しんじつ》。

「いつの日《ひ》か伝説《でんせつ》になる」古都長岡京《ことながおかきょう》に伝《つた》わる呪《のろ》いと犯罪《はんざい》。明《あき》らかになる黒木《くろき》の過去《かこ》とは。

「断層《だんそう》の森《もり》で見《み》る夢《ゆめ》は」数学《すうがく》トップの座《ざ》を失《うしな》った上杉《うえすぎ》が、南《みなみ》アルプス山中《さんちゅう》で発見《はっけん》した白骨《はっこつ》の謎《なぞ》。

KZU《カッズユー》

「失楽園《しつらくえん》のイヴ」高校生活《こうこうせいかつ》を送《おく》る上杉《うえすぎ》に降《ふ》りかかった事件《じけん》と恋《こい》、黒木《くろき》たちとの友情《ゆうじょう》を描《えが》いた1作《さく》。

*

もう全部《ぜんぶ》、読《よ》みましたか？

まだの人《ひと》は、ぜひ全巻読破《ぜんかんどくは》にチャレンジしてみてね。

読《よ》み終《お》えた時《とき》には、きっとKZ《カッズ》のエキスパートになっています！

著者《ちょしゃ》や編集者《へんしゅうしゃ》より、詳《くわ》しくなるかも。

どうぞ、ご意見《いけん》ご感想《かんそう》など、お寄《よ》せくださいませ。

藤本《ふじもと》ひとみです。

この作品《さくひん》を書《か》いたのは、6月《がつ》から7月初《がつはじ》め。

毎年《まいとし》、この季節《きせつ》になると、思《おも》い出《だ》すことがあります。

それは、私《わたし》の住《す》んでいる地域《ちいき》を襲《おそ》った集中豪雨《しゅうちゅうごうう》のこと。

この雨《あめ》は全国《ぜんこく》の多府県《たふけん》に多《おお》くの被害《ひがい》を齎《もたら》し、死者《ししゃ》だけでも合計《ごうけい》300人《にん》を超《こ》えたのですが、その約《やく》3分《ぶん》の1が私《わたし》の地域《ちいき》での被災《ひさい》でした。

KƵD《カッズディー》の「断層《だんそう》の森《もり》で見《み》る夢《ゆめ》は」で書《か》いたのは、その経験《けいけん》です。

もっとも当時《とうじ》、私《わたし》は9歳《さい》だったので、事態《じたい》をあまりよく理解《りかい》できませんでした。

今《いま》、思《おも》い出《だ》してみると、ヒヤッとするような記憶《きおく》がいっぱい！

毎日《まいにち》降《ふ》り続《つづ》いた雨《あめ》で山《やま》が崩《くず》れ、そこからの土砂《どしゃ》や、流《なが》れてくる水《みず》で川《かわ》のようになった道路《どうろ》を、腰《こし》まで水《みず》に浸《つ》かりながら1人《ひとり》で下校《げこう》した時《とき》には、背負《せお》ったランドセルが流《なが》されそうになるのを必《ひっ》死《し》で押《お》さえていました。

自分《じぶん》としては、ランドセルを守《まも》り抜《ぬ》いたことが自慢《じまん》でした。

今《いま》になって考《かんが》えると、よく自分自身《じぶんじしん》が流《なが》されなかったなぁと思《おも》います。

当時《とうじ》は、現在《げんざい》ほど子供《こども》が大事《だいじ》にされておらず、担任《たんにん》や大人《おとな》たちは自分《じぶん》や家《いえ》のことで精一杯《せいいっぱい》、誰《だれ》も守《まも》ってくれませんでした。

私《わたし》の叔父《おじ》や叔母《おば》たちは被災《ひさい》して避難所《ひなんじょ》で長《なが》く暮《く》らし、同《おな》じ市内《しない》で多《おお》くの死者《ししゃ》が出《で》て、自衛隊《じえいたい》が小学校《しょうがっこう》の体育館《たいいくかん》に泊《と》まりこんで復興支援《ふっこうしえん》に当《あ》たっていたことを覚《おぼ》えています。

皆様《みなさま》、災害時《さいがいじ》にはくれぐれも慎重《しんちょう》に振《ふ》る舞《ま》い、自分《じぶん》の身《み》の安全《あんぜん》を確保《かくほ》してくださいね、トン。

住滝良《すみたきりょう》です。

最近《さいきん》、職場《しょくば》でゴキブリが出《で》ました。

男性社員《だんせいしゃいん》は無視《むし》、もしくはスルーだし、女性社員《じょせいしゃいん》は恐《こわ》がって近《ちか》づかない。

でもこのまま逃《に》がしてしまっては、どこを走《はし》り回《まわ》るかわからず、不潔極《ふけつきわ》まりない。

だってゴキブリって、足《あし》を洗《あら》わないんです。

雑菌《ざっきん》がいっぱいいる場所《ばしょ》を通《とお》ってきて、その足《あし》で給湯室《きゅうとうしつ》のコップの上《うえ》を歩《ある》くかもしれない。

そこで、住滝《すみたき》が立《た》ち向《む》かいました。

殺虫剤《さっちゅうざい》がなかったので、新聞紙《しんぶんし》を丸《まる》め、それでビシバシバシッ！

ゴキブリも負《ま》けじと、こちらに向《む》かってくる。

うわっ、来《く》るなっ！

そのうちには羽《はね》を出《だ》し、ブ～ンと住滝《すみたき》の顔《かお》の近《ちか》くを飛《と》び回《まわ》る。

攻防戦《こうぼうせん》を繰《く》り広《ひろ》げること、数十分《すうじっぷん》。

何《なん》とか仕留《しと》めた時《とき》には、精根尽《せいこんつ》き果《は》てていました、ハアハアゼイゼイ。

もう二度《にど》としたくない！

そう思《おも》ったのですが・・・これ以降《いこう》、住滝《すみたき》は「必殺《ひっさつ》ゴキブリ仕留《しと》め人《ひと》」と呼《よ》ばれて有名《ゆうめい》になり、社内《しゃない》でゴキブリが出《で》るたびに呼《よ》ばれるようになってしまったのです、シクシクシク。

「事件《じけん》ノート」シリーズの次作《じさく》は、2019年《ねん》3月《がつ》発売予定《はつばいよてい》のKZ《カッズ》事件《じけん》ノート『学校《がっこう》の影《かげ》ボスは知《し》っている』です。お楽《たの》しみに！

＊原作者紹介
藤本《ふじもと》ひとみ
　長野県生まれ。西洋史への深い造詣と綿密な取材に基づく歴史小説で脚光をあびる。フランス政府観光局親善大使をつとめ、現在AF（フランス観光開発機構）名誉委員。著作に、『皇妃エリザベート』『シャネル』『アンジェリク　緋色の旗』『ハプスブルクの宝剣』『幕末銃姫伝』など多数。青い鳥文庫の作品では『三銃士』『マリー・アントワネット物語』（上・中・下巻）がある。

＊著者紹介
住滝《すみたき》 良《りょう》
　千葉県生まれ。大学では心理学を専攻。ゲームとまんがを愛する東京都在住の小説家。性格はポジティブで楽天的。趣味は、日本中の神社や寺の御朱印集め。

＊画家紹介
駒形《こまがた》
　大阪府在住。京都の造形大学を卒業後、フリーのイラストレーターとなる。おもなさし絵の作品に「動物と話せる少女リリアーネ」シリーズ（学研プラス）がある。

この物語《ものがたり》はフィクションです。KZ《カッズ》メンバーが、子《こ》どもには好《この》ましくない行動《こうどう》に出《で》ることがありますが、読者《どくしゃ》のみなさんは、けっしてまねしないでくださいね。（編集部《へんしゅうぶ》）

この作品は書き下ろしです。

講談社　青い鳥文庫

探偵《たんてい》チームＫＺ《カッズ》事件《じけん》ノート
消《き》えた黒猫《くろねこ》は知《し》っている
藤本《ふじもと》ひとみ　原作
住滝《すみたき》　良《りょう》　文

2018年12月15日　第１刷発行

（定価はカバーに表示してあります。）
発行者　渡瀬昌彦
発行所　株式会社講談社
東京都文京区音羽 2-12-21　郵便番号 112-8001
電話　編集（03）5395-3536
販売（03）5395-3625
業務（03）5395-3615

N.D.C.913　358p　18cm

装　丁　久住和代
印　刷　図書印刷株式会社
製　本　図書印刷株式会社
本文データ制作　講談社デジタル製作

ISBN978-4-06-514078-9

妖精《ようせい》チームGジェニ事件《じけん》ノート

もうひとつの
「事件《じけん》ノート」
シリーズです!!

　こんにちは、奈子《なこ》です。姉《あね》の彩《あや》から、超天然《ちょうてんねん》と言《い》われている私《わたし》は、秀明《しゅうめい》の特別《とくべつ》クラス「G《ジェニ》」に通《かよ》っています。

　このG《ジェニ》というのは、ｇｅｎｉｅ《ジェニ》の略《りゃく》で、フランス語《ご》で妖精《ようせい》という意味《いみ》。同《おな》じクラスにはカッコいい3人《にん》の男子《だんし》がいて、皆《みんな》で探偵《たんてい》チームを作《つく》っています。

　妖精《ようせい》チームG《ジェニ》は、妖精《ようせい》だけに、事件《じけん》を消《け》してしまえる！
これは、過去《かこ》のどんな名探偵《めいたんてい》にもできなかった至難《しなん》の業《わざ》なんだ。
ＫＺ《カッズ》の若武先輩《わかたけせんぱい》、上杉先輩《うえすぎせんぱい》や小塚《こづか》さんも手伝《てつだ》ってくれるしね。
さぁ**妖精《ようせい》チームG《ジェニ》**の世界《せかい》をのぞいてみて！
すっごくワクワク、ドキドキ、最高《さいこう》だよっ!!

妖精《ようせい》チームGジェニ事件《じけん》ノート

わたしたちが活躍《かつやく》します！

立花《たちばな》 奈子《なこ》
Nako Tachibana

主人公《しゅじんこう》。大学生《だいがくせい》の兄《あに》と高《こう》校生《こうせい》の姉《あね》がいる。小学《しょうがく》5年生《ねんせい》。超《ちょう》・天然系《てんねんけい》。

火影《ひかげ》 樹《たつき》
Tatsuki Hikage

野球部《やきゅうぶ》で4番《ばん》を打《う》ち、リーダーシップと運動《うんどう》神経《しんけい》、頭脳《ずのう》をあわせ持《も》つ小学《しょうがく》6年生《ねんせい》。

若王子《わかおうじ》 凜《りん》
Rin Wakaouji

フランスのエリート大学《だいがく》で学《まな》んでいた小学《しょうがく》5年生《ねんせい》。繊細《せんさい》な美貌《びぼう》の持《も》ち主《ぬし》。

美織《みおり》 鳴《めい》
Mei Miori

音楽大学付属中学《おんがくだいがくふぞくちゅうがく》に通《かよ》う中学《ちゅうがく》1年生《ねんせい》。ヴァイオリンの名手《めいしゅ》だが、元《もと》ヤンキーの噂《うわさ》も。

好評《こうひょう》発売中《はつばいちゅう》！

クリスマスケーキは知《し》っている

塾《じゅく》の特別《とくべつ》クラス「妖精《ようせい》チームG《ジェニ》」に入《はい》った奈子《なこ》に、思《おも》いもかけない事件《じけん》が！

星形《ほしがた》クッキーは知《し》っている

美織《みおり》にとんでもない疑惑《ぎわく》!?　クラブΖ《ゼータ》と全面対決《ぜんめんたいけつ》!?

5月《がつ》ドーナツは知《し》っている

G《ジェイ》チームが、初《はつ》の敗北《はいぼく》!?　一方《いっぽう》、奈子《なこ》は印象的《いんしょうてき》な少年《しょうねん》に出会《であ》って・・・。

歴史発見《れきしはっけん》！ドラマシリーズ

藤本ひとみ／作　K2商会／絵

マリー・アントワネット物語《ものがたり》 上
夢《ゆめ》みる姫君《ひめぎみ》

「わたし、花《はな》のフランスに行《い》って、だれよりもしあわせになるのよ！」フランス革命《かくめい》のきっかけとなったことで有名《ゆうめい》なお姫《ひめ》さまの真実《しんじつ》の姿《すがた》は、よくいる普通《ふつう》の女《おんな》の子《こ》だったのです！　おちゃめで明《あか》るく元気《げんき》な少女《しょうじょ》が、お嫁《よめ》に来《き》てから仲間《なかま》はずれにならないためにどれほどがんばったのか――。その奮闘《ふんとう》がわかる、楽《たの》しい歴史《れきし》ドラマにワクワク。

歴史発見《れきしはっけん》！ドラマシリーズ

藤本ひとみ／作　K2商会／絵

マリー・アントワネット物語《ものがたり》中
恋《こい》する姫君《ひめぎみ》

まだ14歳《さい》で、たった一人《ひとり》でフランスにやってきたマリー・アントワネット。仲間《なかま》はずれにならないように、一生懸命《いっしょうけんめい》がんばりましたが、うまくいかず宮廷《きゅうてい》で孤立《こりつ》するハメに。そんなとき、やっと出会《であ》えた初恋《はつこい》の相手《あいて》とは……。とんでもないトラブルにまきこまれながらも、本当《ほんとう》に大切《たいせつ》なものとはなんなのかに気《き》づき始《はじ》めるのですが……。読《よ》んで楽《たの》しく心《こころ》ときめく歴史《れきし》ドラマ！

歴史発見《れきしはっけん》！ドラマシリーズ

藤本《ふじもと》ひとみ／作《さく》　K2商会《ケーツーしょうかい》／絵《え》

マリー・アントワネット物語《ものがたり》 下《げ》
戦《たたか》う姫君《ひめぎみ》

宮廷《きゅうてい》をゆるがした「ダイヤの首飾《くびかざ》り事件《じけん》」に運悪《うんわる》く巻《ま》き込《こ》まれてしまったり、ほかにも数々《かずかず》のトラブルにあうなかで、「本当《ほんとう》に大切《たいせつ》なもの」に気《き》づき始《はじ》めたマリー・アントワネット。革命《かくめい》の色《いろ》がどんどん濃《こ》くなっていくフランスで、心《こころ》の支《ささ》えは真実《しんじつ》の恋《こい》だけ……。読《よ》んで楽《たの》しい歴史《れきし》ドラマ、いよいよ最高《さいこう》のクライマックスです！

青《あお》い鳥《とり》文庫《ぶんこ》で読《よ》める名作《めいさく》

A・デュマ／原作《げんさく》
藤本《ふじもと》ひとみ／文《ぶん》　K2商会《ケーツーしょうかい》／絵《え》

『三銃士《さんじゅうし》』

ひとりはみんなのために、
みんなはひとりのために！

冒険《ぼうけん》…
友情《ゆうじょう》…
恋《こい》…

読《よ》みはじめたらとまらない！
胸《むね》が熱《あつ》くなる、
命《いのち》をかけた冒険活劇《ぼうけんかつげき》！

「わたしの名《な》はダルタニャン。わたしの剣《けん》を受《う》けてみろ！」ルイ王朝華《おうちょうはな》やかなりしころのフランス，花《はな》の都《みやこ》パリ。片田舎《かたいなか》からやってきた，熱《あつ》い心《こころ》をもつ青年《せいねん》ダルタニャンは，３人《にん》の勇敢《ゆうかん》な銃士《じゅうし》，アトス，ポルトス，アラミスに出会《であ》う。そして彼《かれ》らとともに，国家《こっか》をゆるがす陰謀《いんぼう》に立《た》ち向《む》かうことに！　恋《こい》と友情《ゆうじょう》に命《いのち》をかけた，手《て》に汗《あせ》にぎる冒険活劇《ぼうけんかつげき》，ここに登場《とうじょう》。

世界の名作!!

たのしいムーミン一家《いっか》

トーベ・ヤンソン/作・絵
山室《やまむろ》 静《しずか》/訳

ムーミン谷の仲間たちがきっと大切なことを教えてくれる。ユーモアと冒険を愛したトーベ・ヤンソンの、時代を超えて愛されつづける物語。シリーズ全9巻。

レ・ミゼラブル ああ無情《むじょう》

ビクトル・ユーゴー/作
塚原亮一《つかはらりょういち》/訳　片山若子《かたやまわかこ》/絵

一切れのパンを盗み19年間牢獄で過ごしたジャン・バルジャン。彼を生まれ変わらせたのは、司教の大きな愛だった。フランスを代表する感動長編を一冊で。

新訳《しんやく》 名犬《めいけん》ラッシー

エリック・ナイト/作
岩貞《いわさだ》るみこ/訳　尾谷《おたに》おさむ/絵

ジョーの愛犬ラッシーは、ある日お金持ちの貴族に買いとられてしまう。ジョーのもとに帰るため、ラッシーの旅がはじまる！実話を基に描かれた感動の物語。

シートン動物記《どうぶつき》(全《ぜん》3巻《かん》)

アーネスト・トムソン・シートン/作
阿部知二《あべともじ》/訳　清水《しみず》 勝《まさる》/絵

きびしい大自然の中くりひろげられる野生動物たちの戦いや愛、かなしみなどをありのままに描く。動物と人間の共存を願う著者の作品から有名な各4編を収録。

赤毛《あかげ》のアン

L・M・モンゴメリ/作
村岡花子《むらおかはなこ》/訳　HACCAN《ハッカン》/絵

リンゴの白い花が満開のプリンスエドワード島にやってきた赤毛の女の子。夢見がちで、おしゃべりなアンがまきおこすおかしな騒動で、みんなが幸せに！

若草物語《わかくさものがたり》(全《ぜん》4巻《かん》)

オルコット/作
中山知子《なかやまともこ》・谷口由美子《たにぐちゆみこ》/訳　藤田《ふじた》 香《かおり》/絵

150年間、世界中に愛されつづけている マーチ家の4姉妹。"プレゼントなしのクリスマス"で幕をあける、涙と笑いと愛に満ちたゆかいな1年間がはじまる！

青い鳥文庫

名探偵《めいたんてい》ホームズ 赤毛組合《あかげくみあい》

コナン・ドイル/作
日暮《ひぐらし》まさみち/訳　青山浩行《あおやまひろゆき》/絵

世界でもっとも有名な名探偵・ホームズ。はじめて読む人へおすすめの表題作と3編収録。シリーズ全60編すべてが読める児童文庫は青い鳥文庫だけ！

十五少年漂流記《じゅうごしょうねんひょうりゅうき》

ジュール・ベルヌ/作
那須辰造《なすたつぞう》/訳　金《キム》 斗鉉《トウゲン》/絵

15人の少年たちを乗せた船が嵐にのまれ無人島に漂着した。年齢も国籍もちがう少年たちが勇気と知恵をふりしぼり、力をあわせて生きぬく2年間の物語。

海底《かいてい》2万《まん》マイル

ジュール・ベルヌ/作
加藤《かとう》まさし/訳　高田《たかだ》 勲《いさお》/絵

なぞの男ネモ艦長ひきいる巨大潜水艦ノーチラス号。その秘密に挑む、とらわれた博物学者アロンナクス教授たち。海底の神秘の世界を描く、SF作品の大傑作！

トム・ソーヤーの冒険《ぼうけん》

マーク・トウェーン/作
飯島淳秀《いいじまよしひで》/訳　にしけいこ/絵

いたずら好きで勉強ぎらいのトムは、知恵とアイデアでペンキぬりの手伝いをサボることに成功する。アメリカでもっとも愛されている少年トムの大冒険！

三銃士《さんじゅうし》

デュマ/原作
藤本《ふじもと》ひとみ/文　K2商会《ケーツーしょうかい》/絵

舞台はルイ王朝時代のフランス。熱い心の青年ダルタニャンと3人の銃士が、国をゆるがす陰謀に立ち向かう。藤本ひとみ先生が描く、恋と友情の冒険活劇！

ギリシア神話《しんわ》 オリンポスの神々《かみがみ》

遠藤寛子《えんどうひろこ》/文
小林《こばやし》 系《けい》/絵

「開けてはいけないパンドラの箱」「見た者を石にかえるメドウサの首」など、有名なお話を収録。神々と人間がおりなす美しくて魅力的な神話の世界へ──！

「講談社《こうだんしゃ》 青《あお》い鳥文庫《とりぶんこ》」刊行《かんこう》のことば

太陽《たいよう》と水《みず》と土《つち》のめぐみをうけて、葉《は》をしげらせ、花《はな》をさかせ、実《み》をむすんでいる森《もり》。小《こ》鳥《とり》や、けものや、こん虫《ちゅう》たちが、春《はる》・夏《なつ》・秋《あき》・冬《ふゆ》の生活《せいかつ》のリズムに合《あ》わせてくらしている森《もり》。森《もり》には、かぎりない自然《しぜん》の力《ちから》と、いのちのかがやきがあります。

本《ほん》の世界《せかい》も森《もり》と同《おな》じです。そこには、人間《にんげん》の理想《りそう》や知恵《ちえ》、夢《ゆめ》や楽《たの》しさがいっぱいつまっています。

本《ほん》の森《もり》をおとずれると、チルチルとミチルが「青《あお》い鳥《とり》」を追《お》い求《もと》めた旅《たび》で、さまざまな体験《たいけん》を得《え》たように、みなさんも思《おも》いがけないすばらしい世界《せかい》にめぐりあえて、心《こころ》をゆたかにするにちがいありません。

「講談社《こうだんしゃ》 青《あお》い鳥文庫《とりぶんこ》」は、七十年《ねん》の歴史《れきし》を持《も》つ講談社《こうだんしゃ》が、一人《ひとり》でも多《おお》くの人《ひと》のために、すぐれた作品《さくひん》をよりすぐり、安《やす》い定価《ていか》でおおくりする本《ほん》の森《もり》です。その一さつ一さつが、みなさんにとって、青《あお》い鳥《とり》であることをいのって出版《しゅっぱん》していきます。この森《もり》が美《うつく》しいみどりの葉《は》をしげらせ、あざやかな花《はな》を開《ひら》き、明日《あす》をになうみなさんの心《こころ》のふるさととして、大《おお》きく育《そだ》つよう、応援《おうえん》を願《ねが》っています。

昭和《しょうわ》五十五年《ねん》十一月《がつ》

講談社